Ausführliche Informationen über
unsere Autoren und Bücher
finden Sie auf unserer Website
www.dtv.de

Rita Falk

Sauerkrautkoma

Ein Provinzkrimi

Deutscher Taschenbuch Verlag

Von Rita Falk
sind im Deutschen Taschenbuch Verlag erschienen:
Winterkartoffelknödel (21330 und 21902)
Dampfnudelblues (21373)
Schweinskopf al dente (24892 und 21425)
Grießnockerlaffäre (24942)
Hannes (28001 und 21463)

*Mit Glossar
und den
Originalrezepten von der Oma*

3. Auflage 2013
Originalausgabe 2013
© 2013 Deutscher Taschenbuch Verlag GmbH & Co. KG,
München
Umschlagkonzept: Balk & Brumshagen
Umschlaggestaltung: Lisa Höfner unter Verwendung
von Fotos von gettyimages und bridgemanart.com/
Cadogan Gallery, London (Umschlagrückseite)
Satz: Greiner und Reichel, Köln
Gesetzt aus der Garamond 10,25/13,5˙
Druck und Bindung: CPI – Ebner & Spiegel, Ulm
Gedruckt auf säurefreiem, chlorfrei gebleichtem Papier
Printed in Germany · ISBN 978-3-423-24987-4

Kapitel 1

»Wie, München?«, frag ich jetzt erst mal.
»Ja, München halt. Was verstehen S' jetzt da nicht, Eberhofer?«, sagt der Bürgermeister, ohne sich umzudrehen. Er steht am Rathausfenster und schaut in unseren wunderbaren Hof hinaus.
»Einiges«, sag ich. »Das Wort ›Zwangsbeförderung‹ zum Beispiel. Und das Wort ›Versetzung‹ versteh ich auch nicht. Am wenigsten versteh ich das Wort ›München‹, Bürgermeister. Warum soll ich weg von Niederkaltenkirchen? Die haben doch bestimmt genug Beamte dort in München, die auf die Münchener aufpassen können, oder?«
»Herrschaft, Eberhofer! Die Anordnung kommt von ganz oben, kapiert? Und wenn wir einmal ehrlich sind, dann haben die doch seinerzeit diesen Posten hier bei uns im Rathaus eigentlich nur für Sie erfunden, Mensch. Was wär denn sonst aus Ihnen geworden – nach Ihren delikaten Verfehlungen damals, Eberhofer. Hä? Aber jetzt stehen die Dinge ja anders. Komplett anders, würd ich mal sagen. Sie haben ja direkt eine Karriere gemacht, eine ganz erstklassige, hähä. Und drum haben die vom Präsidium halt gemeint, dass man einen so dermaßen engagierten Polizeibeamten, der quasi jedes Jahr einen verzwickten Mordfall aufklärt, dass man den doch nicht so einfach in der Provinz versauern lassen kann, oder? Nein, der muss raus in die Welt, direkt ins Zentrum

des Verbrechens sozusagen. Um dieses dann gleich im Keim zu ersticken, gell.«

»Soso, ins Zentrum des Verbrechens also. Ja, und wer bitte schön passt dann auf unsere Niederkaltenkirchner auf, wenn die Frage gestattet ist?«

»Hähä, die Niederkaltenkirchner halt. Ja, mei, Eberhofer, das ist so eine Sache, gell. Die vom Präsidium, also die haben gemeint, ein *ganzer* Polizeibeamter, der wär für ein Kaff, wie wir es sind, ohnehin zu viel. Weil, wenn wir einmal ehrlich sind, so arg viel passiert ja auch wirklich nicht hier.«

»Sieben Morde, eine Amoklage, eine Geiselnahme, ein entflohener Psychopath, das Köpfl vom Höpfl, die Sache mit dem Barschl und dem Hirschfänger …«

»Schluss jetzt, Eberhofer. Ich hab die Regeln nicht gemacht. Anordnung von ganz oben, wie gesagt. Außerdem, schauen S' her, hier sind die Unterlagen, da hat Sie der Polizeipsychologe – Wie heißt der gleich noch? – wissen S' schon, der, der Sie seinerzeit für plemplem erklärt hat, ja, der hat Sie praktisch vollkommen rehabilitiert. Da, schauen S' selber«, sagt er weiter und drückt mir einen Ordner in die Hand.

»Der Spechtl?«

»Genau! Der Dr. Dr. Spechtl. Und was machen S' eigentlich für ein Gestell? Freuen sollten Sie sich. Es ist eine Ehre, was Ihnen da widerfährt, und jeder andere Kollege würde stolz und dankbar sein, Menschenskinder. München! Weltstadt mit Herz«, sagt der Bürgermeister ganz versonnen, und dann ist er still. Ich hock auf seinem Schreibtisch, die Arme ein bisschen bockig verschränkt, und schau ihn eine Weile abwartend an. Aber nix. Scheinbar fällt ihm jetzt vor lauter Stolz und Dankbarkeit auch nichts mehr ein.

Plötzlich fliegt die Tür auf, und die Oma stürmt rein.

»Gott sei Dank, da bist du ja, Bub«, schreit sie und saust direkt auf mich zu. »Servus, Bürgermeister!«

»Grüß Sie Gott, Frau Eberhofer«, sagt der Bürgermeister und gibt ihr artig die Hand.

»Was machst denn du da, Oma?«, frag ich und zuck dabei mit den Schultern, um rein optisch ihr akustisches Defizit auszugleichen.

»Mei, Franz, es ist was Furchtbares passiert. Wirklich ganz furchtbar«, sagt sie und lässt sich in einen Bürostuhl plumpsen. Herrjemine, es wird doch diese miese Grippe, die den Papa schon seit Tagen quält, nicht für seinen Abgang gesorgt haben?, schießt es mir jetzt so durch den Kopf. Aber die Oma erlöst mich umgehend von dem Gedanken. Erst bin ich erleichtert, aber nur kurz. Weil: Was sie dann erzählt, ist keinen Deut besser. Mein heiß geliebter Bruder, der Leopold, der hat sich nämlich urplötzlich von seiner Gattin getrennt. Was eigentlich gar nicht so furchtbar ist, zumindest nicht für die Panida. Die ist nämlich eine total liebe kleine Thaifrau. Nein, die eigentliche Katastrophe ist, dass der Leopold nun gedenkt, bei uns daheim Einzug zu halten! Das ist vollkommen unerträglich. Zumindest für mich. Aber das muss ich kurz erklären. Also: So eine Familie ist ja an und für sich schon gar nicht so einfach. Da ist der eine zum Beispiel schwerhörig oder der andere sogar drogensüchtig. Oder einer hat meinetwegen einen ganz miesen Musikgeschmack, den er dazu noch erst ab einer gewissen Lautstärke befriedigen kann. Ja, so ist das halt mal. Und dann gibt es in fast jeder Familie so was wie ein schwarzes Schaf. Bei uns ist es ein Hammel. Und zwar eben der Leopold. Der Leopold, der ist ein Buchhändler. Gut, das allein spricht ja noch nicht gegen ihn. Aber er hat halt ständig Probleme mit seinen Weibern. Sein Problem? Stimmt. Aber dann ist er eben auch noch so eine dreckige Schleimsau vor dem Herrn. Das kann man kaum ertragen, wirklich. Besonders, was den Papa angeht. Weil sagen wir einmal so: Würde ich dem Papa mal in den Arsch kriechen wollen (was gar nicht so meine Art ist), dann könnt ich da gar nicht erst rein, weil der Leopold schon drinsteckt. Das aber nur so am Rande. Damit man halt weiß, warum die Vorstellung, dass er bei uns einzieht, keine Begeisterungsstürme in mir weckt.

»Ja, und überhaupt, was soll denn nun aus der Kleinen werden?«, fragt die Oma und wischt sich mit der Hand über die Augen. »Was wird nur aus unserer kleinen Uschi?« Dann kramt sie ihren Geldbeutel aus der Schürzentasche und holt ein Foto hervor.

»Mein allererstes Urenkerl, Bürgermeister«, sagt sie weiter und hält dem verwirrten Amtmann das Bild unter die Nase. Er betrachtet es aufmerksam und nickt mitfühlend.

»Du, Oma, da reden wir hernach daheim drüber, gell. Geh du schon mal vor, ich komm auch gleich nach«, sag ich, hake sie unter und bring sie zur Tür. Sie versteht mich auf Anhieb und verabschiedet sich. Draußen im Gang scheint sie noch auf jemanden zu treffen. Wer genau da infrage kommt, kann ich durch die geschlossene Tür nicht vernehmen. Nur, dass es eine große Freude ist, das kann jeder im Rathaus hören, so wie sie durch die Rathausgänge schreit.

»Ja«, sag ich, wie endlich wieder Ruhe einkehrt. »Sie sehen's ja selber, Bürgermeister, ich muss mich jetzt erst mal um die Oma kümmern.«

»Warten S' kurz noch, Eberhofer«, ruft er und eilt zum Ausgang. Er stellt sich dann mit ganz breiten Schultern davor, grad so, als wär er einer dieser Schwabinger Türsteher.

»Ich muss Ihnen schnell noch etwas zeigen. Ähm«, sagt er ziemlich leise und räuspert sich ausgiebig. »Vielmehr jemanden. Ich muss Ihnen jemanden zeigen.«

»Nur zu!«, sag ich aufmunternd.

Etwas zögerlich öffnet er schließlich die Tür, ohne mich dabei aus den Augen zu lassen. Sein rechtes Lid zuckt. Ich schau ihn kurz an und dann hinaus in den Korridor. Der Simmerl Max lehnt dort leicht verklemmt an der Wand. Max' ganzer Schädel ist feuerrot, aber die Pickel, die in den letzten Jahren dort hartnäckig ansässig waren, sind offensichtlich auf dem Rückzug.

»Max? Du hier? Und was soll das werden, wenn's fertig ist?«, frag ich und schau etwas ratlos zwischen den beiden Gestalten hin und her. Und irgendwie ereilt mich der Eindruck, die zwei würden jetzt gerne im Erdboden versinken. Vielleicht muss man dazu sagen: Der Max, das ist der Sohn vom Simmerl. Und der Simmerl, das ist nicht nur der Metzger meines Vertrauens, sondern auch noch ein Freund von mir. Ich fass es nicht! Die haben das alles schon eingetütet, noch bevor …?!

»Ich … also, ich soll hier … also, der Papa, der hat nämlich gemeint, wo doch jetzt sowieso die Stelle …«

»Also, der Maximilian«, unterbricht ihn der Bürgermeister und tupft sich mit einem Taschentuch über die Stirn. »Ja, der soll in Zukunft ein kleines bisserl hier bei uns aufpassen, verstehen S'?«

»Nein«, sag ich, weil ich's wirklich nicht tu.

»Ja, hähä, der ist sozusagen, ja, wie soll ich das beschreiben? Also, der Maximilian, der ist praktisch ungefähr so etwas in der Art wie vielleicht etwa Ihr Nachfolger quasi, könnte man beispielsweise sagen«, murmelt der Bürgermeister so mehr vor sich her und räuspert sich ganz ausgiebig.

»Hey, kommt, Herrschaften, wo ist diese versteckte Kamera, verdammt«, sag ich und schau mich um. »Ihr habt schon noch alle Teller im Büfett? Der Max, das ist doch kein Bulle, Mensch! Der muss doch erst mal trocken werden hinter den Ohren. Worauf soll der denn bitte schön aufpassen? Dass er sich nicht einnässt, oder was?« Ich bin jetzt einigermaßen aus dem Häuschen, muss ich schon sagen.

Der Schädel vom Metzgerbub droht zu zerplatzen.

»Ziviler Sicherheitsdienst nennt sich das, Eberhofer. Es ist ja auch mehr so der Form halber, verstehen S'. Der Max, der kriegt Ihr Büro und macht ein bisschen Schreibkram, was halt so anfällt, gell. Und wenn dann tatsächlich mal was Richtiges passiert, also was Kriminelles praktisch, ja, dann ruft er einfach die Kollegen in Landshut an. Und fertig. Das ist alles. Mehr hat er eigentlich gar nicht zu tun, der Max.«

Meine zwei Gesprächspartner fixieren jetzt äußerst konzentriert unseren rathauseigenen Fußboden. Und ich, ich versuche krampfhaft, meine Gedanken zu sortieren. Der Simmerl Max! Dann muss dieser Grünschnabel ja lang vor mir von den gemeindeinternen Umbesetzungsmaßnahmen gewusst haben. Und der Simmerl, wo ich dachte, dass der mein Freund ist, auch. Womöglich war sogar dieses ganze verkackte Kaff hier bereits informiert, bevor ich es selber war!

»Wer genau weiß eigentlich schon alles darüber Bescheid?«, frag ich deswegen noch.

»Niemand, Menschenskinder«, sagt der Bürgermeister und tupft sich wieder über die Stirn. »Es ist alles äußerst diskret behandelt worden, Eberhofer. Top secret! Garantiert.«

Top secret, soso.

Jetzt also noch mal vorn vorn: Mein Bruder, der Leopold, ein Asylant. Mein Freund, der Simmerl, ein Verräter. Der Max, dieser Hosenscheißer, ein neuer Sheriff. Und der werte Herr Bürgermeister, der seinem besten und einzigen Polizeibeamten so dermaßen unverschämt in den Rücken fällt. Vielleicht ist München gar nicht so schlecht.

»Verstehe«, sag ich, nachdem die Information sich nun langsam, aber sicher in meinem Gehirn abgelagert hat. »Und wann soll das Ganze dann losgehen, wenn ich fragen darf?«

»Wunderbar!«, sagt der Bürgermeister, und man kann ihm

die Erleichterung deutlich ansehen. Aufmunternd klopft er mir auf die Schulter. »Gleich nach dem Schulfest, haben wir uns gedacht. Das wissen S' doch, Eberhofer, hundertfünfzig Jahre Grundschule Niederkaltenkirchen! Das muss gefeiert werden, oder? Hähä, ja, also die Feierlichkeiten sind ja schon am Samstag in einer Woche. Ja, und hinterher geht's am Montag auch schon los, gell.«

»Am – äh – Montag. Also: am nächsten Montag?«

»Ja, Eberhofer, wir haben uns halt überlegt, dass wir's Ihnen am besten erst am letzten Drücker erzählen. Weil, wie soll ich sagen? Weil Sie doch manchmal vielleicht ein bisschen, sagen wir, überreagieren, gell.«

»Aha. Und da haben Sie sich gedacht, es reicht völlig aus, wenn der Eberhofer bloß ein paar Tage lang überreagiert?«

»Mei, wie Sie das wieder sagen, Eberhofer. Da erscheint das in einem völlig anderen Licht. Aber jetzt überlegen S' doch mal, Mensch. München! Löwengrube! Ist das nicht großartig? Da können S' doch wirklich stolz sein, oder? Wirklich stolz. Da hat doch dieser wunderbare Jörg Hube diese wunderbare Filmserie gedreht in diesem Polizeipräsidium. Diese uralte Serie, wissen S' schon. Wie hat die gleich noch geheißen?«

»›Löwengrube‹«, sag ich.

»Genau, Eberhofer. Kennen S' die eigentlich?«

»Ja.«

»Mit dieser wunderbaren Christine Neubauer. Mei, da war die noch ein richtiges Klasseweib, nicht so ein ausgezuzelter Hungerhaken wie jetzt, gell«, sagt er und schaut ganz versonnen ins Nichts.

So mach ich mich lieber mal vom Acker, weil's hier nix mehr zu tun und noch weniger zu sagen gibt. Der Wunsch nach irgendwas Positivem treibt mich noch zur Susi ins Büro. Aber hier ist quasi die gesamte Gemeindeverwaltung anwesend, bestens gelaunt und intensiv mit Kaffee und Kuchen beschäftigt.

»Hättest was gebraucht, Schatz?«, ruft die Susi gleich, wie sie mich sieht, über ihre Schulter hinweg.

»Hast einmal einen Moment?«, will ich jetzt wissen.

»Ist es was Dringendes?«, fragt sie und schiebt sich ein Stückerl Kuchen in den Mund.

»Nein, nix«, sag ich und zieh die Tür wieder hinter mir zu. Das ist ja wirklich typisch. Wenn man die Weiber schon mal braucht … Aber wegen dem Franz seiner Wehwehchen kann man ja wohl schlecht Kaffee und Kuchen vernachlässigen.

Also gut. Dann fahr ich eben heim und hoff, dass die Oma wenigstens was Feines gekocht hat. Wie ich aus dem Auto steig, läuft mir der Ludwig mit wedelndem Schwanz entgegen und drückt mir den Kopf an den Schenkel. Er merkt immer als Erster, wenn's mir nicht gut geht. Genau genommen merkt er es als Einziger.

Die Oma steht am Herd und rührt in verschiedenen Töpfen. Mein Riechkolben hat Sauerbraten diagnostiziert. Das sichert zumindest mein Überleben für den Moment. Ich geh zum Küchenkasten und mach den Tisch zurecht.

»Ah, du bist ja schon da, Bub. Hast einen Hunger?«, schreit sie mich an.

Ich nicke.

»Ist das Essen schon fertig?«, fragt der Papa vom Flur her und schlurft dabei im Bademantel samt Hauslatschen und einem demonstrativ dicken Schal in Richtung Küche.

»Schaut ganz danach aus«, sag ich und setz mich nieder.

»Geht's dir heut besser?«

»Viel besser«, sagt er und nickt. Ich hege mal den Verdacht, dass die baldige Ankunft seines Älteren für den rasanten Heilungsprozess verantwortlich ist.

»Der Leopold hat die Panida verlassen?«, frag ich, grad wie die Oma das Essen austeilt.

»Mei, ich weiß auch nicht so recht«, sagt der Papa leicht weinerlich. »Jedenfalls hatten sie wohl einen handfesten Streit, und fürs Erste wird er jetzt mal hier bei uns übernachten. Es ist bestimmt nur eine kleine Krise. Ganz bestimmt.«

»Das ist ja nicht neu«, sag ich.

»Nein«, sagt der Papa und stochert in seinem Teller umeinander.

»Haben wir ja schon zweimal hinter uns, oder? Neu daran ist nur, dass jetzt auch noch ein Kind drunter leiden muss«, sag ich und schau dem Papa direkt ins Gesicht. Er legt die Gabel beiseite und schnauft durch.

»Ja, das ist scheiße«, sagt er ziemlich brummig.

»Was wird denn jetzt eigentlich aus der Kleinen?«, fragt die Oma.

»Das wird schon alles wieder werden, Oma«, sagt der Papa und legt die Hand auf die ihre. »Die raufen sich bestimmt wieder zusammen, die zwei. Schon wegen dem Zwerg. Wirst schon sehen, Oma.«

Ja, das bleibt wahrhaftig zu hoffen. Allein schon, weil ich diesen Zwerg nämlich auch total mag. Im Grunde steh ich ja so gar nicht auf kleine Kinder. Die Uschi aber, die hat mich irgendwie total um den Finger gewickelt. Da bin ich praktisch komplett machtlos dagegen. Ich persönlich nenn sie ja lieber Sushi. Weil's halt einfach perfekt passt zu diesen süßen kleinen Mandeläuglein.

»Was hat denn der Bürgermeister bei dir im Büro wollen?«, fragt dann die Oma und reißt mich aus meinen Gedanken.

Und so verkündige ich schließlich die Neuigkeiten über meine Wahnsinnskarriere bei der Bayerischen Polizei. Freilich tu ich das zusätzlich mit Händen und Füßen, damit auch die Oma Anteil nehmen kann.

»Aber das ist ja ganz wunderbar, Franz«, sagt der Papa immer wieder völlig begeistert. »Die Löwengrube in München! Mei, das ist ja ganz fantastisch! Da hat doch dieser wunderbare Jörg Hube diesen herrlichen Fernseh-Mehrteiler gedreht, gell. Die ›Löwengrube‹, unglaublich. Also, Hut ab, Franz, wirklich!«

»Die Löwengrube? Ja, das ist ja vielleicht eine Freude, Bub!«, schreit mich anschließend auch noch die Oma an und schlenzt mir die Wange. »Ist das nicht da, wo der wunderbare Hube diese herrlichen Filme gemacht hat? Gell, hab ich mir schon gedacht. Mei, wer weiß, Bub, vielleicht kommst dann auch noch in den Fernseher rein!«

Jetzt muss ich grinsen. Ja, das würd mir grade noch fehlen. So helf ich der Oma noch kurz beim Abwasch, geb ihr ein Bussi auf die Backe, und dann mach ich mich auch schon wieder auf den Weg ins Büro.

Wie ich reinkomm, hockt der Simmerl Max schon drin. Genauer: Er hockt in *meinem* Bürostuhl und hat *seine* Haxen auf *meinem* Schreibtisch. Er erschrickt so dermaßen, dass er mitsamt dem Stuhl nach hinten knallt.

»Was willst du hier«, frag ich und helfe ihm vom Boden auf.

»Der Bürgermeister, also der hat gemeint, du solltest mich in den nächsten Tage vielleicht ein bisschen anlernen. Damit ich hinterher nicht dasteh wie ein Depp«, stottert er mich an.

»Aber Max. Du wirst immer dastehen wie ein Depp. Dein ganzes Leben lang, verstehst. Das haben Deppen einfach so an sich, dass sie dastehen wie Deppen«, sag ich und hock mich auf den Schreibtisch.

»Das ist jetzt voll gemein«, sagt er beleidigt und vergräbt seine Hände bis zu den Ellbogen in den Hosentaschen.

»Ja, das Leben ist hart, Max. Besonders im Sicherheitsdienst. Daran solltest du dich schon mal gewöhnen.«

Dann fliegt die Tür auf, und die Susi kommt rein. Sie macht die Tür hinter sich zu und drückt sich dagegen. Grad so, als wäre der Teufel hinter ihr her.

»Franz, ist das wahr?«, sagt sie ganz leise.

»Wenn du mir sagst, was genau du meinst, Süße, dann werde ich dir jederzeit und immer gerne sagen, ob es wahr ist oder nicht.«

»Jetzt tu doch nicht so, du weißt genau, was ich meine. Du gehst nach München, ist das wahr?«

»Ja, diese Information ist völlig korrekt.«

Sie schnauft ganz tief ein und dann wieder aus, kneift die Augen zusammen und blickt dann rüber zum Max.

»Raus hier!«, faucht sie ihn an, und allein ihr Tonfall lässt ihn gleich aufs Wort gehorchen.

Wenn ich dran denk, dass dieser Held hier künftig für die Sicherheit von Niederkaltenkirchen zuständig sein soll, dann bitte ich Gott schon jetzt um seine Gnade.

»Nach München? Das ist nicht dein Ernst, oder?«, faucht die Susi dann weiter und wirft dabei ihre Haare über die Schulter.

»Ich kann's leider auch nicht ändern.«

»Ach. Und was, bitte schön, wird dann aus uns?«

»Mei, Susi, das musst jetzt schon verstehen, gell. Überleg doch einfach mal, was ich so alles gerissen hab in den letzten Jahren. Also rein dienstlich gesehen. Da kann man doch so einen verdienten Beamten nicht einfach in der Provinz versauern lassen, oder? Susimaus: Die brauchen mich dort in der Landeshauptstadt, verstehst?«

»Und mit dem Leopold hat das nichts zu tun, rein zufällig? Also ich mein, dass der jetzt bei euch daheim einzieht?«

Unglaublich, in welcher Geschwindigkeit hier die Informationen fließen.

»Mit dem Leopold?«, frag ich und muss grinsen. »Sagen

wir einmal so, Susimaus. Ein bisserl Tapetenwechsel tut doch möglicherweise auch unserer Beziehung irgendwie gut, was meinst? Kommst halt dann öfters mal vorbei, da in München. Und dann gehen wir schön in den Englischen Garten. Oder ins Theater. Oder so was in der Art halt.«

»Du und ins Theater! Dass ich nicht lache«, sagt sie und kommt zu mir rüber. Dann schmiegt sie sich ganz eng an mich. Wir schmusen ein bisschen. Ich geh kurz rüber zur Tür.

»Du, Max«, flüstere ich, schau nach links und rechts und deute ihm an, näher zu kommen. »Du, wir haben hier drinnen grad eine ganz wichtige interne Besprechung. Auf oberster Geheimhaltungsstufe sozusagen.« Augenblicklich steht der Max stramm, und beinahe wirkt es, als würde er in eine Art Leichenstarre verfallen. »Lass hier niemanden rein, verstanden. Auf gar keinen Fall. Das ist wirklich sehr, sehr ernst. Ich melde mich gleich, sobald die Sache vom Tisch ist. Das ist dein allererster Einsatz im Sicherheitsbereich, Max. Vermassle ihn nicht!«

Sodala, nun ist er erst einmal beschäftigt, der kleine Rotzer. Und wir auch …

Erst ein ganzes Weilchen später tönen Stimmen durch die Tür, die vom Max und ebenso die vom Bürgermeister. Und letztere klingt durchaus etwas aufbrausend.

»Du lässt mich da jetzt sofort rein, sag ich dir, Max. Sonst lernst du gleich mal, was eine Dienstaufsichtsbeschwerde ist!«

Ich geh dann mal zur Tür.

»Irgendwelche Probleme, meine Herren?«, sag ich und schau in die verwirrten Visagen.

»Weswegen lässt der mich nicht rein zu Ihnen?«, will der Bürgermeister gleich wissen und deutet mit dem Kinn direkt auf unseren nagelneuen Security.

»Weil er meine Anweisungen ordnungsgemäß befolgt

hat, Bürgermeister«, sag ich und geh in mein Büro zurück. »Schließlich muss ich doch unbedingt seine Verlässlichkeit testen, oder soll ich die Verantwortung für meine werten Mitbürger einem x-beliebigen Trottel überlassen?«

»Mei«, sagt die Susi, grad wie sie zur Türe raushuscht. »Gut schaun S' heut übrigens aus, Bürgermeister. Ehrlich.«

Und schon ist sie weg. Der Bürgermeister fährt sich mit der Hand durch die Haare, geht rüber zum Waschbecken und betrachtet sich zufrieden im Spiegel. Ich muss grinsen. Der Max grinst auch. Und er zwinkert mir zu. Vielleicht gar nicht so blöd, der kleine Scheißer.

Wie ich am Abend bei meinem Haus- und Hof- und Lieblingswirt, also beim Wolfi, reinschau, hockt der Simmerl-Metzger drin – und unser Meisterrohrverleger, der Flötzinger, seines Zeichens Installateur, ebenso. Der Wolfi zapft den beiden sicher nicht ihr erstes Bier. Und freilich wissen schon längst alle Bescheid. Dass ich wegmuss von hier und hinein in die bayerische Metropole des Verbrechens. Eine Stimmung ist das wie auf einer Beerdigung, das kann man wirklich kaum glauben. Na ja, freilich schmeichelt das meinem Ego. Und so leg ich meinen Arm um die hängenden Schultern und verspreche, zu kommen, so oft es mein straffer Dienstplan erlaubt. Der Wolfi verdreht die Augen in alle Richtungen und poliert seinen Tresen.

»Sag einmal, Simmerl«, frag ich, weil ich das wirklich noch wissen muss. »Was mich echt interessieren würde, wieso du eigentlich kein Veto eingelegt hast, wie dir der Bürgermeister damit gekommen ist, deinen Max hier zum Hilfssheriff zu machen?«

»Mei, Franz, was hätt ich denn tun sollen? Der Bürgermeister hat gesagt, du kommst weg und aus. Das ist einfach eine beschlossene Sache. Und entweder macht der Max diesen Job, oder es macht ihn ein anderer. Und weil der Max sowieso nix am Hut hat mit unserer Metzgerei, da hab ich dann halt irgendwann einfach mein Okay gegeben, verstehst?«

Ja, verstehe.

»Ach, das ist ja alles so furchtbar«, kriegt der Flötzinger plötzlich wieder das Jammern. Zuerst denke ich ja fast ein bisschen gerührt, dass es meinetwegen ist. Doch statt meine Abschiebung zu beklagen, graust es ihm bloß vor der Badsanierung irgendeiner Grattlerfamilie. Ja, geht's noch? Schließlich muss ICH fort von hier, und somit bin ICH es doch wohl, der getröstet werden sollte, oder?

Daheim hat der Papa eine Mordsüberraschung für mich. Er hat nämlich alle neunhundertachtundsiebzig Teile von der ›Löwengrube‹ aus der DVD-Bude geholt. Höchstpersönlich. Und zwar mit seinem alten Opel Admiral. Direkt aus Landshut. Zweieinhalb Stunden war er dafür unterwegs. Und einen Strafzettel hat er auch noch bekommen, weil vor diesem Scheißladen natürlich grad kein Parkplatz frei war. Aber wurst, sagt er. Weil jetzt ist es gut. Jetzt können wir in aller Ruhe die ›Löwengrube‹ schauen. Seinetwegen die ganze Nacht lang. Wir können auch gleich damit anfangen, es dauert gar nicht mehr lang. Bloß noch kurz auf den Leopold warten, der müsste eigentlich gleich da sein. Ist er auch.

»Bruderherz! Was muss ich vernehmen? Sag bloß? München, ist das nicht wundervoll! Dann kommst du endlich mal raus aus diesem Drecksnest hier. Ja, willkommen in der Zivilisation, könnte man sagen!«

Das alles sagt er, während er aus dem Wagen steigt, über den Hof wandert, seine Arme ausbreitet und beinahe den Papa zerquetscht.

»Hast du die Filme?«, will er dann auch gleich wissen.

»Hab ich! Und zwar die mit Untertitel«, sagt der Papa und deutet auf das Dielenkasterl, wo die gesammelten Werke schon warten.

»Sogar mit Untertitel! Papa, das ist ja fantastisch! Da kann ja praktisch die Oma auch noch mitgucken. Gell, Oma«, schreit er das winzige Wesen an, das gerade durch den Flur hindurchwatschelt. Warum ist der so scheiß-gut gelaunt? Vor allem für jemanden, der grad im Begriff ist, seine dritte Ehe an die Wand zu fahren?

»Du bist verdammt scheiß-gut gelaunt, wenn man bedenkt, dass grad deine dritte Ehe den Bach runtergeht«, sag ich und ernte damit undankbare Blicke, nicht nur vom Leopold.

»Immer schön locker bleiben, Bruderherz«, sagt der Leopold und haut mir auf die Schulter. »Die spinnt sich schon wieder aus, die Panida. Sie braucht halt nur ihre Zeit, verstehst.«

»Wie lang konkret?«, frag ich jetzt einmal nach.

Aber die zwei lassen mich einfach stehen, machen sich über die DVD-Sammlung her und freuen sich sichtlich auf einen kuscheligen Filmeabend. Die Oma schleppt tonnenweise Bier und Salzstangen aus der Küche an und gesellt sich schließlich dazu. Familienidylle mit Schleimsau.

»Kommst du, Franz?«, hör ich den Papa grade noch rufen. Aber der Franz kommt nicht. Weil er hier sonst das Kotzen kriegt.

Kapitel 2

Obwohl wir schon September haben, ist es noch irrsinnig heiß. Eigentlich viel zu heiß für diese Jahreszeit. Doch dafür hat es den ganzen Juli und August pausenlos geregnet. Heute ist Samstag. Und zwar der mit dieser wunderbaren Hundertfünfzigjahrfeier von unserer Schule. Niederkaltenkirchen im Ausnahmezustand, könnte man sagen. Seit Monaten schon wurden alle möglichen Aufgaben unter den Eingeborenen verteilt. Ich persönlich bin natürlich für die Sicherheit verantwortlich. Die Katholischen Landfrauen zum Beispiel haben es sich nicht nehmen lassen, in abendfüllenden Aktionen das triste Schulhaus in eine Art Megapartytempel zu verwandeln. Überall wehen bunte Fahnen, Wimpelketten und Girlanden durch die Luft. Lichterketten und Ballons sollen am Abend für die Beleuchtung sorgen. Und sogar eine Discokugel haben sie irgendwo auftreiben können. Die Schulband übt schon seit Tagen, und weil das ganz in unserer Nähe ist, komm ich auch ständig in den Genuss der Klassiker deutscher Volksmusik. Das sind dann die Momente, wo sogar ich mir dem Papa seine Beatles zurückwünsche.

Zahlreiche Biergarnituren lassen den großen Andrang erahnen, und aus wärmetechnischen Motiven wird das Büfett im Schatten der Bäume aufgebaut. Die Oma schiebt mit ihrem Schubkarren zahllose Kuchen und Torten heran, die sie tagelang gebacken hat. Und das Metzgerpaar Simmerl sorgt selbstverständlich für das fleischliche und wurstige Wohl der Niederkaltenkirchner. Der großartige Leopold hat sogar Sachen für eine Tombola spendiert. Damit schlägt er gleich zwei Fliegen mit einer Klappe: Erstens kann er sich prima bei der gesamten Gemeindebevölkerung einschleimen. Zweitens wird er dabei auch noch seine vergilbten Ladenhüter aus der Buchhandlung los.

»Haben wir alles im Griff, Kollege?«, tönt es plötzlich neben mir. Max. Zumindest ist es seine Stimme. Und auch sein Gesicht. Sonst aber keinerlei Ähnlichkeit. Keine zerrissene Jeans. Kein labbriges Sweatshirt. Keine Turnschuhe. Kein Käppi. Vor mir steht ein von Kopf bis Fuß schwarz gekleideter Mensch. Mit rabenschwarzer Sonnenbrille, nach hinten gegelten Haaren und einem Mordsgürtel um die Taille.

»Max?«, frag ich ganz vorsichtig, weil ich mir wirklich nicht sicher bin. Er nickt.

»Was ist denn mit dir los?«

»Wieso?«

»Bist du heut schon einem Spiegel begegnet?«

»Du meinst: mein Outfit? Ja, ich kann doch nicht in Jeans und Sneakers auf Verbrecherjagd gehen, oder? Das schaut doch einfach scheiße aus.«

Aha.

»Aha«, sag ich und geh einmal komplett um ihn rum. »Was ist denn das alles?«, frag ich und deute auf den Gürtel, der so dermaßen beladen ist, dass er den armen Max fast im Boden versenkt.

»Schlagstock groß und klein, Kamera, Block und Schreiber, Fernglas, Diktiergerät, Handy. Und äh … Tränengas«, sagt er und deutet dabei auf die jeweiligen Teile.

»Tränengas. Soso. Ich sehe hier, warte mal, drei, vier, sieben Dosen. Hast du vor, ganz Niederbayern niederzustrecken, oder was?«

»Nein!«, sagt der Max und wird rot. »Aber man weiß ja nie, auf was für Gestörte man so trifft, gell.«

Da hat er wohl recht. Das kann man wirklich nie wissen. Besonders hier in Niederkaltenkirchen.

Augenblicke später erscheint auch der stolze Vater, wischt sich seine Wurstfinger an der Schürze ab und legt seinen Arm um den Filius.

»Und was sagst, Franz? Schaut er nicht gut aus, unser Max?«

Die Antwort, die mir gerade ohnehin nicht einfallen will, wartet der Simmerl erst gar nicht ab, sondern wendet sich gleich an den Sohnemann: »Geh, Max, schau einmal rüber zur Mama und hilf ihr ein bisserl beim Fleischabladen. Das Zeug hat ja ein Wahnsinnsgewicht. Und du weißt ja, ich mit meinen Bandscheiben …«

Der Max nickt und macht sich vom Acker. Genauer gesagt versucht er, durch gekonntes Aneinanderschieben der Beine irgendwie das Gleichgewicht zu behalten.

»Du hast es an den Bandscheiben?«, frag ich.

»Daheim schon«, sagt der Simmerl und grinst.

»Viel Verbrecher wird der so wohl nicht fangen, bei dem tonnenschweren Gürtel, den er um den Bauch herum hat«, sag ich und schau dem schwarzen Krieger hinterher.

»Soll er ja auch nicht, Franz. Weißt, die Gisela, die hat halt eine Heidenangst um ihren Kronprinzen. Deshalb hat sie ihn auch mit dem ganzen Tränengas überschüttet. Zuerst, da wollte sie ihm sogar im Internet so eine Knarre, also praktisch eine Vollautomatische, kaufen. Aber irgendwie hätt ich dabei kein gutes Gefühl gehabt.«

Ich weiß genau, was der Simmerl meint, und muss grinsen. Der Max ist eben ein echter Volldepp. Und was eine echte Pistole ist, die soll man schon lieber den Profis überlassen.

Ein paar Stunden später ist die Party auch schon am Laufen. Alle haben sich richtig herausgeputzt, und das schaut wirklich schön aus. Besonders schön ist aber meine Susi heute. Sie trägt ein feuerrotes Sommerkleid ohne Träger und Mörderschuhe in der gleichen Farbe. Beides nagelneu und rattenscharf, und sie sagt, dass sie's nur für mich gekauft hat. Doch nicht nur deswegen ist die Stimmung hier auf den Bierbänken einfach nur großartig. Dem Wolfi sein Bier ist eben unschlagbar. Und auf magische Weise versiegt die Quelle nie.

»Kennst du den Karl-Heinz eigentlich noch, Bruderherz?«, fragt mich plötzlich der Leopold und klopft mir dabei von hinten auf die Schulter. Ich dreh mich erst einmal um. Der Typ, der Karl-Heinz heißen soll, trägt einen Pferdeschwanz, Anzug und hochpolierte Slipper und erinnert mich irgendwie an den Lagerfeld, nur halt in jung. Kennen tu ich ihn aber nicht.

»Nein«, sag ich deshalb und widme mich lieber wieder meiner Bierbanknachbarschaft.

»Ist hier vielleicht noch ein Plätzchen frei?«, will der Leopold wissen und blickt in die Runde.

»Nein«, sag ich.

»Ja, dann prost, gell!«, ruft der Flötzinger über den Tisch, und wir prosten ihm zu.

»Du bist echt unhöflich, Franz«, sagt jetzt die Susi in leicht zickigem Tonfall und steht auf. Sie geht um den kompletten Biertisch rum und schüttelt dem Leopold samt Begleiter recht herzlich die Hand. Dann hält sie inne.

»Karl-Heinz? Sag bloß, Karl-Heinz Fleischmann?«, fragt sie ganz ungläubig und neigt dabei ihren Kopf leicht zur Seite.

Der Pferdeschwanz nickt. Und strahlt übers ganze Gesicht. Mit Zähnen wie aus der Werbung.

»Susanne Gmeinwieser, ich fasse es nicht! Mein Gott, wie ist das möglich? Du bist ja tatsächlich noch hübscher geworden«, schleimt der Typ sie an, nimmt sie an den Schultern und wirbelt sie einmal komplett im Kreis. Die Susi kichert wie ein Schulmädchen. »Nein, ich strafe mich Lügen, du bist nicht hübsch, meine Liebe. Du bist wahrhaftig eine Schönheit, Susanne. Was für eine Wohltat für meine Augen – du unter all diesen derben Weibern hier.«

Die Simmerl Gisela und die Flötzinger Mary tauschen Blicke und kneifen dabei ihre Augen zusammen. Ich freu mich schon.

»Schleich dich, du Arschloch!«, plärrt dann die Gisela erwartungsgemäß ziemlich laut über den Tisch, dass ihre Warze am Kinn dabei direkt wackelt.

Ich lächele sie dankbar an. Der Pferdeschwanz hebt eine Augenbraue, sein Mund verzieht sich zu einem süffisanten Grinsen, aber man sieht ihm trotzdem an, dass er innerlich kocht.

»Susanne, du Ärmste!«, sagt er zur Susi, die ihn noch immer ganz fassungslos anstarrt. »Wie kannst du das alles hier nur ertragen? Sag, darf ich dich vielleicht zu einem kleinen Tänzchen entführen?«

Die Susi schaut mich fragend an, und ich merk es gleich, dass ihre Wangen sich färben.

»Sag mal, musst du hier irgendjemanden um Erlaubnis fragen?«, will das Arschloch jetzt wissen.

Die Susi schaut mich immer noch an, und ich schaue zurück. Soll sie doch zappeln.

»Nein, muss ich nicht!«, sagt sie dann, wirft ihre Haare in den Nacken und dreht sich ab. Sekunden später verschwinden die zwei auch schon in der Menge, und die anderen starren ihnen hinterher.

»Du, Leopold, wieso schleppst du eigentlich diesen Wichser hier an?«, fragt der Simmerl nach einer Weile und erntet damit flächendeckendes Kopfnicken.

»Sagt mal, habt ihr total vergessen, wer das ist? Unser lieber alter Mitschüler, der Fleischmann Karl-Heinz! Der wohnt jetzt in Düsseldorf und hat dort ein Loft direkt am Rhein. Er ist derzeit einer der erfolgreichsten Computerspezialisten in ganz Europa. Der … der verdient so viel Kohle, das könnt ihr euch nicht vorstellen. Ich persönlich finde es ja wahnsinnig schön, dass ein so dermaßen anerkannter und vielbeschäftigter Mann sich tatsächlich die Zeit freischaufelt, um zu unserem popeligen Schuljubiläum zu kommen … Oh, Papa, warte, ich kann dir doch ein neues Bier holen. Bleib sitzen!« Damit beendet er seinen Monolog und eilt pflichtschuldigst zum Wolfi, um sich mal wieder beim Papa einzuschleimen.

Die Band spielt jetzt einen Hosenwetzer nach dem anderen. Das ist ja nicht zum Aushalten, wirklich. Deshalb stehe ich jetzt erst mal auf und begeb mich nach vorn zum Podium.

»Sagt's einmal, Burschen, könnt's ihr nicht mal was anderes spielen? Ein bisschen was Fetzigeres vielleicht? Da schlafen dir ja die Haxen ein bei diesem ganzen Gedudle hier«, ruf ich dem Gitarristen zu.

»Das weiß ich schon selber, Franz«, ruft der zurück. »Aber dieser Typ da drüben, der mit dem Pferdeschwanz, der hat uns einen Hunderter gegeben für die Slows. Capito?«

Er zuckt mit den Schultern.

Ich zuck mit den Schultern. Karl-Heinz ist und bleibt eben ein Arschloch.

Auf der Tanzfläche schieben sich einige Paare Wange an Wange durch die Schmachtfetzen hindurch. Unter ihnen meine Susi und die gut gemachte Blend-a-med-Fresse. Das ist optisch kaum zu ertragen.

Und so mach ich mich lieber auf den Heimweg.

»Franz!«, hör ich die Susi schon nach ein paar Schritten hinter mir herrufen.

Ich dreh mich um.
»Du kannst doch jetzt nicht einfach so abhauen.«
»Offensichtlich schon!«
»Du hast dich ja noch nicht einmal verabschiedet von mir!«
»Wollte nicht stören bei den Slows und so, weißt du!«
»Du wolltest doch nicht ... Du, Franz. Sag mal, spinnst du jetzt? Bist du eifersüchtig, oder was?«
»Ich? Eifersüchtig? Nein!«
»Bist du dir sicher?«
»Ja!«
»Kommst du, Susanne?«, fragt jetzt mein nagelneuer Busenfreund, der urplötzlich direkt hinter der Susi aus dem Boden gewachsen sein muss.
»Ich würd schon noch gern ein bisserl dableiben, wenn du nichts dagegen hast, Franz.«
»Nur zu, Eure Schönheit. Kann ich dafür das Kleid und die Schuhe mitnehmen?«, sag ich noch so, und sie zeigt mir den Vogel. Dann dreh ich mich ab.
Wirklich, ganz prima. Da kommt so ein schmieriger Computerarsch aus dem Nichts, schleift sie ein paarmal übers Parkett und schleimt sie voll. Und schon kann der Franz schauen, wo er bleibt, und allein nach Hause dackeln. Ja, wenn ich so nachdenke, dann muss ich ja fast schon sagen, dass ich mich jetzt direkt ein klein bisschen freue. Auf übermorgen. Auf München. Der Gedanke, einmal aus Niederkaltenkirchen wegzukommen, der erscheint mir von Minute zu Minute attraktiver.

Kapitel 3

Die Löwengrube also. Abgesehen davon, dass dieser wunderbare Jörg Hube und dieses einstige Klasseweib Christine Neubauer die Löwengrube für immer und ewig zu einem Denkmal gemacht haben, ist sie schlicht und ergreifend ein Polizeipräsidium wie jedes andere auch. Das heißt: nicht ganz. Weil sie ja mitten in München liegt. Also wirklich mittendrin. Und München ist eine Großstadt, ganz klar. Und da muss ich mich wohl erst wieder dran gewöhnen. Wie ich vor Jahren hier schon einmal dienstlich verankert war, da war das weiter kein Thema. Jetzt aber schon. Weil halt Niederkaltenkirchen nicht so wirklich groß ist. Größer ist dann schon Landshut, wo ich auch des Öfteren mal ausgeholfen hab. Aber im Vergleich zu München ist Landshut jetzt auch eher mickrig. Und wenn man von der Größe einer Stadt ausgeht, kann man sich schon ungefähr vorstellen, dass dann auch die PPs deutlich größer sind. So eben auch die Löwengrube. Ich hab also am Montag in der Früh meinen Dienst dort angetreten, und bis Mittwochabend hab ich mich immer noch verlaufen. Riesig ist das da. Und das mit dem Grüßen in den Gängen, das kann man sich auch getrost sparen. Weil, da käme man zu nichts anderem mehr. Ganz abgesehen davon, dass die meisten hier »Guten Tag« sagen. Nicht etwa »Servus« oder »Habe d'Ehre«, so wie bei uns daheim. Nein, hier wird größtenteils Hochdeutsch gesprochen. Sogar beim

Metzger. Oder beim Bäcker meinetwegen. Das krieg ich ziemlich schnell raus, wenn ich so in der Schlange stehe. Schlange stehen kenn ich eigentlich auch nicht von daheim. Weil, selbst wenn beim Simmerl irgendjemand vor mir dran ist, krieg ich zuerst. Wo kämen wir denn da hin, wenn ein Polizist seinen Dienst vernachlässigen muss, bloß weil er ein paar Warme braucht! Hier in München hat sowieso niemand Zeit für irgendwas. Polizisten nicht und auch die Touristen nicht. Die Studenten nicht und die Rentner erst recht nicht. Alle jagen sie Schulter an Schulter durch diese Fußgängerzone, als wär der Teufel hinter ihnen her, und verbreiten dabei einen Stress, das ist direkt unglaublich. Die einzige große Ausnahme ist dieses Glockenspiel am Rathaus vorne. Wenn das nämlich mittags so loslegt, dann kehrt urplötzlich eine Art Gruppenlähmung ein. Schon ein paar Minuten vorher versammeln sich Chinesen und Araber, Schwarze und Weiße, Männlein und Weiblein, zücken erwartungsvoll ihre Handys oder Kameras, um dann im kollektiven Raunen die rathauseigenen Tänzer zu bestaunen. Irre, wirklich. Wenn man bedenkt, dass das Ding total verstimmt ist und es einem eigentlich die Zehennägel umklappt vor lauter schiefen Tönen und Gescheppere. Die Stadt aber scheint dann völlig still zu stehen. Doch kaum haben die Schäffler ihre letzte Drehung vollbracht, scharrt das Publikum auch schon wieder mit den Hufen, um den Wettlauf des Wahnsinns fortzusetzen. Dann muss ich fast ein bisschen wehmütig an unsere Dorfstraße daheim denken, wo selbst zu Stoßzeiten nie mehr als fünf Menschen gleichzeitig unterwegs sind. Na ja.

Ich teil mir das Büro mit einer Kollegin, die ich noch nicht kenne, weil sie gerade in Elternzeit ist und erst in ein paar Wochen zurückerwartet wird. Das ist ziemlich gut. So kann ich mich erst einmal ganz gemütlich einrichten, ohne dass hier ständig jemand sein Revier markiert. Auf meinem

Schreibtisch stapeln sich die ungeklärten Todesfälle der letzten Monate, und ich soll mich da erst einmal ein bisschen reinarbeiten, heißt es gleich bei meiner Begrüßung. Mein neuer Vorgesetzter, der Kriminaloberrat Stahlgruber, ist ziemlich förmlich und ungefähr so entspannt, als hätte er 'nen Stock im Arsch. Ich versteh das ganz gut: Erstens bin ich ja ein dämlicher Provinzbulle. Dann ist es damals in München – sagen wir mal – nicht so richtig gut gelaufen, weil mir die Hand immer ein bisschen locker am Holster saß. Und dann geht mir natürlich ein enormer Ruf voraus, ich meine diese Sachen mit den sieben Morden, einer Amoklage, einer Geiselnahme, einem entflohenen Psychopathen, dem Köpfl vom Höpfl und so – ja, so ganz unberechtigt scheint mir der Ruf als Superermittler bei genauerer Betrachtung nun doch nicht zu sein. Klar, dass der Stahlgruber da halt ein bisserl komisch ist. So ganz deutlich kann ich noch nicht ausmachen, ob er eher nervös oder überheblich ist. Jedenfalls hab ich irgendwie das Gefühl, dass er alles andere als erfreut ist über meine Anwesenheit hier. Aber es hilft alles nix, weil Dienst ist Dienst. Also verbringe ich meine erste Zeit hier mit Reinarbeiten und Kaffeetrinken. Es gibt weder einen Bürgermeister noch eine Susi, die auch nur einen Hauch Abwechslung oder Zerstreuung in meinen tristen Alltag bringen würden, und auch der Leberkäs hier kommt niemals nicht auch nur ansatzweise an den vom Simmerl heran. Was aber am allerschlimmsten ist, man kann es kaum glauben, das sind die Klamotten, die die echten Münchner Polizisten hier so tragen. Oder sagen wir besser: die Zivilkleidung meiner werten Kollegen. In den Gängen sieht man fast ausnahmslos Jeans in Grün und Rot und Orange und sogar in Gelb! Da kriegst du wirklich einen Augenkrebs davon. Eine Jeans hat verdammt noch mal blau zu sein und fertig. Hell, dunkel, mit und ohne Löcher, alles vollkommen egal. Aber bunt geht halt einfach gar nicht. Höchstens noch für Weiber. Und selbst da find ich es schon ziemlich grenzwertig. Aber gut.

Nachdem ich mir in der Nähe vom Rotkreuzplatz, PI West, ein sogenanntes Ledigenzimmer angeschaut habe, wird die Sehnsucht nach meinem umgebauten Saustall ziemlich brutal. Das muss ich vielleicht kurz erklären, weil der heimische Saustall nämlich inzwischen für mich der Inbegriff von Heimat geworden ist: ein Zufluchtsort auf dem elterlichen Hof, den der Leopold bei Androhung der Todesstrafe nicht zu betreten wagen würde. Mein Paradies in Niederkaltenkirchen ist das. Und nicht erst, seit die Oma mit diesen Restposten-Fliesen dafür gesorgt hat, dass ich ein eigenes Bad habe. In dieses Ledigenzimmer hier am Rotkreuzplatz aber würde sich nicht mal versehentlich ein Einbrecher verirren. Also ehrlich. Für den Franz ist das nichts. Vom Keller bis zum Dach stinkt alles nach Linoleum, und die Einrichtung versprüht den Charme einer Jugendherberge aus den 60er Jahren. Dort krieg ich schon allein des Gestanks wegen kein einziges Auge zu. Und so bin ich also die ersten Nächte gezwungenermaßen heimgefahren nach Niederkaltenkirchen. In meinen Saustall.

Heute aber ist Mittwoch. Und heute hab ich eine Verabredung mit dem Birkenberger Rudi. Das ist schön. Mit dem hab ich ja früher schon mal hier in München Dienst geschoben – okay, das war dann am Ende ein bisschen ungünstig, wegen dieser etwas kleinlichen Waffengesetze eben und so, aber das hab ich ja schon erzählt. Moosacher Straße, PI 43, war das. Eigentlich eine schöne Zeit damals, wirklich. Lichtjahre her. Und damals, da waren wir beide auch noch ziemlich heiß auf die Großstadt. Na ja, und freilich auch ein bisserl jünger. Heute ziehe ich persönlich die Provinz deutlich vor. Der Rudi, der hängt immer noch hier in München ab. Bei der Polizei ist er leider nicht mehr, weil auch ihm ja saudummerweise einmal im Dienst plötzlich irgendwie der Gaul durchgegangen ist. Da haben sie ihn dann hinterher einfach nicht mehr recht haben wollen. Privatdetektiv ist er jetzt stattdessen. Gibt ja auch deutlich mehr Kohle, ganz klar. Und außerdem ist man sein eigener Herr. Das hat schon was. Was aber keinesfalls bedeutet, dass er nicht das eine oder andere Mal bei der Aufklärung meiner Fälle sehr nützlich gewesen wäre. Ja, da ist auf den Rudi Verlass. Polizist hin oder Privatdetektiv her, wenn ich ihn brauche, ist er immer zur Stelle. Wenn ich ihn nicht brauche, allerdings auch, aber wurst. Jedenfalls hat er sich tierisch gefreut, wie ich am Telefon von meiner Versetzung erzählt hab. Das müsse doch gefeiert werden, hat er gemeint. Und wo er recht hat, hat er recht.

Darum mach ich heute etwas früher Feierabend und bin praktisch grad auf dem Weg, die Löwengrube zu verlassen, als ich eine wohlbekannte Stimme vernehme. Eine wohlbekannte laute Stimme.

»Franz, Bub! Ja wunderbar, dass wir dich gleich finden. Schau her, wer da ist!«, kann ich die Oma schon durch die dicke Glasscheibe hindurch ganz deutlich hören. Ich drück auf den Türöffner und geh da mal raus. Der Papa und die Oma stehen am Eingang, und beide strahlen übers ganze Gesicht.

»Na, was sagst?«, will der Papa jetzt wissen.

»Servus«, sag ich erst mal. »Was macht's ihr zwei denn da?«

»Dich besuchen, Franz«, sagt der Papa und blickt sich um. »Das schaut ja ganz anders aus als wie im Fernseher. War das genau da, wo der Hube auch war?«

Ich nicke.

»Sag einmal, Bub«, fragt jetzt die Oma und zupft an meiner Jacke. »Ist das genau da, wo der Hube auch war?«

Ich nicke.

»Wie seid's denn ihr eigentlich da? Seid's ihr mit dem Zug gekommen?«

»Geh, Schmarrn«, sagt der Papa und wedelt mit dem Autoschlüssel.

»Ihr seid mit dem Admiral unterwegs?«, frag ich.

»Logo«, sagt der Papa.

»Mei, Bub, ich kann dir gar nicht sagen, wie fertig ich bin«, mischt sich die Oma wieder ein. »Viereinhalb Stunden war'n wir jetzt unterwegs. Und das bei dieser Hitze! Und bloß, weil sich der alte Depp weigert, auf die Autobahn raufzufahren. Alles Landstraße. Kannst du dir das vorstellen?«

Sie biegt sich ihr Kreuz durch, dass alles nur so kracht.

Und ob ich mir das vorstellen kann. Das Auto vom Papa ist nämlich sein Ein und Alles. Ja, gut, außer den Beatles vielleicht. Und seinen Joints. Und es ist übrigens auch das einzige Auto, das er jemals in seinem Leben besessen hat. Und er will auch ums Verrecken kein anderes nicht. Und genau aus diesem Grund will er es halt auch immer schonen. Manchmal frag ich mich tatsächlich, ob er es überhaupt schon irgendwann mal in den vierten Gang raufgeschaltet hat.

»Wo willst denn jetzt eigentlich hin, Franz? Hast vielleicht einen Einsatz?«, will der Papa dann wissen, vermutlich allein schon, um das Thema zu wechseln.

»Nein«, sag ich und schüttle den Kopf. »Ich treff mich gleich mit dem Birkenberger Rudi, wennst es genau wissen willst. Drüben im Augustiner.«

Mit diesem einzigen Satz löse ich prompt eine wahre Begeisterungswelle aus. Einfach weil der Beliebtheitsgrad, was den Rudi betrifft, bei meiner engeren Verwandtschaft mindestens genauso hoch ist wie der vom Augustiner. Und so steht relativ schnell fest, dass mich die beiden Senioren halt ganz spontan einfach begleiten. Und weil wir noch ein kleines bisserl Zeit haben, nötigen sie mich zu einem kurzen Rundgang durch diese berühmten Hallen hier. Jeder Mensch, der uns auf der Wanderung begegnet, wird von der Oma angeschrien: »War der Hube auch hier?« Sie ist total aus dem Häuschen.

Wie wir endlich beim Rudi ankommen, sind wir sage und schreibe vierzig Minuten zu spät, weil ich ums Verrecken nicht rausfinde aus diesem blöden Gemäuer. Und schon auf dem Weg zum Augustiner wird mir kotzübel, weil ich haargenau weiß, was mir jetzt blüht. Wenn der Rudi nämlich einen einzigen, aber gravierenden Nachteil hat, dann den, dass er in Sachen Vorhaltungen ein wahrer Meister ist. Man könnte geradezu denken, er liebt die Verfehlungen seiner Mitmenschen allein deshalb, weil er daraufhin möglichst intensiv die beleidigte Leberwurst mimen kann.

»Danke«, sagt er grad, wie wir ankommen, und wirft seine Serviette in den bereits leeren Teller. »Es war wie immer ein Genuss.«

Der Ober in Tracht und mit fremdem Akzent bedankt sich artig und räumt ab.

Der Rudi zählt sein Geld auf den Tisch.

»Sorry, Rudi«, sag ich und hau ihm auf die Schulter. So rein freundschaftsmäßig, um ihn irgendwie locker zu machen. Er starrt erst meine Hand an, als wär sie eine züngelnde Feuerkröte, und danach genauso in mein Gesicht. Aber da hat er die Rechnung ohne die Oma gemacht.

»Ja, Rudi-Bub, lass dich mal anschaun!«, schreit sie durchs ganze Lokal, drückt sich an mir vorbei und schlenzt dem Birkenberger erst mal kräftig die Wange.

»Ja, die Eberhofer-Oma! Das ist aber schön«, sagt er leicht verwirrt und steht gleich mal auf.

»Ja, die Oma, die hat mich ein bisserl aufgehalten, verstehst«, sag ich und rück mir dabei einen der Stühle zurecht. »Sonst wär ich echt total pünktlich gewesen.«

Der Papa nickt und reicht dem Rudi die Hand.

Danach ist eigentlich alles ziemlich entspannt. Nachdem

er mir kurz die erwarteten Vorhaltungen gemacht hat, empfiehlt er uns den Krustenbraten mit Knödeln und Krautsalat, weil der einfach der Hammer ist. Dann freut er sich endlich, dass wir da sind, und bestellt sich ein neues Bier. Und so hocken wir eine Zeit lang ziemlich gemütlich zusammen und ratschen ausführlich. Das Essen ist gut und die Portion tatsächlich ausreichend, wenn auch nicht im Geringsten mit dem Essen von der Oma zu vergleichen. Dazwischen liegen einfach Welten. Und das will sie freilich auch unbedingt wissen. Was ihre Kochkünste angeht, da ist sie nämlich ganz eigen, die Oma. Mindestens dreimal fragt sie uns, wie's denn so schmeckt. »Geht so«, sagen wir immer und zucken mit den Schultern. Und schon ist sie zufrieden.

Bester Laune und komplett gesättigt brechen wir kurz vor sieben auf, um die zwei Niederkaltenkirchner zu ihrem Wagen zu begleiten. Immerhin müssen die ja noch minimum viereinhalb Stunden nach Hause zuckeln, gell.

»Verdammte Scheiße!«, ruft der Papa plötzlich, grad wie wir so gemütlich durch die Straßen schlendern, und zeigt auf den Platz, an dem vorhin noch der Admiral gestanden hat.

»Jessas, unser Auto ist ja verschwunden«, sagt dann auch die Oma gleich darauf.

»Wie, euer Auto ist verschwunden?«, frag ich erst mal, weil ich mir einen Papa ohne Admiral besser nicht ausmalen mag.

»Hier! Hier hat er gestanden!«, rufen der Papa und die Oma im Duett und fuchteln ganz wild mit ihren Armen umeinander. Aha.

»Aha«, sag ich so und ahne schon, was mir jetzt blüht.

Eine Standortverwechslung kann relativ schnell und hundertprozentig ausgeschlossen werden. Einfach, weil sich beide nämlich noch haargenau erinnern können, dass sie zwischen zwei Geschäften geparkt haben, die sie niemals, nein, niemals in ihrem Leben vergessen werden. Ziemlich lange hätten sie sogar dort gestanden und in die Schaufenster gegafft. Das eine, das war so ein Pornoladen, ekelhafte Sache, sagt die Oma. Und das andere war wohl eins für Prothesen jeglicher Art, das reinste menschliche Ersatzteillager quasi. Und genau vor diesen Schaufenstern stehen wir gerade. Nur besagter Wagen eben nicht.

»Verdammt, das gibt's doch gar nicht«, sagt der Rudi, gleich nachdem wir ebenfalls ziemlich ausgiebig in diese Schaufenster gegafft haben. »Da bricht doch niemand mitten in der Stadt einfach so schnell mal ein Auto auf! Noch dazu, wo es noch gar nicht richtig dunkel ist.«

»Ja, gut, aufbrechen musste es ja auch keiner«, sagt dann der Papa.

»Es war sowieso offen«, füg ich der Vollständigkeit halber hinzu. »Das Schloss ist schon seit fünfundzwanzig Jahren kaputt.«

»Seit siebenundzwanzig, um genau zu sein«, verbessert mich der Papa. In manchen Dingen ist er echt eigen.

»Fragen wir doch erst mal in den Geschäften nach, ob die vielleicht was mitgekriegt haben«, schlag ich vor.

»Gut, ich nehm den Pornoladen«, sagt der Rudi und ist auch schon gleich unterwegs.

So übernehme ich also die Prothesen. Zwei Minuten später treffen wir uns wieder draußen, sind aber keinen Deut schlauer als zuvor. Einfach weil halt niemand irgendetwas mitgekriegt hat. Na bravo.

Dann ruf ich also erst mal in der Einsatzzentrale an. Womöglich wurde der alte Hobel nur abgeschleppt und steht längst auf dem Autofriedhof. Der Kollege am anderen Ende der Leitung ist freundlich und hört ganz aufmerksam zu. Und so geb ich ihm erst mal das Kennzeichen durch und den

Fahrzeugtyp. »Ein Opel Admiral, sagst du?«, fragt er und lacht.

»So isses«, sag ich.

»Ja, gibt's denn die eigentlich überhaupt noch?«, lacht er weiter.

»Eine aussterbende Spezies«, sag ich und weiß gar nicht, was daran so lustig sein soll.

Lachenderweise überprüft er meine Angaben, um mir Augenblicke später zu verkünden, dass von einem Admiral weit und breit nix bekannt ist. Weder Autofriedhof noch abgeschleppt. Tut ihm leid, sagt er noch, und ich soll ihn doch bitte schön unbedingt auf dem Laufenden halten, was aus der alten Kiste geworden ist. Weil ihn das schon rein persönlich ungemein interessieren würde.

»Ja, toll! Und was sollen wir jetzt machen?«, will die Oma wissen, gleich nachdem ich aufgelegt und meine Neuigkeiten kundgetan hab. Dabei steigt sie von einem Fuß auf den anderen und schaut uns der Reihe nach an.

»Ihr zwei fahrt jetzt erst mal schön mit dem Zug heim«, sag ich und winke dabei ein Taxi heran, das grad an uns vorbeifahren will. »Und ich kümmere mich gleich mal um die Anzeige.«

»Ja, das ist jetzt aber wirklich voll scheiße«, sagt der Papa fast ein bisschen weinerlich, und irgendwie ist er ganz weiß um die Nase herum. Dann kramt er seinen Tabakbeutel aus der Jackentasche.

»Papa, sag mal, spinnst du, oder was? Du kannst dir doch jetzt hier nicht einfach einen Joint drehen!«

»Nicht?«

»Nein!«

Schwer schnaufend schiebt er den Beutel wieder zurück in die Tasche.

»Also, was ist jetzt?«, will der Taxifahrer wissen.

»Wir haben's gleich«, ruf ich in den Wagen.

»Na gut, Franz. Dann lass ich dir auf alle Fälle meinen Autoschlüssel da. Weil mir hilft er ja sowieso nix. Und vielleicht kannst du die Kiste ja irgendwo, ich meine, bei einem von deinen Streifengängen meinetwegen oder so«, sagt der Papa noch und steigt dann ziemlich zögerlich ein.

Als würde ich Streife gehen.

Nachdem sich das Taxi endlich in Bewegung setzt, winken wir noch kurz hinterher.

»Jetzt machst bloß noch schnell diese blöde Anzeige, und dann gehen wir zwei noch auf eine Halbe, was meinst, Franz?«, sagt der Rudi.

»Genau«, sag ich.

»Du zahlst. Immerhin bist mir noch was schuldig, weil du mich fast eine Stunde lang hast warten lassen.«

»Von mir aus«, sag ich noch. Und genau so machen wir es dann auch, außer, dass es nicht nur eine Halbe ist. Jedenfalls ist es mein Bürostuhl, wo ich am nächsten Morgen aufwach. Und es ist ein Aspirin, welches mein Frühstück darstellt. Außerdem hab ich vier brandneue Telefonnummern mit Namen, die ich noch nie in meinem Leben gehört hab.

Zwei Tage später krieg ich einen Anruf von dem Kollegen aus der Einsatzzentrale. Er lacht schon gleich zur Begrüßung. Scheint einfach ein fröhlicher Mensch zu sein. Ja, sagt er, der Admiral wurde tatsächlich gefunden. Von einer Wandergruppe aus Thüringen. Und zwar mitten im Wald. Im Dachauer Forst, um genau zu sein. Er will wissen, ob ich die Kiste selber dort abholen mag. Freilich, sag ich, bedank mich und leg auf.

Dann sag ich noch kurz dem Papa Bescheid und kann ihm die Erleichterung ganz genau anhören. Wunderbar ist das, sagt er. Und dass er kein Auge zugemacht hat seit diesem furchtbaren Tag. Kein einziges Auge.

Hinterher ruf ich den Birkenberger an und frag ihn, ob er mich vielleicht schnell in den Dachauer Forst rausfahren kann, um eben den Wagen dort draußen abzuholen. Und trotz dichter Auftragslage und mordswichtigen Beschattungen kann er seine Arbeit ungern, aber kurz, unterbrechen und kommt vorbei, sobald es ihm halt möglich ist.

Es ist kurz vor Mitternacht, wie endlich mein Telefon läutet und der Birkenberger dran ist. Ich muss wohl wieder in meinem Bürostuhl eingeschlafen sein und bin nicht wirklich fit, wie ich abnehme.

»Ja?«, sag ich etwas verschlafen.

»Auf geht's, Franz!«, sagt der Rudi. »Ab in den Dachauer Forst!«

»Wie spät ist es denn überhaupt?«, frag ich und mach zuerst einmal Licht.

»Dreiundzwanzig Uhr und achtundvierzig Minuten, um ganz genau zu sein«, sagt der Rudi.

»Bist du besoffen oder was?«

»Nein, wieso?«

»Du willst doch jetzt nicht mitten in der Nacht, also praktisch im stockfinsteren Wald, nach einem Auto suchen? Das kann doch wohl nicht dein Ernst sein! Und überhaupt: Wo warst du eigentlich die ganze Zeit, Mensch?«

»Arbeiten, wenn du erlaubst!«

»Ja, Scheiße, Mann! Und wo bist du jetzt?«

»Ja, vor der Löwengrube halt, Ettstraße. Genau da, wo du mich hinbestellt hast«, sagt der Rudi und schnauft ein bisschen theatralisch durch. »Und du, ich muss schon direkt sagen, dass ich es mehr als undankbar finde, wenn ich dir nach einem echt harten Arbeitstag noch mitten in der Nacht zur Verfügung stehe, und dann kann ich mir auch noch blöde Texte reinziehen. Kommst du jetzt runter oder lässt du es bleiben?«

»Ja, warte! Ich komm schon, verdammt!«, sag ich noch und leg auf.

Wir reden kein Wort auf der gesamten Strecke. Ich, weil ich saumüde bin und auch ein bisschen angepisst. Und der Rudi, weil er stark angepisst ist und vermutlich ebenfalls saumüde. Zwei Stunden und zwanzig Minuten später finden wir endlich den elendigen Karren, und das war eh nur ein astreiner Zufall. Weil der Rudi nämlich irgendwann dringend zum Bieseln gemusst hat. Und grad, wie er sich lächerlicherweise ins Dickicht drückt, damit nur ja keiner seinen Schniedl zu sehen kriegt, da entweicht ihm ein Aufschrei.

»Hui!«, schreit er ganz erfreut. »Ja, was haben wir denn da?«

Mein erster Gedanke: Wie kann man sich nur so dermaßen freuen, wenn man seinen Pillermann zu sehen kriegt.

»Interessiert dich das gar nicht, Franz?«, ruft er dann weiter in meine Richtung.

»Nein, nicht im Geringsten, Rudi«, ruf ich zurück.

»Sollte es aber, mein Bester«, ruft der Rudi und hat dabei so einen total triumphierenden Tonfall drauf. Was soll denn das jetzt werden!?

»Pack dein Prachtstück wieder ein und komm endlich. Wir müssen schließlich irgendwann diese blöde Kiste finden!«

»Aber genau davon red ich doch grade, Arschloch«, sagt der Rudi und kommt dabei auf mich zu. Er deutet rüber auf seine Pinkelecke und zwinkert mit den Augen.

»Nicht dein Ernst, oder?«, frag ich und steig aus dem Wagen. Ich mach mal die Taschenlampe an und begeb mich ins Dickicht. Gleich darauf kann ich meinen Augen kaum trauen. Dort zwischen den Büschen und Bäumen steht also dem Papa sein Heiligtum in all seiner Herrlichkeit. Ja, gut, so richtig herrlich ist jetzt vielleicht auch übertrieben. Der

Admiral ist schon ziemlich dreckig, und zu den ohnehin unzähligen Kratzern sind noch ein paar dazugekommen. Aber immerhin steht er dort. Ich öffne die Tür und schau mal hinein. Alles unverändert, soweit ich das beurteilen kann. Bis auf diesen Gestank. Aber das lässt sich ja wohl ziemlich schnell ändern, wenn man nur alle Fenster mal ordentlich aufreißt. Ich bin echt erleichtert, das muss ich schon sagen. Nachdem ich mich beim Rudi ganz herzlich bedankt und mich anschließend verabschiedet habe, fahr ich den alten Hobel vorsichtig aus dem Wald raus und mach mich trotz dieses irren Gestanks gleich auf den Weg nach Hause. Nach Niederkaltenkirchen. Die Nacht ist ja eh schon im Arsch, und vielleicht kann ich mich im Saustall noch ein bisschen aufs Ohr hauen, wer weiß.

Wie ich ankomm, sitzt die Oma im Nachtgewand am Küchentisch und studiert die Anzeigen in der Tageszeitung. Ein Haferl Kaffee steht dampfend vor ihr und lässt die ganze Küche gleich wunderbar duften. Der Ludwig liegt drüben am Kachelofen, hebt seinen Kopf und schaut mich eindringlich an. Grad so, als würd er überlegen, ob sich das Aufstehen überhaupt lohnt. Dann aber kommt er doch hoch und läuft mir mit wedelndem Schwanz entgegen. Davon wird die Oma aus ihrer Lektüre gerissen.

»Ja, Bub!«, schreit sie und nimmt die Lesebrille ab. »Was machst denn du da?«

Ich nehm sie an der Hand und geh mit ihr rüber zum Fenster. Dann deut ich hinaus. Auf den Opel Admiral, der genau da steht, wo er auch stehen sollte. Drüben im Heuschober nämlich.

»Du hast die Karre gefunden!«, ruft sie freudig. »Da wird er aber froh sein, dein Vater. Der hat schon ein Theater gemacht, das kannst dir gar nicht vorstellen.«

»Wo ist er?«, fragt der Papa nur Augenblicke später und

schlurft durch die Küche zu uns ans Fenster. Ich deute mit dem Kinn in Richtung vom Schober, und schon eilt er davon.

»Herrschaft, was zum Teufel stinkt denn hier so? Was hast du bloß mit dem Wagen gemacht, dass der jetzt so stinkt, Franz?«, hör ich ihn gleich darauf rufen.

»Setz dich nieder, Bub«, sagt dann die Oma und begibt sich prompt rüber zum Kühlschrank. »Du schaust ja verheerend aus, Franzl. Ich werd dir jetzt erst mal ein astreines Frühstück machen, gell.«

Wenn sie Franzl sagt, dann muss ich wirklich ganz verheerend ausschauen. Und so setz ich mich erst mal nieder und warte voll Vorfreude auf ihr astreines Frühstück.

»Franz!«, sagt der Papa ein paar Augenblicke später. Er steht im Türrahmen und ist käsig von Kopf bis Fuß.

»Ich hab echt keine Ahnung, warum der so stinkt, Papa. Nicht die geringste. Ich jedenfalls kann nichts dafür«, sag ich, beiß in eine Schinkensemmel und schnapp mir den Sportteil der Zeitung.

»Franz«, sagt der Papa noch einmal und steht wie angewurzelt im Türrahmen.

»Ja! Was?«, schrei ich ihn an, dass sich sogar die Oma umdreht.

»Da ist eine Leich' in unserem Kofferraum«, sagt er, wankt dann langsam zum Tisch rüber und sinkt schließlich schwerfällig auf einen Stuhl.

»Hast ein bisschen viel in die Tüte getan, gestern Abend, oder was?«, frag ich ihn mehr nebenbei, widme mich aber lieber wieder den Fußballergebnissen.

»Eine Leich', verstehst? In unserem Kofferraum. Wie zum Teufel kommt die da rein, Franz?« Der Papa wirkt ziemlich verwirrt. Ist es möglich, dass der arme Papa noch vor der Oma senil wird?

Mit einem einzigen Ruck entreißt er mir die Fußballergebnisse.

»Hörst du mir eigentlich zu, 'zefix?«, brüllt er mich an.

»Es ist eine Leich' in unserem Kofferraum. Hab dich schon verstanden, Papa. Vielleicht solltest du einfach mal deinen Dealer wechseln. Du verträgst das Zeug nicht mehr, das du da qualmst.«

Er steht auf und geht zur Oma rüber. Packt sie am Arm und führt das verdatterte Weiblein in den Hof hinaus. Ich schüttle kurz den Kopf und lese weiter. Aber ich mach mir auch ein kleines bisschen Sorgen. Wie sollen diese zwei Alten nur klarkommen, wenn ich nicht mehr hier bin? Ich bin jetzt noch keine ganze Woche weg, und schon herrscht hier der blanke Wahnsinn. Ich geh mal zum Herd. Die Rühreier brennen grad an.

»Da ist eine Leich' in unserem Kofferraum«, kann ich die Oma kurz darauf vernehmen und drehe mich um. Völlig erschöpft schwankt sie auf mich zu. Und ich kann sie grade noch abfangen, ehe sie mir auf den Küchenfußboden knallt. Ich bring sie lieber gleich mal zum Kanapee rüber. Jetzt kommt auch der Papa wieder und setzt sich daneben in den Sessel. Die zwei hier teilen sich ein und denselben Gesichtsausdruck. Was zum Teufel ist denn da los? Dann geh ich jetzt wohl besser mal in den Hof hinaus.

Ich traue meinen Augen nicht und kann es trotzdem glasklar erkennen. Sowohl optisch als auch geruchstechnisch werden die Aussagen meiner Vorfahren bis ins kleinste Detail bestätigt. Da liegt eine Leich' in unserem Kofferraum.

Kapitel 4

Was die nächste Stunde über passiert, ist trotz allem irgendwie lustig. Eigentlich ist es ja eher traurig, weil bei einer Leich' ist ja immer irgendwas Trauriges dabei. Meistens jedenfalls. Es gibt auch Leichen, die sind nur lustig. Zumindest für einige Beteiligte. Beim Barschl zum Beispiel. Beim Barschl war ich gar nicht traurig. Nicht im Geringsten. Ja, gut, lustig war ich jetzt auch nicht direkt. Weil ich eine ganze verschissene Zeit lang der einzige Tatverdächtige war. Das war eigentlich nicht besonders lustig. Aber traurig war es eben auch nicht. Weil das Ableben vom Barschl halt auch seine endgültige Abwesenheit garantiert hat. Und das allein war es schon wert. Weil er einfach ein unglaubliches Arschloch war, der Barschl. Der war nämlich früher einmal mein Vorgesetzter, und in dieser Funktion hat er mir eine ganze Zeit lang das Leben so richtig versaut. Und irgendwann ist er dann einfach mausetot im Polizeihof gelegen. Mitsamt durchschnittener Kehle. Zuerst einmal haben fast alle geglaubt, ich hätte diesem blöden Idioten die Gurgel halbiert. Aber freilich war ich es gar nicht. Und so hab ich den Fall geklärt, ganz klar. Aber jetzt bin ich abgeschweift.

Nein, was ich eigentlich sagen wollte, trotz aller Traurigkeit, die mit fast jeder Leiche einhergeht, gibt's in diesem aktuellen Fall eben auch eine lustige Seite. Und zwar die, dass sie keiner haben will, diese Leich'. Die Kollegen in Landshut sagen: Wir? Wir sind dafür nicht zuständig. Schließlich wurde das Auto im Dachauer Forst gefunden. Und vom Dachauer Forst aus bis hin nach Niederkaltenkirchen bestand nicht die geringste Möglichkeit, dass die Leiche in den Kofferraum gekommen wäre. Ja, gut, das kann ich unterschreiben. Also, die Landshuter wollen sie auf gar keinen Fall. Sollen sich doch die Dachauer drum kümmern. Oder die Münchner. Wir in Landshut, wir haben damit nix am Hut. Ja. Aber die Dachauer, die sagen, das Auto wurde doch da in München gestohlen. Und dort ist vermutlich auch diese Leiche reingekommen. Und nur rein zufällig wurde der Wagen dann im Dachauer Forst abgestellt. Das hätte auch überall anders sein können, ganz klar. Sie wollen damit jedenfalls nix zu tun haben. Und fertig. Und die Münchner, die sind wirklich die Allerbesten. Die sagen nämlich: Auto aus Landshut, Fundort Dachauer Forst. Leiche unbekannt. Was haben wir damit zu tun? Ja, prima. Und was soll ich jetzt machen? Soll ich sie in unserem Hof verscharren, oder was?

Also schnapp ich mir trotz unbeschreiblicher Müdigkeit und unter den stärksten Protesten vom Papa diesen blöden Admiral samt Inhalt wieder und fahre mit weit geöffneten Fenstern nach München zurück. Genauer: in die Gerichtsmedizin. Da hab ich nämlich einen alten Spezi, den Günter, seines Zeichens Pathologe. Der hat mir schon oft in den verfahrensten Ermittlungen weitergeholfen. Und den such ich jetzt erst einmal auf. Vielleicht kann ich auf diesem Weg diese verdammte Leiche endlich loswerden.

»Ja, der Franz Eberhofer aus Niederkaltenkirchen bei Landshut! Was machst denn du hier um diese unchristliche Uhrzeit? Mensch, du schaust ja ziemlich scheiße aus. Müde?«, fragt mich der Leichenfläderer, während er ein Kühlfach zuschiebt.

Ich nicke einigermaßen kraftlos.

»Also, los! Was verschafft mir die Ehre? Wir haben uns ja schon Ewigkeiten nicht mehr gesehen. Lass mich raten ... du hast eine Leich'?«

»Exakt, Günter! Servus erst mal«, sag ich und will ihm die Hand geben. Er trägt aber Handschuhe bis hinter zum Ellbogen, und so zieh ich meine Hand lieber gleich wieder zurück. Er lacht.

»Also, her damit«, sagt er und geht rüber zum Seziertisch. »Wo ist sie?«

»Im Kofferraum von unserem Wagen. Also in dem Wagen von meinem Vater, um genau zu sein.«

»Wow! Das nenn ich mal mutig! Hast du ihn denn schon verhaftet, deinen Vater?«

»Geh, Schmarrn. Mein Vater, der könnte keiner Fliege was antun.«

»Keinerlei kriminelle Energie?«, fragt er und grinst.

Ich schüttle den Kopf. Und dann erklär ich ihm schnell mal den Sachverhalt. Zumindest so weit, wie ich ihn bis dato selber verstehe.

»Das kapier ich nicht«, sagt der Günter im Anschluss.

»Ja, dann sind wir schon zu zweit«, sag ich.

»Da wird ein uraltes Auto geklaut, mitten in München, und das noch nicht einmal nachts, und ein paar Tage später taucht es im Dachauer Forst wieder auf und hat 'ne Leiche an Bord? Wie passt denn das zusammen?«, sagt er so mehr zu sich selber. »Und weder die Landshuter noch die Münchner noch die Dachauer wollen damit was zu tun haben?«

»Du hast ein wahnsinnig ausgeprägtes Auffassungsvermögen, Günter«, sag ich und muss gähnen.

»Und was willst du jetzt von mir?«

»Ja, mein Gott, anschauen sollst sie dir halt, die Leich'. Vielleicht findest du ja was Brauchbares. Ob wir zum Beispiel den Tatort irgendwie eingrenzen können, oder so was.

Dann wissen wir wenigstens schon mal, welche KPI überhaupt zuständig ist.«

»Das leuchtet ein! Wo steht die Kiste?«, sagt er und greift zum Telefon.

Ich nenn ihm kurz den Stellplatz, und er ordert telefonisch tatkräftige Unterstützung. Keine Viertelstunde später liegt die Leiche endlich dort, wo sie auch hingehört, nämlich auf einem Seziertisch. Mir fällt jetzt direkt ein Stein vom Herzen, allein schon, weil es eher unangenehm ist, mit so jemandem als Beifahrer.

»Ja, dann schaun wir doch mal«, sagt der Günter und beugt sich weit über den Tisch. Er schaltet sein Diktiergerät ein und setzt eine Taucherbrille auf. »Leiche weiblich, zwanzig bis dreiundzwanzig Jahre …«

»Gut«, sag ich. »Du brauchst mich ja wohl hier nicht mehr. Sag Bescheid, wenn du was weißt.«

Er hebt die Hand zum Gruße.

Und schon bin ich draußen.

Dann läutet mein Telefon. Die Löwengrube. Genauer eine reizende Kollegin. Sie soll fragen, wo ich denn bleibe. Haben die noch alle Tassen im Schrank? Vor nicht mal zwei Stunden hab ich denen mitgeteilt, dass ich hier vermutlich einen Mord an der Backe habe, und diese Information hat sie null Komma null interessiert. Und jetzt soll ich ins Büro kommen und in alten Akten wühlen? Und das sag ich ihr auch. »Mädchen«, sag ich. »Ich hab hier einen Mordfall. Und zwar einen ganz aktuellen. Und wenn's von euch keinen interessiert, mich schon. Ich komm erst wieder, wenn ich was Genaueres weiß. Und das kann dauern.«

Dann leg ich auf.

Hinterher fahr ich den Admiral erst einmal zur Spurensicherung. Ja, das kann dauern, sagen die dort auch. Sie stehen quasi hüfthoch in Arbeit. Nachdem ich aber erklärt hab, dass es der Wagen von meinem alten Herrn ist und der vermutlich die Zuckungen kriegt, wenn er sein Auto nicht bald auf dem heimatlichen Hof weiß, verspricht der Kollege, den Fall zügig zu bearbeiten. Prima, sag ich und bedank mich schon mal. Anschließend mach ich mich auf den Weg zum Bahnhof. Leider kann ich im Zug nur noch einen Stehplatz ergattern, was auf der anderen Seite dann wieder gar nicht so schlecht ist. Ich bin nämlich so dermaßen müde heute, dass ich im Sitzen mit ziemlicher Sicherheit wieder eingeschlafen wäre. Und dann wär das Gleiche passiert wie schon viermal zuvor. Irgendwo zwischen Regensburg und Hof hätte mich ein Schaffner geweckt und darauf aufmerksam gemacht, dass ich nachlösen muss. Deshalb ist der Stehplatz eben jetzt gar nicht so schlecht.

Zurück in Niederkaltenkirchen geh ich gleich in meinen umgebauten Saustall rüber, hau mich aufs Kanapee, kraul dem Ludwig noch kurz sein Genick, und schon schlaf ich ein. Mein Telefon weckt mich, und ich kann es gleich gar nicht finden, weil es mittlerweile draußen schon stockmauernfinster ist. Es ist der Günter, der anruft.

»Sie ist erdrosselt worden, Eberhofer. Vor circa sechzig Stunden, plus/minus. Womit, kann ich dir noch nicht genau sagen, weil sie einen Rollkragenpulli getragen hat und ebendieser Kragen dazwischen war, verstehst. Also die Mordwaffe, sagen wir mal, meinetwegen ein Seil oder ein Schal, ist über den Rolli gelegt worden. Drum haben wir keine Fasern davon auf der Haut. Der Rolli selber wird freilich noch untersucht. Ergebnis in ein bis zwei Tagen. Die Tote war übrigens schwanger. Vierter Monat. Vermutlich ist sie aus Rumänien, Ungarn oder irgendwo aus dieser Ecke, das lassen die Gesichtszüge zumindest vermuten. Der Wald jedenfalls scheidet als Tatort definitiv aus, keinerlei Hinweise auf irgendwelche Laubspuren oder so was in der Richtung.

Ja, mehr weiß ich für den Moment leider auch noch nicht. Hilft dir das irgendwie weiter?«

»Vor fünfzig, sechzig Stunden, sagst du? Das wäre der siebenundzwanzigste gewesen«, sag ich mit einem Blick auf meine Armbanduhr.

»Exakt!«

»Hat sie denn gar nix bei sich gehabt? Ausweis, Pass, Führerschein?«, frag ich, steh auf und taste nach dem Lichtschalter.

»Gar nix! Noch nicht mal eine Monatskarte.«

»Man will also nicht, dass ihre Identität bekannt wird«, murmele ich so vor mich hin.

»Das rauszufinden, lieber Franz, ist wiederum dein Job«, sagt der Günter. »Ich melde mich jedenfalls, sobald es von meiner Seite her Neuigkeiten gibt.«

»Merci!«, sag ich und leg auf.

Kapitel 5

Draußen düst ein Wagen in den Hof, dass der Kies nur so fliegt. Rein aus meinen Erfahrungswerten heraus tipp ich auf den Leopold und geh rüber zum Fenster. Bingo! Der hat mir grade noch gefehlt. Was schleppt er denn da bloß ins Haus rein? Sind das etwa Koffer? Ich glaub's ja nicht! Sieht direkt so aus, als würde er hier grad all seine Habseligkeiten anschleppen. Das muss ich mir anschauen.

Wie ich in die Küche komme, hockt er schon drin. Und mit ihm der Papa und die Oma. Allesamt sitzen sie um den Küchentisch rum und machen betretene Gesichter. Die Koffer türmen sich mannshoch und stehen dort wie ein Mahnmal mitten im Raum.

»Was wird das, wenn's fertig ist?«, frag ich erst mal. »Ich meine: diese ganzen Koffer da. War nicht von einem kleinen Streit die Rede? Von ein paar Nächten oder so? Das hier sieht mir eher nach einer Dauerbelagerung aus als nach einem kurzen Gastspiel.«

»Ja, so wie es momentan ausschaut, wird das nix mehr«, sagt der Leopold leise. »Bis auf weiteres werd ich wohl hier bei euch bleiben müssen. Weil eine zweite Wohnung, das ist schon rein finanziell gar nicht drin.«

Das zieht mir direkt den Boden unter den Füßen weg. Seit fast zwanzig Jahren wohnen wir jetzt ohne den Leopold auf dem Hof. Der Papa, die Oma und ich, vollkommen harmonisch quasi. Es war wirklich eine ganz großartige Zeit. Bisher. Und jetzt das hier! Mein ganzes Leben zieht plötzlich an mir vorbei.

»Franz!«, schreit mich die Oma irgendwann an und reißt mich aus meinen Gedanken heraus. »Ist was mit dir? Du schaust ja aus, als hätt'st den Teufel persönlich gesehen.«

Hab ich auch. Er sitzt mir genau gegenüber. Und er hat gerade damit gedroht, für einen unberechenbaren Zeitraum hier bei uns einzuziehen. Ja, sagt der Teufel, seine Eheprobleme, die sind offenbar unüberbrückbar. Hauptsächlich wegen diesem echt großen Altersunterschied. Weil die Panida halt lieber in die Disco will statt ins Theater. Und mehr auf Tokio Hotel steht als auf Florian Silbereisen. Sie ist halt noch unglaublich unreif, trotz ihrer einundzwanzig Jahre, gell. Und mittlerweile ist sie auch noch bockig geworden. Nicht so wie am Anfang ihrer Beziehung, wo sie noch wie Wachs war in seinen Händen. Nein, gar nicht mehr. Angefangen hat das ja alles schon bei diesem dämlichen Deutschkurs. Und wie sie dann auch noch ein paar so andere blöde Weiber kennengelernt hat, ist es noch viel schwieriger geworden. Seitdem will sie nämlich ständig nur noch tun, was ihr gefällt. Und was ihm gefällt, das interessiert sie überhaupt gar nicht mehr. Deswegen gibt's halt jetzt freilich ständig Zoff, ganz klar. Und damit die süße kleine Tochter, die arme Uschi, nicht immer diesen blöden Streitereien ausgesetzt ist, drum eben jetzt erst mal ein bisserl Auszeit. Vielleicht wird's ja wieder, wer weiß. Vielleicht kommt sie ja tatsächlich wieder zur Vernunft, die Panida. Er persönlich hat ja ganz tief in seinem Herzen noch ganz große Hoffnungen. So erzählt er das alles, der Leopold, und wischt sich dabei immer wieder mal über die Augen. Und sagen wir einmal so, ich würde ihm diese Story mit den Hoffnungen vielleicht sogar abkaufen. Weil er sie schon ziemlich gut präsentiert, eigentlich jedes Mal wieder. Aber die Erfahrungen mit seinen anderen Exfrauen, die sprechen halt so ihre eigene Sprache. Und das eigentliche Problem dabei ist doch der Leopold selber. Weil der schlicht und ergreifend beziehungsunfähig ist. Gut, das bin ich auch. Aber ich weiß es wenigstens und versuch nicht immer, den Schwarzen Peter dem anderen unterzujubeln. Beim Leopold ist das anders. Der ist nicht nur beziehungsunfähig, sondern eben auch ein Arschloch. Das macht die Sache umso komplizierter.

»Aber wir zwei, wir kriegen das schon irgendwie hin, gell, Papa«, sagt er abschließend, steht auf, stellt sich dann hinter den Papa und massiert ihm das Genick.

So schnapp ich mir lieber den Ludwig, und wir drehen unsere Runde. Wir brauchen eins-neunzehn dafür. Hinterher schau ich noch zum Wolfi rein. Die Susi ist da und die Simmerl Gisela auch. Die zwei sitzen drüben auf der Eckbank und sind ganz offensichtlich in ein Gespräch vertieft. Vorn am Tresen hockt der Simmerl selbst und ratscht mit dem Wolfi. Jetzt weiß ich gleich gar nicht, wo ich zuerst hingehen soll. Der Ludwig läuft schnurgrad zur Susi und wedelt mit dem Schwanz. Deshalb mach ich das auch erst mal. Also das mit dem Hingehen, mein ich. Und geb ihr ein Bussi auf die Backe.

»Servus, Franz«, sagt die Gisela und grinst. »Setzt dich ein bisserl her zu uns?«

»Servus, Gisela«, sag ich und deute mit dem Kinn rüber zum Tresen. »Nein, du, ich will euch nicht stören, gell. Habt's bestimmt einen Haufen zu reden. So mädchenmäßig, mein ich.«

Gleich darauf geh ich zur Theke und bestell mir ein Bier. Da geht die Tür auf, und der Flötzinger saust rein.

»Schnell!«, ruft er, während er durchs Lokal hindurch saust. »Eine Halbe und einen Kümmerling!«

»Was pressiert's dir denn so, Flötzinger?«, fragt der Wolfi und zapft das Bier.

»Ich hab keine Zeit, Mensch. Die Kinder und die Mary schlafen grad. Aber wer weiß, wie lange. Wenn die Amy-Gertrud erst aufwacht, dann muss ich unbedingt wieder daheim sein, verstehst. Sonst kriegt die Mary nämlich die Krise. Die Kleine kann problemlos die ganze Siedlung wachbrüllen, das kannst du dir gar nicht vorstellen. Der Ignatz-Fynn und die Clara-Jane, die sind schon völlig fertig mit den Nerven. Die sind im Unterricht sogar schon eingeschlafen vor lauter Müdigkeit – so, dass sich die Lehrer beschweren. Die Mary, die hat gesagt, das ist wieder typisch Deutschland. Kein Verständnis für so was. In England, da wär das alles ganz anders. Viel relaxter praktisch.«

Aha.

»Aha«, sag ich, aber was schert mich die schreiende Brut vom Flötzinger?

Der Flötzinger kippt den Schnaps in die Kehle und das Bier gleich hinterher, knallt dem Wolfi das Geld hin, und schon ist er wieder draußen.

»Armer Hund!«, sagt der Simmerl und erhebt dabei sein Glas. Wir stoßen an.

»Der ärmste Hund überhaupt«, sag ich und nehm einen großen Schluck Bier.

»Seit die Kleine auf der Welt ist, drehen die völlig durch, die Flötzingers. Alle miteinander«, sagt die Gisela.

»Aber sie muss ja auch wirklich kaum schlafen, hat die Mary erzählt. Das muss schon ziemlich anstrengend sein«, sagt die Susi ganz verständnisvoll.

»Geh, geh, geh, so ein Schmarrn. Man muss halt ein Kind auch einmal plärren lassen, gell, und nicht bei jedem Schoaß gleich losrennen. Der Max, der hat sich oft die Seele aus dem Leib gebrüllt, und aus dem ist schließlich auch was geworden«, sagt die Gisela weiter und schlürft an ihrem Weinglas.

»Ja«, sagt der Simmerl und schaut rüber zur Gattin. »Ein ziviler Sicherheitsdienst ist aus dem geworden. Alle Achtung!«

»Ja, und? Ist das vielleicht nix«, keift jetzt sein Weib zurück.

»Da hast du seit hundertsiebzehn Jahren eine Metzgerei. Seit hundertsiebzehn Jahren, verstehst, Franz. Großvater, Urgroßvater, Ururgroßvater ...«

»Ich versteh dich schon, Simmerl«, unterbrech ich ihn.

»Und was macht der Bub, der depperte? Einen Sicherheitsdienst macht er, herrje!«, schnauft er noch und nimmt einen Schluck Bier.

»Ja, wenn er halt ein Vegetarier ist, der Max«, knurrt die Gisela zu uns rüber.

»Ein Vegetarier! Dass ich nicht lach! Ein Hanswurst ist er, der Max. Sonst nix. Angefangen hat das ja alles schon mit seinem blöden Polo! Du kannst doch mir nicht erzählen, Franz, dass ein Achtzehnjähriger ernsthaft einen Polo haben will, wenn er einen BMW haben könnte. Ist das vielleicht normal?« Er klingt jetzt irgendwie verzweifelt, der Simmerl.

»Hast du denn die Kleine von den Flötzingers schon gesehen?«, will die Susi jetzt wissen, vermutlich schon, um das Thema zu wechseln.

»Ja, mein Gott!«, sagt die Gisela ganz erschüttert. »Also schön ist die nicht, das kann ich dir sagen. Aber sie ist ja noch klein, vielleicht verwächst sich das noch alles ein bisschen.«

»Und wenn nicht, dann kann man auch nix machen«, mischt sich jetzt der Simmerl wieder ein. »Der Max, der war ja vielleicht auch hässlich bei seiner Geburt. Mein lieber Schwan, war der schiach! Am liebsten hätt ich zur Hebamme gesagt, den ... den können S' gleich wieder mitnehmen.«

»Arschloch!«, sagt die Gisela und stößt mit der Susi an.

»Ja, ich dich auch«, grinst ihr der Simmerl hinüber.

Und plötzlich steht der Leopold auf der Türschwelle. In seinem Schlepptau diesen Pferdeschwanz von neulich. Das ist aber jetzt wohl wirklich die Höhe! Der Wolfi ist klipp und klar mein Revier. Da war doch der Leopold seit Lichtjahren nicht mehr drin. Und dann bringt er auch noch diese Blend-a-med-Fresse mit.

»Ja, wen haben wir denn da? Susanne, du Schöne, du Liebe meines Lebens, das ist ja vielleicht eine Freude«, sagt der Idiot und setzt sich auch prompt an ihre Seite. Dann ergreift er ihre Hand und küsst sie. Und zwar auf die Innenfläche. Die Susi wird rot wie ein ganzes Mohnfeld und schaut peinlich berührt zu mir rüber. Ich geh da jetzt wohl mal lieber hin.

»Alles gut bei dir, oder hat dir kürzlich jemand ins Gehirn geschissen?«, frag ich den Casanova gleich ganz direkt und beuge mich dabei ganz dicht über ihn.

Die Gisela kichert.

Das Gesicht von der Susi ist jetzt an Röte nicht mehr zu toppen.

»Atme mich bloß nicht an, du Prolet«, zischt er mir dann her.

»Ja, Leute, schade. Aber es ist schon verdammt spät heute, und ich – ich muss morgen früh raus«, sagt die Susi ein bisschen verklemmt und steht auf. Sie geht rüber zum Tresen und kramt ihren Geldbeutel aus der Tasche hervor.

»Lass stecken, Susimaus«, sag ich, ganz Gentleman.

»Nein, Franz«, sagt die Susi. »Ich bin schon ein großes Mädchen und kann für mich selber bezahlen.«

Hohoho!

So zahl ich also meine eigene Rechnung, und dann gehen wir gemeinsam zur Tür. Unterwegs hau ich der Susi auf den Hintern. Einfach nur, um die Fronten zu klären.

Am nächsten Tag in der Früh, wie ich aufwach, duftet es herrlich nach Kaffee, und ich hör das Duschwasser laufen. So schenk ich mir erst mal ein Haferl ein und hock mich damit völlig entspannt auf den Klodeckel. Wassertropfen laufen an der Duschglaswand herunter und machen aus der Susi ihrem Body das reinste Spektakel. Das schaut einfach nur irre aus.

»Und wie wär's mit einer zweiten Runde?«, frag ich deswegen einfach mal so.

Sie lacht.

»Im Ernst!«, setz ich noch nach.

»Der Typ von gestern, der hat dich irgendwie scharf gemacht, gell?«, lacht sie weiter.

»Wie kommst denn da drauf«, sag ich und steh auf. Beim Gedanken an diesen Vollpfosten fällt mir wirklich alles zusammen.

»Ich muss doch ins Büro, Franz. Bin eh spät dran«, ruft sie noch hinter mir her. So sammle ich also meine Klamotten vom Fußboden und zieh mich an.

Dann läutet mein Telefon. Der Birkenberger.

»Franz«, sagt er gleich ganz ohne Begrüßung. »Rate mal, was ich hier habe!«

»Ja, bin ich ein Hellseher, oder was?«

»Rate!«, bohrt er weiter.

»Keine Ahnung. Die Kronjuwelen von England, Bayerntickets für die VIP-Lounge, eine Atombombe …«

»Da kommst du nie drauf.«

»Rudi, ich hab noch nicht mal ein Frühstück im Bauch und null Komma null Lust auf alberne Spielchen.«

Ich geh ins Bad zurück, wo die Susi jetzt vor dem Spiegel steht, und geb ihr noch schnell ein Bussi auf den Hintern. Dann bin ich aber auch schon weg.

»Hörst du mir eigentlich zu, Franz? Ich könnte schwören, du bist nicht richtig bei der Sache«, sagt der Rudi und hat schon wieder diesen vorwurfsvollen weibischen Tonfall drauf.

»Also, Birkenberger, es ist so: Entweder du sagst mir jetzt, was du loswerden willst, oder du lässt es bleiben.«

»Hm, also gut«, stöhnt er. »Ich habe hier eine Reisetasche mit allen möglichen Klamotten drin und den zugehörigen Papieren. Was sagst du jetzt?«

»Wohin geht denn die Reise, wenn man fragen darf?«

»Herrschaft, Franz! Ich verreise doch nicht, verdammt. Denk doch mal nach! Ich hab aller Wahrscheinlichkeit nach die Sachen von deiner Toten hier liegen, verstehst?«

Das haut mich jetzt aber echt um.

»Wie: von meiner Toten? Woher willst du das wissen? Und überhaupt: Woher hast du die Sachen?«

»Woher ich die Sachen hab, ist mein Dienstgeheimnis. Ich hab da so meine Methoden, ganz klar. Und ob es tatsächlich die Sachen von ihr sind, das müssen wir halt herausfinden, Mensch. Wo ist sie denn eigentlich, deine Tote?«

»In der Gerichtsmedizin München.«

»Prima. Treffen wir uns direkt dort. Sagen wir ... so in zwei Stunden?«

»Wage es nicht, dort hineinzugehen, Birkenberger! Jedenfalls nicht, bevor ich selber dort bin«, sag ich noch so, dann häng ich auf.

Wie ich in die Küche komm, sitzt der Leopold am Frühstückstisch und stellt mich somit vor die Wahl, zu hungern oder seine Anwesenheit zu ertragen. Da er aber in der Tageszeitung liest und dabei mordskonzentriert wirkt, keimt in mir die Hoffnung, ohne ein Gespräch aus der Nummer rauszukommen.

»Ah, Bruderherz, schönen guten Morgen«, sagt er gleich, wie er mich sieht, und faltet die Zeitung zusammen. Ich grüße zurück, schenk mir einen Kaffee ein und setze mich dazu. Was bleibt mir auch übrig?

»Sag einmal, Franz, was nötigt dich eigentlich dazu, immer so garstig zu sein zum Karl-Heinz? Ich mein, der hat dir doch gar nix getan, oder?«

»Er baggert meine Susi an«, sag ich und schnapp mir die Zeitung.

»Nein, das siehst du völlig falsch, Franz. Schau mal, er ist doch nur freundlich zu ihr. Und wie hast du einmal so schön gesagt? Es ist gar nicht ›deine‹ Susi, die gehört sich immer noch selber. Ja, mein Lieber, und wenn das so ist, dann kann doch auch ein jeder zu ihr so freundlich sein, wie er gerne möchte, oder?«

Ich klapp die Zeitung zusammen, steh auf und entscheid mich fürs Hungern. Zumindest so lange, bis ich in der Simmerl-eigenen Metzgerei eintreffe. Das sind maximum fünf Minuten. Und das halt ich schon irgendwie aus.

Zwei Leberkässemmeln später hock ich dann auch schon im Auto und bin auf dem Weg nach München. Es ist eine wahre Freude, mit einem Auto zu fahren, das elektrische Fensterheber hat. Und eine Servolenkung. Und eine Heizung. Die ganze Fahrt über mach ich ständig die Fenster rauf und wieder runter. Aus reiner Freude heraus.

Kapitel 6

Es sind tatsächlich die Sachen von meiner Toten, die der Rudi hier anschleppt. Und freilich ist es ihm eine reine Wonne, so als erfolgreicher Ermittler neben mir zu stehen. Noch dazu, wo der Günter tief beeindruckt davon ist, dass jemand praktisch aus dem Nichts heraus und ohne jeglichen Anhaltspunkt so dermaßen wichtige Fundstücke zutage fördert.

»Jetzt sag schon endlich, wo du die Sachen herhast, Birkenberger. Ich muss das einfach unbedingt wissen«, winselt er ihn ständig an.

»Keine Chance!«, sagt der Rudi und schüttelt den Kopf. Und er grinst dabei ziemlich siegessicher. Und außerdem wirft er noch triumphierende Blicke in meine Richtung.

»Für 'nen Fuffi?«, bohrt der Günter schließlich weiter.

Der Rudi schüttelt wieder den Kopf. Aber jetzt grinst er nicht mehr dabei.

»Ein Hunderter, okay? Ich geb dir hundert verdammte Euro für diese mickrige Info, Mann. Das ist doch wirklich ein Deal, oder?«

»Hundert?«, fragt der Rudi nachdenklich und verschränkt dabei seine Arme.

Der Günter nickt. Und jetzt grinst er.

»Und von dir?«, will der Rudi noch wissen, und diese Frage gilt mir.

»Bist du deppert, oder was?«, frag ich zurück. »Ich zahl

doch nix für Informationen, die mich sowieso nicht interessieren.«

»Dann geh raus!«, sagt er weiter.

Ich zeig ihm den Vogel.

»Also gut«, sagt er schwer schnaufend, nimmt Schwung und hockt sich erst mal auf einen der leeren Seziertische. »Abfallwirtschaftsanlage. Sagt euch das was? Müllverbrennung, auf Deutsch gesagt.«

Und dann erzählt er uns in aller Ausführlichkeit, dass dort seine Jungs, also die Herrschaften vom Müll, ihm schon das eine oder andere Mal sehr hilfreiche Dienste geleistet haben. Ja, alles Mögliche haben die für ihn schon zutage befördert, sagt er. Und das geht so: Der Rudi fährt praktisch dorthin, also in diese Müllverbrennungsanlage, und sagt denen einfach, was er ungefähr sucht. Und dabei winkt er freilich mit einem recht großzügigen Finderlohn. Unter diesen lukrativen Umständen halten seine Kumpels selbstverständlich auch immer schön die Augen offen, das versteht sich wohl von selbst.

»Ihr könnt euch gar nicht vorstellen, was ich bei denen schon alles ans Tageslicht befördert hab. Verschwundene Fahrräder, gestohlene Aktentaschen, Laptops und so weiter und so fort. Ja, das eine oder andere Mal waren tatsächlich auch schon einzelne Körperteile darunter«, sagt er ganz versonnen, und man merkt ihm deutlich an, dass er es richtig genießt, in seinen Erinnerungen zu schwelgen.

Wir sind ziemlich beeindruckt, der Günter und ich, und drum schweigen wir eine Weile.

»Also gut, weiter«, sagt der Günter irgendwann und fischt dabei einen Hunderter aus seiner Hosentasche. »Wir wissen jetzt immerhin, wer sie ist, das Zeug habt ihr ja jetzt, und wenn morgen die Untersuchungen durch sind, dann wissen wir sowieso mehr. Und dann seid erst mal ihr dran, okay?

Aber bis dahin haltet ihr mich bitte nicht mehr länger von der Arbeit ab.«

Der Rudi nimmt den Geldschein in Empfang, hält ihn gegen's Licht, dreht und wendet ihn einige Male und betrachtet ihn ausgiebig.

Ich geh dann mal lieber, und so verabschiede ich mich.

»Warte!«, schreit der Rudi hinter mir her. »Gehen wir noch kurz irgendwo eine Kleinigkeit essen?«

»Wegen mir darf's auch gern was Größeres sein.«

Und so machen wir zwei uns auf den Weg in unser altes Stammlokal.

Während der Rudi in aller Ausführlichkeit die ohnehin eher übersichtliche Speisekarte studiert, schau ich mir mal die Unterlagen an. Und zwar die, wo wir jetzt dank der messerscharfen Ermittlungsmethoden meines Gegenübers haben.

Ein Reisepass, serbisch. Branka Ibranovic. Zweiundzwanzig Jahre alt, einsachtundsechzig groß, Augenfarbe grün, Haarfarbe blond. Hübsches Kind, muss man schon sagen. Des Weiteren find ich einen Impfpass, die Visitenkarte eines Gynäkologen und die der Arbeitsvermittlung. Und hier ist auch noch der Mutterpass. Na, also! Damit lässt sich doch was anfangen. Ich ruf mal in der Löwengrube an, einfach um mit den werten Kollegen dort meinen Wissensvorsprung zu teilen.

»Allerhand, Eberhofer!«, sagt der Stahlgruber, der sich bis gerad eben noch strikt geweigert hatte, dieser meiner Leiche seine Aufmerksamkeit zu schenken. »Wirklich ganz allerhand, Eberhofer. Bleiben Sie dran, hören Sie! Ich setze auf Sie. Brauchen S' womöglich eine Verstärkung?«

»Momentan nicht«, sag ich, allein schon, weil ich über Verstärkungen in knallbunten Jeans überhaupt keine Freude verspüren würde.

»Ja, ja, ich hab's ja schon gehört, gell. Ich hab's schon gehört, dass Sie am liebsten im Alleingang die spektakulärsten Fälle lösen.«

Wenn ich's nicht besser wüsste, tät ich meinen, der ist froh, dass ich überhaupt eine Beschäftigung habe. Wollen die mich vielleicht einfach los sein, da in dieser bekackten Löwengrube? Ich leg jetzt besser auf.

»Was darf's sein?«, fragt mich kurz darauf eine nette Bedienung. Ihr Lispeln ist allerliebst.

»Für mich das Gickerl mit Pommes. Viel Ketchup, wenn's keine Umstände macht«, sag ich und lehn mich zurück.

»Ein Gickerl also, ist schon recht«, sagt sie und notiert. »Und für Ihnen?«

»Für Sie, heißt das«, sagt der Rudi, ohne überhaupt seinen Schädel aus der Speisekarte zu hieven.

»Von mir aus. Und was nehmen Sie?«

»Ich nehm das Gulasch und dazu ein Bier«, sagt der Rudi und klappt die Karte endlich zu.

»Ja, für mich auch eine Halbe«, schieb ich noch hinterher.

»Also, zwei Halbe, ein Gickerl und einmal das Gulasch. Bring ich gleich«, sagt sie und geht, um Augenblicke später auch schon mit den Getränken zurückzukommen. »Für Ihnen, zum Wohl!«

»Ja, dann Prost«, sagt der Rudi, und wir stoßen an.

Während des Essens reden wir ein bisschen über den Fall, und der Rudi ist fast ein wenig neidisch. Er selber, sagt er, er selber hat jetzt grad gar nix so wahnsinnig Interessantes. Eine Wirtschaftsangelegenheit. Mordslangweilige Observationen, immens zeitaufwändig und dann auch noch erfolgsabhängig. Aber Vertrag ist Vertrag. Da kann er halt jetzt nicht einfach so raus, gell. Ja, da ist natürlich so ein Mord an einer jungen hübschen Serbin das reinste Vergnügen dagegen. Da rührt sich doch etwas. Da kommt keine Langeweile auf.

Der Rudi isst sein Essen nur zur Hälfte, weil Fett ohne Ende, die Soße geschmacksneutral und die Nudeln ziemlich verkocht. In all den Jahren, wo wir uns jetzt kennen, da hab ich kaum Erinnerungen daran, dass ihm tatsächlich jemals etwas geschmeckt hätte. Außer bei der Oma vielleicht. Manchmal frag ich mich echt, ob er einfach nur Pech hat, der Arme, oder ob es Fügung ist. Trotzdem kriegt die Bedienung zwei Euro Trinkgeld vom Rudi. Sie kann ja auch nix dafür, gell.

»Für Ihnen«, sagt er und reicht ihr den Zwickel.

»Für Sie heißt das«, sagt sie und grinst.

Danach trennen sich unsere Wege auch schon wieder, weil halt momentan jeder seinen eigenen Aufgaben nachkommen muss. Und ich persönlich weiß jetzt ehrlich gesagt gar nicht, wo ich anfangen soll. In der Arbeitsvermittlung? Beim Gynäkologen? Oder soll ich doch erst mal ihre Eltern ausfindig machen? Ja, ein Scheißstress ist das wieder einmal.

Wie ich in mein Büro komm, sitzt da doch tatsächlich ein Wunderwerk drin. Feuerrote Haare bis runter zum Arsch. Stahlblaue Augen und eine Figur wie die Monroe, Gott-hab-sie-selig! Das kann man kaum glauben. Ich vermute mal, dass ich sie ziemlich blöd anstarre. Weil sie nämlich gleich mal fragt: »Ist was?«

»Nix«, sag ich. Mehr krieg ich nicht raus. Meine Kehle ist vollkommen ausgetrocknet. Ich geh rüber zum Schreibtisch und nehm einen Schluck Wasser.

»Bist du der Eberhofer aus Landshut?«, fragt sie, legt den Kopf dabei schief und steht auf. Sie trägt die geilste Jeans, die ich je in meinem Leben an einem Menschen gesehen hab. Total verwaschen und mit unzähligen Rissen drin.

»Niederkaltenkirchen«, stammle ich. Ich muss ausschaun wie ein Vollidiot.

»Super«, sagt sie. »Dann sind wir praktisch Zimmernachbarn. Hab schon viel von dir gehört.«

»Vermutlich nur Gutes«, sag ich und lach ein verkrampftes Lachen.
»Auch!«, lacht sie. »Ich bin übrigens die Steffi.«
Die Steffi also.
»Großartig. Ich bin der Franz. Ich dachte, meine Zimmerkollegin, die wär in Mutterschutz oder so was. Jedenfalls hab ich das so gehört.«
»Da hast du ja fast richtig gehört. Elternzeit nennt man das jetzt«, sagt sie und holt ihr Handy hervor. Darauf zeigt sie mir anschließend ungefähr fünfhundert Fotos von ihren drei Kindern und ihrem Anhang, einem Typen, der ausschaut wie ein amerikanischer Footballstar, und einem Golden Retriever. Das sitzt!
Dann erzählt sie noch in aller Ausführlichkeit, dass sie es als ihre Pflicht ansieht, einmal in der Woche vorbeizukommen, um nur ja nichts zu verpassen. Schließlich soll man doch gerade als Jungkommissarin immer eng angedockt bleiben, nicht wahr. Nicht, dass man dann irgendwann zurückkommt und wieder voll bei null anfangen muss. Nein, das möchte sie nicht. Dann aber muss sie auch schon wieder los, die Holde. Krabbelgruppe um vier und Elternabend um sieben. Dazwischen Essen kochen, die Kleinen baden und in die Falle bringen. Ob sie ihrem Alten dazwischen auch noch einen bläst, lässt sie unerwähnt. Furchtbar, diese Art von Powermuttis, die dabei auch noch ausschaun, als wären sie grad vom Laufsteg gefallen.
Als sie endlich weg ist, bin ich total erschöpft. Vermutlich stresst mich schon allein der Gedanke an ihren Tagesablauf. Also erst mal sacken lassen. Sacken lassen und hören, ob die Oma was Feines gekocht hat.
Der Papa geht ans Telefon.
»Wann krieg ich meinen Wagen wieder?«, fragt er zuerst einmal. Nachdem ich ihm aber mitteile, dass er da, wo er

jetzt steht, in den allerbesten Händen ist, und im Gegenteil auch noch von hinten bis vorn von sämtlichen Andenken an die vergangenen hundert Jahre befreit wird, ist er schon mal ziemlich zufrieden.

»Was gibt's heut zum Essen?«, will ich dann wissen.

»Lass mich kurz nachsehen, Franz«, sagt er, und ich hör ihn in die Küche schlurfen. Danach hör ich Topfklappern. Und das ... das hebt meine Stimmung gleich ganz immens.

»Hackbraten«, sagt er endlich. »Hackbraten mit Salzkartoffeln und Bohnengemüse. Kommst zum Essen vorbei? Der Leopold kommt nämlich auch.«

Hackbraten mit Salzkartoffeln. Und Bohnengemüse.

Aber mit dem Leopold.

»Ich hab einen Scheißstress hier, verstehst. Ich komm später vorbei und wärm's mir auf«, sag ich.

»Auch gut«, sagt er und hängt ein.

So leg ich die Füße auf den Schreibtisch und seh mir noch mal die Papiere der Toten an. Anschließend ruf ich zuerst einmal in dieser Arbeitsvermittlung an. Es ist eine Frau am Telefon mit genau dieser »Mein-Name-ist-Schlag-mich-tot,-was-kann-ich-für-Sie-tun«-Stimme. Ich trag ihr mein Anliegen vor, möchte praktisch Genaueres wissen über eine gewisse Branka Ibranovic, muss aber gleich erfahren, dass es nichts zu erfahren gibt. Jedenfalls nicht am Telefon. Sie will einen richterlichen Beschluss, und zwar schriftlich. Oder wenigstens möchte sie meine Dienstmarke sehen. Aber telefonisch geht da nix. Rein gar nix. Blöde Tussi.

Also mach ich mich auf den Weg, um ihr eine halbe Stunde und zwei Blaustichfahrten später (wegen Stau) meine Dienstmarke so dermaßen auf den Empfangstresen zu knallen, dass beinah das Guttiglas auf den Boden fliegt. Sie schaut mich kurz über ein eher unvorteilhaftes Brillengestell hinweg an, und anschließend überprüft sie mein Passfoto sehr ausgiebig. Was glaubt die eigentlich? Dass ich hier zum Spaß rumhänge? Dann dreht sie sich um und geht zu einem der Büroschränke rüber.

»Ibranovic, sagten Sie?«

»Korrekt. Branka Ibranovic«, sag ich und schlendere mal zu dem Kaffeeautomaten, der dort in der Ecke steht und ganz wunderbare Düfte verströmt.

»Kaffee ist eigentlich nur für Kunden«, sagt die Tussi jetzt und begafft mich erneut über den Rand der geschmacklosen Sehhilfe.

»Prima«, sag ich und drücke aufs Knöpfchen. »Vermitteln Sie denn auch Astronauten?«

Sie schnauft tief durch und wühlt in den Akten.

»Nicht? Wie schaut's dann mit Walfängern aus? Müssen auch gar nicht viele sein. Sagen wir drei. Oder vier?«

Sie atmet abermals kräftig, kommt aber schließlich mit einem Ordner im Arm zu mir rüber.

»Hier hab ich die Unterlagen. Ich kann Ihnen eine Kopie machen, wenn Sie wollen?«

Ich werf einen kurzen Blick in die Unterlagen.

»Perfekt!«, sag ich und trinke meinen Kaffee aus.

Sie verschwindet in ein angrenzendes Zimmer und kehrt ein paar Augenblicke später mit den Kopien wieder zurück.

»Bitte sehr«, sagt sie.

»Danke sehr«, sag ich, weil ich ja schließlich Manieren habe. »Und wie schaut's jetzt mit den Walfängern aus?«, frag ich noch mal und muss grinsen.

Sie schüttelt den Kopf. Und jetzt muss sie auch grinsen. Na, also, geht doch.

Nachdem ich – zurück in der Löwengrube – die Telefonnummer der Eltern von dieser Branka Ibranovic rausgefunden habe, ruf ich dort einmal an. Sie wohnen in Leipzig, also kann ich davon ausgehen, dass sie der deutschen Sprache mächtig sind.

»Ibranovic«, tönt es durch die Muschel. Die Stimme ist männlich. Ich muss mich kurz räuspern. Und dann versuch ich, mit all meinem schon rein angeborenen Fingerspitzengefühl die Todesnachricht so schonend wie möglich zu überbringen.

»Herr Ibranovic?«, sag ich ganz leise, aber durchaus mit einer hintergründigen Tiefe im Tonfall. »Sie müssen jetzt ganz stark sein, hören Sie. Was ich Ihnen jetzt zu sagen habe, ist wahrscheinlich ein tiefer Schock für Sie und Ihre ganze Familie. Vielleicht setzen Sie sich erst einmal.«

Ich hör ein schweres Atmen durch die Leitung.

»Sitzen Sie?«

»Ja.«

»Also Folgendes, Herr Ibranovic. Mein Name ist Eberhofer. Kommissar Eberhofer. Ich bin ein Polizeibeamter bei der Kripo in München. Haben Sie das verstanden?«

»So weit ja. Und was wollen Sie von mir?«, will er jetzt wissen.

»Ihre Tochter Branka. Sie ist, ja wie soll ich sagen? Also sie ist gestorben. Ihre Tochter Branka ist leider tot. Mein tiefstes Mitgefühl, ehrlich«, sag ich und muss mich jetzt wieder räuspern.

Er murmelt irgendetwas, das ich nicht verstehe, vermutlich auf Serbisch oder so, und er sagt es auch nicht direkt zu mir. Vielmehr eher so in den Raum hinein. Anschließend gibt's ein Mords-Geraschel in der Leitung.

»Herr Ibranovic? Sind Sie noch dran? Können Sie mich hören?«, frag ich nach und klopf ein paarmal auf den Apparat.

»Ibranovic«, sagt plötzlich eine ganz andere Stimme. »Mein Bruder hat gesagt, Sie wollten mich sprechen. Was ist denn eigentlich los?«

Bruder??? Ich muss jetzt schnell mal meine Gedanken sortieren.

Ach so.

»Ja, genau«, sag ich, weil ich endlich den Durchblick zurückhab. »Ihre Tochter ist tot. Branka, sie ist gestorben …«

Dann hör ich einen dumpfen Aufprall. Was ist denn das jetzt?

»Hören Sie, Herr Kommissar!« Plötzlich ist schon wieder der andere dran. Ja, was denn jetzt?

»Mein Bruder ist gerade zusammengebrochen. Wir müssen uns jetzt erst einmal um ihn kümmern, verstehen Sie. Geben Sie mir bitte kurz Ihre Nummer, wir rufen zurück, sobald er versorgt ist.«

Ach, du meine Güte! Im Hintergrund herrscht jetzt ein Stimmengewirr, von dem ich jedoch nichts verstehen kann. Ich geb ihm freilich meine Nummer durch und häng ein.

Hinterher fahr ich heim nach Niederkaltenkirchen, weil ich dieses furchtbare Zimmer da am Rotkreuzplatz natürlich nicht genommen hab – wenn man mal meinen wunderbaren Saustall gewohnt ist, kann man sich schlecht mit einer 60er-Jahre-Jugendherberge zufriedengeben, ausgeschlossen. Unterwegs läutet mein Telefon, und der Ibranovic ist wieder dran. Also der erste, praktisch der Onkel von der Verstorbenen. Nein, sagt er, seinem Bruder geht es nicht besser, seiner Schwägerin erst recht nicht, und es hat sogar ein Arzt kommen müssen. Dann will er wissen, was denn überhaupt passiert ist. Und drum erklär ich ihm schnell und so gründlich wie nötig und so schonend wie möglich die aktuelle Aktenlage. Danach will er freilich noch wissen, wo seine Nichte jetzt ist. Am Ende vereinbaren wir ein Treffen in der Gerichtsmedizin für morgen, damit er den Leichnam identifiziert. Die Eltern der Toten wären dazu nicht in der Lage, sagt er. Beim besten Willen nicht. Gut, das kann man verstehen.

Die Oma ist schon im Bett, wie ich heimkomm, und der Papa hockt im Wohnzimmer auf der Couch, hört die Beatles und raucht seinen Abend-Joint. Wer fehlt, ist der Ludwig.

»Wo ist der Ludwig?«, frag ich deswegen gleich, wie ich reingeh.

»Du, der Leopold ist mit ihm unterwegs«, sagt der Papa und dreht die Musik etwas leiser. »Erst waren sie spazieren, und anschließend wollte er wohl noch ein bisserl zum Wolfi rein, soweit ich informiert bin.«

Mein Hund. Mein Wirt. Na, hat der sie noch alle?

»Ja, dann werd ich da wohl jetzt auch erst mal hinmüssen«, sag ich zugegebenermaßen etwas angepisst.

»Magst nix essen, Franz? Die Oma hat dir fei schon alles drüben auf den Tisch hingestellt. Brauchst bloß noch kurz aufwärmen.«

»Später«, sag ich grad noch, und dann bin ich auch schon draußen.

Der Ludwig freut sich, wie er mich sieht. Die Freude ist ganz meinerseits. Weniger Freude empfinde ich über den restlichen Anblick hier. Wie erwartet ist der Leopold anwesend, klar, sonst wär der Ludwig ja auch nicht hier. Und der Leopold hat seinen neuen Busenfreund an der Backe kleben. Den Karl-Heinz. Der wiederum hängt ebenfalls an einer Backe. Und zwar ganz nah an der von meiner Susi. Und die ist heute ziemlich aufgebrezelt für meine Begriffe.

»Servus, miteinander«, sag ich und kraule dem Ludwig über den Kopf.

»Franz!«, ruft die Susi sichtlich erfreut. »Das ist ja schön, dass du auch noch kommst. Geh, hock dich her zu uns.«

Aber der Franz hockt sich nicht »her zu uns«. Weil er diese zwei blöden Visagen nicht ertragen kann. Beim besten Willen nicht. Und mit diesem Mords-Loch im Bauch schon gleich gar nicht.

»Wieso bist du denn schon wieder hier? Du arbeitest doch jetzt in München«, sagt der Leopold und wirkt dabei nicht gerade erfreut über meinen Anblick.

»Eine Halbe?«, ruft der Wolfi vom Tresen her.

»Nein, nix«, ruf ich zurück.

»Dann lass es halt bleiben«, knurrt der Wirt und poliert Gläser.

»Gehen wir?«, sag ich noch zur Susi und dreh mich dann ab. Mit dem Ludwig im Schlepptau begeb ich mich prompt rüber zum Ausgang.

»Wart noch kurz, Franz«, ruft die Susi, schnappt sich Jacke und Tasche und eilt mir hinterher. Sie wirft noch einen Abschiedsgruß in die Runde und bedankt sich für die Einladung. Wie war das noch mal? Ist sie nicht schon ein großes Mädchen und kann ihre Sachen selber bezahlen?

»Was sie nur an dem findet, die Susanne?«, kann ich noch vernehmen.

»Frag mich nicht«, sagt der Leopold.

Auf dem Heimweg erzählt mir die Susi dann in aller Ausführlichkeit, was ich alles so verpasst hab während meiner Zeit in München. Und das ist schon ziemlich beachtlich. Wenn man bedenkt, dass ich grad erst mal ein paar Tage weg bin, und da ist so viel passiert hier in Niederkaltenkirchen. So viel passiert normalerweise das ganze Jahr über nicht. Jedenfalls nicht bei uns im Dorf. Hauptauslöser dieser ganzen Neuigkeiten ist mein nagelneuer Lieblingsfeind, der Karl-Heinz. Der hat nämlich in völliger Uneigennützigkeit die komplette gemeindeeigene Computeranlage überholt. Und das sind immerhin sieben Stück. Und man kann sich überhaupt gar nicht vorstellen, was das gleich so ausgemacht hat. Doppelt so schnell läuft jetzt alles, sagt die Susi. Ach was. Zehnmal so schnell trifft es viel eher. Der Bürgermeister, der ist ganz aus dem Häuschen vor lauter Freude. Und alle anderen freilich auch. Sowieso kommt er so was von gut an, der Karl-Heinz. Nächste Woche will er sich übrigens noch die PCs vom Pfarrhaus vornehmen. Und wahrscheinlich noch die vom Flötzinger. Und die vom Simmerl natürlich auch. Ja, wenn das keine guten Nachrichten sind.

Kapitel 7

Bei Hackbraten und Bohnengemüse, was völlig überraschungslos ganz wunderbar schmeckt, erzählt die Susi dann weiter. Und ganz rote Wangen hat sie dabei. Der Karl-Heinz, sagt sie, der hat nämlich einen Lamborghini. Und einen Ferrari hat er auch. Aber den fährt er nicht so oft. Weil halt fast jeder Arsch so einen Ferrari fährt. Lamborghini sieht man dagegen gar nicht so arg oft. Ja, und außerdem hat er noch ein Häuschen in Kitzbühel und eine Dachterrassenwohnung auf Gran Canaria. Und da … da will er sie demnächst einmal mit hinnehmen, der Karl-Heinz. Nach Kitzbühel natürlich. Weil nach Gran Canaria, das wär ihr dann doch ein bisschen too much, sagt die Susi. Nein, nur für ein oder zwei Tage nach Kitzbühel rein und die Seele etwas baumeln lassen. Mit dem Lamborghini wahrscheinlich. Ob ich da was dagegen hätte, möchte sie wissen.

»Wie lang will der eigentlich noch hier rumhängen?«, frag ich, nehm einen Schluck Bier und bring mein Geschirr rüber zur Spüle.

»Keine Ahnung, warum?«, sagt sie und zuckt mit den Schultern.

»Nur so halt. Muss der nicht irgendwann wieder zur Arbeit?«

»Du, so computertechnisch, glaub ich, kann der von überall aus arbeiten. Der ist ja so was von schlau, sag ich dir.«

»Aha.«

»Also, was ist jetzt?«, bohrt sie nach. »Ich mein: wegen Kitzbühel?«

Dann geht die Tür auf und der Leopold kommt rein. Er hat den PC-Arsch dabei. Das geht jetzt aber deutlich zu weit.

»Hey, Mann«, schrei ich ziemlich genervt. Mir droht echt gleich der Kragen zu platzen. »Abflug, aber hurtig!«

»Jetzt mach hier mal keinen auf Tarzan, Franz. Immerhin ist dies auch mein Elternhaus, erinnerst du dich? Und ich kann ebenso Gäste einladen wie du selber«, sagt der Leopold total ruhig. Er redet mit mir wie ein Psychologe mit seinem Klienten. Das geht mir jetzt aber ganz gehörig auf die Eier.

»Du … du solltest dich lieber mal um dein Eheweib kümmern. Und um deine kleine Tochter vielleicht auch, statt uns hier das Leben zu versauen«, schrei ich weiter.

Das ruft den Papa auf den Plan.

»Das geht dich überhaupt gar nichts an, Franz«, sagt er und schlurft in die Küche. »Wenn jemand sein eigenes Privatleben so dermaßen wenig im Griff hat wie du, dann sollte er sich wirklich hüten, über das von anderen zu urteilen. Hast du das jetzt kapiert?«

Ich geh dann mal lieber in meinen Saustall rüber. Die Gesellschaft hier wird von Minute zu Minute mieser.

»Und viel Spaß dann auch noch in Kitzbühel!«, ruf ich noch so beim Rausgehen.

Drüben mach ich mir ein weiteres Bier auf, hau mich aufs Kanapee, und der Ludwig drückt mir den Kopf gegen den Schenkel. Ein Scheißtag war das heute. Gar keine Frage. Da hast du schon so richtig Stress in der Arbeit, und dann kommt auch noch der ganze Scheiß mit dem Privatleben dazu. Ganz großartig, echt.

Da hier die Stimmung jetzt auch nicht so der Brüller ist, zieh ich mich an und schau noch einmal beim Wolfi vorbei, weil dort ja die Luft inzwischen wieder rein ist. Tatsächlich ist er ganz alleine im Lokal und grade dabei, die Tische zu räumen und abzuwischen.

»Ich will jetzt doch noch ein Bier«, sag ich und hock mich erst mal an den Tresen.

»Jetzt gibt's aber keins mehr«, sagt der blöde Wirt wischenderweise.

»Jetzt zick hier nicht rum, Wolfi«, sag ich, steh auf und geh gleich einmal direkt zum Zapfhahn.

»Finger weg!«, knurrt er in meine Richtung. Aber zu spät, das Bier läuft schon.

»Du machst dir deine Regeln genau so, wie du sie brauchst, gell, Eberhofer. Völlig wurst, was andere dabei denken. Ich hatte eigentlich vor, jetzt abzusperren, Mann!«

»Jetzt hab dich nicht so. Es ist erst halb zehn, Wolfi. Wieso willst du schon absperren? Bist du bescheuert, oder was?«

»Siehst du hier irgendeinen Gast?«

»Ja, mich!«

Er schüttelt theatralisch den Kopf.

Dann geht die Tür auf, und der Papa kommt rein. Den schickt der Himmel. Jetzt sind wir schon zu zweit.

»Siehst du, Wolfi, und schon geht es los mit dem Ansturm. Und du wolltest absperren!«

»Gott sei Dank, ich hab dich gesucht, Bub«, sagt der Papa und nimmt neben mir Platz.

»Du hast mich ja auch gefunden«, sag ich und muss mit Verwunderung feststellen, dass der Wolfi jetzt umgehend Bier zapft und es prompt vor dem Papa platziert.

»Lass es dir schmecken, Eberhofer«, sagt er freundlich zum Papa und sendet anschließend abartige Blicke in meine Richtung.

»Franz«, sagt der Papa ganz ernst, und seine Stimme klingt irgendwie komisch. »Wie alt bist du jetzt?«

»Ist das eine Fangfrage, oder was? Du weißt doch haargenau, wie alt ich bin.«

»Ja, ich weiß es schon, Bub. Ich will nur wissen, ob du es selber weißt.«

Was soll jetzt das wieder werden? Ich sag lieber erst einmal nix mehr. Weil in diesem Moment möglicherweise alles verkehrt sein könnte. Der Papa und der Wolfi schauen sich an. Bin ich da eventuell in eine Verschwörung geraten?

»Schau, Bub, es ist halt so: Der Leopold, der hat nämlich erzählt, dass dieser Fleischmann, also dieser Computerheini, dass der ganz scharf ist auf deine Susi, verstehst. Und nicht nur so larifari, nein, er hat, so wie's ausschaut, schon durchaus ernste Absichten dabei. Um konkret zu sein, er will sie unbedingt heiraten, Franz. Ja, das hat er vor. Er wär schon damals in der Schule furchtbar verliebt in sie gewesen, hat er erzählt. Seinerzeit, wo ihr halt alle noch Teenager wart. So hat er mir das alles jedenfalls gesagt, der Leopold. Aber damals, da hat sie ihn gar nicht erst angeschaut, die Susi.«

»Ja, klar. Weil er nämlich ein Bettnässer war. Und eine Zahnspange hat er da auch noch getragen. Und eine Brille mit so dicken Gläsern«, sag ich und mach mit den Fingern die Brillenstärke deutlich. »Er war sowieso der totale Loser damals, ich erinnere mich genau.«

»Das mag schon sein, Bub. Das ist er jetzt aber nicht mehr. Jetzt hat er eine ziemlich grandiose Karriere gemacht. Und er schaut auch verdammt gut aus, wenn du mich fragst. Und ganz offenbar hat er auch ordentlich Geld auf der Kante. Und ziemlich sympathisch ist er ebenfalls. Auch wenn du das vielleicht anders siehst.«

Da kann ich nur noch den Kopf schütteln. Ja, sind hier jetzt alle durchgeknallt?

»Schau, Bub, was ich dir eigentlich sagen möchte: Wenn dir wirklich was liegt an deinem Mädl, dann solltest du bald mal Nägel mit Köpfen machen, gell. Sonst ist sie nämlich wieder weg, die Susi. Wie damals mit ihrem Italiener. Erinnerst du dich? Auf einmal war sie futsch. Und dass der so ein blödes Arschloch war, hat sie ja zum Glück irgendwann auch selber kapiert. Aber wer weiß, was geworden wäre, wenn wir sie nicht zurückgeholt hätten damals?«

»Eben. Was hat sie schon von ihrem Latin Lover gehabt?«, sag ich ein klein bisschen bockig.

»Herrgott, Franz. Damals war's halt einfach der falsche Mann! Dieser hier ist es aber jedenfalls nicht. Der würde sie geradezu auf Händen tragen, die Susi. Das kannst du mir glauben.«

»Danke für dein Mitgefühl! Und was – bitte schön – soll ich jetzt deiner Meinung nach machen?«, frag ich grad noch so, da knallt der Wolfi eine Schnapsflasche auf die Theke, dass alles nur so wackelt. Gerade eben vor einer Sekunde, da hat er noch vollkommen friedlich drei Stamperl eingeschenkt, und jetzt knallt er die Flasche hin, dass die Gläser gleich bloß noch halb voll sind.

»Ja, sag einmal, spinnst jetzt oder was?«, schrei ich ihn an, schon deshalb, weil ich echt voll erschrocken bin.

»Ob *ich* spinne? Das fragt der Richtige!«, schreit er zurück. »›Was soll ich jetzt machen? Was soll ich jetzt machen?‹ Herrschaft, Eberhofer: ja, was wohl? Heiraten sollst sie halt endlich, die Susi, kapiert! Ist das denn wirklich so schwer zu begreifen, Mensch?«

Heiraten? Ich? Die Susi? Wie jetzt?

»Ich selber hab es ganz genauso gemerkt, Franz«, sagt er danach ein paar Oktaven tiefer und wischt dabei die Pfütze vom Tresen. »Der Typ, der ist völlig aus dem Häuschen, was die Susi betrifft. Der betet ja förmlich den Boden an, auf dem sie wandelt, und kann seine Glupperl kaum noch bei sich behalten. Und vertrau einem erfahrenen Wirt, Franz: Die

Susi, die taut auch langsam auf, was ihn so betrifft. Ganz, ganz langsam zwar, aber ihr Interesse steigt deutlich.«

Wir stoßen an und kippen den Schnaps in unsere Kehlen. Dann verabschiede ich mich. Weil ich nachdenken muss. Mei, die Susi ist halt die Susi. Die hängt doch an ihrem Franz, oder? Und auch wenn in ihren Hax'n inzwischen ein paar Dellen sind: Fesch ist sie schon noch. Und die würde doch nicht … Nein, die Susi, die … Herrgott, leckt's mich doch alle miteinander. Ich geh jetzt heim in den Saustall. Sonst geht dieser Scheißtag ja nie zu Ende.

Am nächsten Tag in der Früh, bevor ich mich dienstbeflissen auf den Weg nach München mache, schau ich noch kurz bei der Susi im Büro vorbei. Erwartungsgemäß sind auch ihre beiden Kolleginnen anwesend.

Nachdem ich alle freundlich begrüßt hab, schenk ich mir erst mal ein Haferl Kaffee ein. Allein schon, weil die Susi sowieso den besten Kaffee kocht weit und breit. Dann bitte ich die zwei überflüssigen Grazien darum, kurz das Zimmer zu verlassen.

»Hast du einen Vogel, oder was?«, fegt mich die eine gleich an und legt ihr Strickzeug aus der Hand.

»Ich hätt hier gern was Privates besprochen, gibt's da irgendwie ein Problem?«, versuch ich es noch mal.

»Klar gibt's da ein Problem, Mann. Das hier ist ein Büro, du Clown. Privates bespricht man nach Feierabend. Und zwar zu Hause.«

Im selben Moment geht die Tür auf, und der Bürgermeister kommt rein, den schwarzen Sheriff dicht auf den Fersen.

»Eberhofer«, sagt er gleich, wie er mich sieht. »Was machen Sie denn hier?«

»Bin gleich wieder weg, Bürgermeister. Wollte nur kurz schauen, ob alles gut läuft hier. Und? Alles klar, Max?«

»Alles bestens«, sagt der Hosenscheißer artig, und man

kann ihm den Stolz direkt ansehen. »Zwei Strafzettel, ein betrunkener Radlfahrer. Und drei Wildbiesler.«

»Drei Wildbiesler, alle Achtung«, sag ich und grinse breit. Er nickt.

Danach sagt plötzlich keiner mehr was. Jeder schaut irgendwie nur blöd durch die Gegend.

»Ja, gut, dann pack ich's halt wieder«, sag ich deswegen nach einer Weile und stell meine Kaffeetasse ab. Kurz vor dem Ausgang dreh ich mich aber noch mal um.

»Ach, ja, noch was. Du, Susi, sollten wir zwei vielleicht bald einmal heiraten oder so?«, murmele ich in den Raum rein. Plötzlich ist es so was von totenstill, dass ich jedes einzelne Herz ganz deutlich schlagen höre. Irgendwie muss ich an den Günter denken zwischen seinen Kühlfächern. Und das ist nicht gelogen, ich schwör's. Weil aber irgendwie keiner so recht was sagen will, mach ich dann dem Schweigen ein Ende – gefühlte zweieinhalb Stunden später.

»Also dann wohl eher nicht, oder?«, frag ich ganz leise.

»Probier's einfach noch mal, Franz«, sagt die Susi schließlich und grinst. »Vielleicht ein kleines bisschen romantischer. Und am besten, wenn nicht ganz so viele Menschen dabei sind, verstehst.«

»Mensch, Eberhofer«, mischt sich nun auch noch der Bürgermeister ein. »Wie Sie sich jetzt wieder anstellen, gell. Da besorgt man doch einen riesen Strauß Dings, also Rosen. Und man geht dabei auf die Knie. Und Champagner natürlich. Aber man macht doch keinen Heiratsantrag in der Gemeindeverwaltung. Erst recht nicht, wenn die auch noch komplett anwesend ist.«

Ja, ich hab's schon kapiert. Verdammt!

»Astreiner Schiffbruch, würd ich das nennen«, murmelt der Simmerl Max und streut damit Salz in meine ohnehin stark blutenden Wunden.

»Halt jetzt bloß dein blödes Maul, Hilfssheriff!«, sag ich noch so beim Verlassen dieser bitteren Szene.

Der Weg nach München ist nur mit lautstark AC/DC zu ertragen. Und ich dreh so dermaßen auf, dass ich gar nicht merke, dass ein Streifenwagen hinter mir herfährt. Ein Streifenwagen mit Blaulicht und Sirene. Wer weiß, wie lang mir der schon am Kotflügel klebt. Jedenfalls zeigt mir der Beifahrer den Vogel, wie ich endlich rechts ranfahr, um sie überholen zu lassen.

Wie vereinbart begeb ich mich dann zuerst einmal in die Gerichtsmedizin, um auf den Ibranovic zu treffen, der dort ja heute seine Nichte identifizieren soll. Der Günter ist auch schon da und hängt ganz konzentriert über einem der Mikroskope.

»Servus, Leichenfläderer«, sag ich erst mal.

»Ah, der Eberhofer«, sagt der Günter und schaut auf. »Einen wunderschönen guten Morgen.«

»Ja, den hätte ich auch gern gehabt«, sag ich in Hinblick auf die jüngsten Geschehnisse. »Bist du schon irgendwie weitergekommen?«

»Kein guter Auftakt heute?«, fragt er und grinst.

»Könnte man sagen.«

»Ja, dann schauen wir doch mal, ob ich deine Stimmung ein bisschen heben kann. Also, was haben wir denn? Die Spuren deuten ganz klar auf einen Seidenschal als Mordwaffe hin. Das ist doch schon mal schön, oder? Ein dünner Seidenschal in einem dunklen Braunton. Unifarben, würd ich mal behaupten.«

»Ein dunkelbrauner Seidenschal«, sag ich vor mich hin. Irgendwie bin ich rein gedanklich nicht wirklich anwesend.

»Korrekt. Und auch sonst jede Menge Spuren, keine Ahnung, ob da was Brauchbares drunter ist. Die müssen alle erst noch ausgewertet werden. Ja, und dann haben wir auch noch was ganz Delikates. Nämlich einen begonnenen Abtreibungsversuch.«

»Einen ›begonnenen Abtreibungsversuch‹? Wie muss ich mir das denn vorstellen?«

»Eberhofer?«, tönt es plötzlich von der Tür her. Ich dreh mich mal um. Ein Weißkittel steht im Türrahmen, dahinter ein Graumelierter ganz in Schwarz, vermutlich der Ibranovic. »Da ist jemand für Sie!«

Die anschließende Identifizierung ist so wie die meisten anderen auch. Alle sind leise und betroffen und unglaublich traurig. Das tote Mädchen liegt starr und blass vor uns, und nur ihr Kopf ist freigelegt. Peinlich genau hat der Günter drauf geachtet, dass die Drosselspuren am Hals nicht zu sehen sind. Der Ibranovic ist vollkommen erschüttert. Ganz sanft streicht er eine Haarsträhne aus dem weißen Gesicht, und dabei laufen ihm Tränen über die Wangen. Fast tonlos beginnt er zu erzählen, dass sie sich doch so gefreut hatte über ihre neue Arbeitsstelle, die Branka. Eineinhalb Jahre lang wär sie zuvor arbeitslos gewesen. Friseuse hätte sie gelernt und von heute auf morgen damit aufhören müssen. Wegen einer Allergie, einer saublöden. Und endlich hatte sie diese Stelle als Kindermädchen hier in München bekommen. Bei einer wirklich ganz großartigen Familie, diesen Dettenbecks. Draußen in Grünwald. In einer herrlichen Villa, sagt er und blickt kurz ganz verklärt aus dem Fenster. Ein eigenes riesiges Zimmer hätte sie dort bekommen und auch ziemlich viel Geld verdient. Zumindest im Vergleich zu dem, was sie vorher hatte. Seine Aussagen decken sich zu hundert Prozent mit den Unterlagen aus dieser Arbeitsvermittlung. Und mein nächster Weg wird mich dann wohl zu den Dettenbecks führen.

»Wie ist sie denn gestorben?«, fragt der Onkel plötzlich und reißt mich damit aus meinen Gedanken.

»Sie … sie wurde erdrosselt.«

»Erdrosselt«, sagt er ganz leise. Dann küsst er das tote Mädchen auf den Mund. Einige Male sogar.

»Wo waren Sie eigentlich am siebenundzwanzigsten?«, muss ich jetzt wissen.

Er wendet seinen Blick von der Toten zu mir rüber, und dabei kneift er die Augen zusammen. Einen langen Augenblick sagt er gar nichts. Wir starren uns an.

»Ist das ihr Todestag?«

»Ja, das ist er.«

»Da hatte ich Frühschicht. Bis vierzehn Uhr dreißig. Nachmittags hab ich geschlafen. Das mache ich immer, wenn ich um fünf Uhr morgens aufstehen muss.«

»Irgendwelche Zeugen?«

»In der Arbeit an die achtzig. Beim Schlafen hat mir niemand zugesehen.«

»Gut, das wär's fürs Erste«, sag ich noch, und wir machen uns auf den Weg zum Ausgang. Dort verabschieden wir uns, und ich verspreche, mich zu melden, sobald es Neuigkeiten gibt.

Zurück beim Günter muss ich noch dringend wissen, was es mit dieser Abtreibungssache auf sich hat.

»Mifepriston heißt das Zeug«, sagt er auf meine Nachfrage hin. »Und es funktioniert folgendermaßen. Zuerst kriegt die Betroffene eine Medikation, verstehst du. Also, eine Pille, die dafür sorgt, dass der Muttermund geöffnet wird und sich die Gebärmutterschleimhaut ablöst, okay? Und im Normalfall führt dann ein paar Tage später eine sogenannte Prostaglandintablette dazu, dass sich die Gebärmutter zusammenzieht. Es wird quasi ein künstlicher Abort ausgelöst, wenn du so willst. Diese Medikamente werden entweder oral oder vaginal verabreicht. So wäre zumindest der normale Ablauf. In diesem speziellen Fall kam es allerdings sonderbarerweise nicht zur zweiten Einnahme. Das Mädchen hatte zweifelsfrei nur die erste Tablette genommen. Etwa fünf Tage vor ihrem Tod, vermute ich mal.«

»Und was soll das bedeuten?«, frag ich, nachdem ich diese Informationsflut verarbeitet habe.

»Das wirst du schon selber herausfinden müssen, Eberhofer«, sagt der Günter und wandert dabei in Richtung Mikroskoptisch zurück. »Aber eines ist klar, durch diese Schwangerschaft haben wir jetzt freilich eine astreine DNA vom Kindsvater. Den musst du dann nur noch ausfindig machen.«

Ja, wenn's weiter nix ist! Also verabschiede ich mich und mach mich auf die Socken.

Ich ruf dann erst mal die Susi an und hoffe, dass sie allein im Büro ist. Die Chancen stehen ziemlich gut, weil jetzt grad Mittagszeit ist und ihre zwei Zimmergenossinnen in dieser gern durch Abwesenheit glänzen. Die Susi eher nicht. Sie arbeitet mittags lieber durch, weil sie dafür dann eher Feierabend machen kann.

»Bist du allein?«, frag ich zuallererst mal.

Sie lacht. Das klingt schön.

»Warum willst du das wissen?«, fragt sie.

»Jetzt sag schon!«

»Yes!«, sagt sie ganz zackig. Sie macht sich lustig über mich, ich merk es genau.

»Du, wegen vorhin, hast du vielleicht schon ein bisschen drüber nachgedacht?«, frag ich und steig in den Wagen.

»Was genau meinst du damit?«

»Susi!«

»Ach, du meinst, über diesen verkrüppelten Versuch, mir einen Antrag zu machen.«

»Also?«

»Franz, das hier war gerade dein zweiter Versuch. Ich rate dir dringend, den dritten nicht auch noch zu verkacken«, sagt sie ganz ernst.

»Soll das heißen, dass du diesen ganzen Zirkus tatsächlich haben willst? Ich mein, das mit den Rosen und den Knien und dem blöden Champagner?«, frag ich und kann es wirklich nicht fassen.

»Exakt!«

Ich verdreh mal die Augen in alle Richtungen.

»Da brauchst du jetzt gar nicht erst die Augen zu verdrehen, Eberhofer.«

Ich lass mal den Motor an und sag ihr, ich würde mal schauen, was sich machen lässt. Und sie sagt noch, ich soll aber ganz genau schauen. Dann leg ich auf. Dass jetzt diese Weiber immer so ein Brimborium machen müssen. Immerhin bin ich es doch eigentlich, der gar nicht heiraten will. Weil das nämlich eine verdammt ernste Angelegenheit ist. Und ich persönlich die Meinung vertrete, dass so ein Eheversprechen dann auch schon für immer und ewig sein sollte, gell. Nicht etwa so wie beim Leopold, der seine Gattinnen austauscht wie anständige Leute ihre Pkws. Nein, wenn ich was verspreche, dann halte ich das auch. Oder ich versuch es zumindest. Und wenn ich mich schon mal dazu durchgerungen habe, die Susi zu ehelichen, damit sie mir nicht mit diesem blöden PC-Arsch durchbrennt, dann könnte sie doch gefälligst so zuvorkommend sein und schlicht und ergreifend »Ja!« sagen. Aber nein, Mademoiselle braucht das komplette Programm. Herrgottsakra. Wirklich.

Auf dem Weg nach Grünwald halt ich noch schnell bei einer Imbissbude an und hol mir eine Currywurst. Den Versuch, in München gescheite Leberkässemmeln zu ergattern, hab ich längst aufgegeben. Weil: Wer einmal in seinem Leben eine Leberkässemmel vom Simmerl gehabt hat, dem schmeckt keine andere mehr. Nicht ums Verrecken. Nicht mit Händlmaier's und ohne erst recht nicht.

Kapitel 8

Wie nicht anders zu erwarten, sau ich mich mit dem letzten Bissen tatsächlich doch noch ein. Jetzt ziert ein fetter roter Soßenfleck die Frontansicht meines Diensthemdes. Das schaut echt scheiße aus. Aber das ist natürlich auch ein Riesennachteil, den so eine Currywurst mit sich bringt. Die während einer Autofahrt zu verzehren, das kommt schon beinah einer Stresssituation gleich. Nicht etwa so wie beispielsweise bei einer Leberkässemmel. Oder einer Fleischpflanzerlsemmel meinetwegen. Die kann man nämlich ganz prima und unkompliziert verdrücken. Selbst noch am Steuer. Da kann man sogar mit der anderen Hand noch telefonieren. Oder was trinken, von mir aus. Aber bei einer Currywurst ist das halt echt schwierig. Besonders, wenn dann auch noch Pommes mit dabei sind, die in der Soße direkt ersaufen. Aber jetzt bin ich abgeschweift. So steh ich also mittlerweile vor diesem Riesentor mitten in Grünwald. Also praktisch genau dort, wo das tote Mädchen bis zuletzt noch gearbeitet hat. Ich drück mal auf die Klingel.

»Ihr Anliegen, bitte sehr«, kann ich eine Stimme vernehmen, weiß aber nicht, aus welcher Richtung sie kommt. Ich schau mich mal um.

»Hallo!«, ruf ich währenddessen ein paarmal.

»Rechts unten«, ertönt es jetzt wieder, und: Bingo, schon finde ich den Lautsprecher und die dazugehörige Kamera.

»Ja, Eberhofer. Kommissar Eberhofer, Kripo München, ich hätte da ein paar Fragen.«

»In welcher Angelegenheit?«

»Kommen S', machen S' einfach das Tor auf, okay?«

Es dauert tatsächlich noch einige Momente, dann aber hör ich endlich den Summer, und das schwere Eisentor öffnet sich vollautomatisch. Ein Kopfsteinpflaster schlängelt sich bis hin zur Haustür, und ein einziger riesiger Ahornbaum mitsamt seinen farbigen Blättern überschattet den ganzen Vorgarten hier. An der Eingangstür angekommen, empfängt mich eine Frau, und irgendwie schaut sie aus, als wär sie gerade aus einem dieser alten Schwarz-weiß-Filme geplumpst. Sie trägt so eine Tracht mit gestärkter Schürze und tatsächlich so ein weißes Häubchen auf dem Kopf. Irgendwie lustig.

»Nun also, was ist denn jetzt bitteschön Ihr Anliegen, Herr Kommissar?«, will sie gleich wissen, und dabei wirft sie einen kurzen und abschätzenden Blick exakt auf meinen Currywurstketchupfleck.

»Anliegen, genau. Also, hätten Sie vielleicht irgendeine Möglichkeit, dass ich mir diesen blöden Fleck ein bisschen rauswaschen kann?«, frag ich deshalb zuerst mal.

»Nein«, sagt sie ganz bestimmt und verschränkt ihre Arme vor der Brust.

»Ach so. Na ja, macht auch nix. Sieht man ja eh kaum.«

»War's das?«

»Nein, nein, um Gottes Willen. Wegen was ich eigentlich da bin ... also, die Ibranovic, die Branka Ibranovic, die kennen S' doch, oder?«

»Ja, aber warum fragen Sie?«

»Sie ist hier angestellt, ist das richtig?«

Sie zuckt leicht gelangweilt mit den Schultern.

»Also gut. Dann sagen Sie mir doch bitte erst mal Ihren Namen.« Jetzt schaut sie ziemlich blöd, aber wenn ich ihr nicht langsam mal zeig, wo der Hammer hängt, kommen wir nicht weiter.

»Schneller«, sagt sie, jetzt schon leicht angesäuert. »Margot Schneller.«

Na also. Es geht doch nichts über Kooperationsbereitschaft. Ich will dann jetzt mal ihre Arbeitgeber sprechen, sag ich. Und zwar ein bisschen zackig, wenn's recht ist. Da hab ich aber jetzt Pech gehabt. Weil die Besagten momentan ihr wohlverdientes langes Wochenende genießen. Im schönen Voralpenland. »Zum Wandern, wenn Sie's genau wissen wollen.«

Das sagt sie so triumphierend, als könnte sie mir mit jedem einzelnen Wort eines damit auswischen.

»Wenn das so ist, Gnädigste«, sag ich daraufhin ziemlich angepisst, »dann müssen *Sie* mir eben jetzt ein paar Fragen beantworten.«

»Dazu bin ich nicht befugt.«

»Das mag schon sein, aber rein rechtlich sind Sie dazu verpflichtet. Also, entweder lassen Sie mich jetzt hier rein, oder wir zwei Hübschen sehen uns morgen in meinem Büro«, sag ich und ziehe eine meiner Visitenkarten aus der Innentasche meiner dienstlichen Lederjacke.

»Hier rein kommen Sie jedenfalls nicht, dazu bin ich nicht …«

»Befugt, ich weiß schon«, unterbrech ich sie und reiche ihr meine Karte rüber.

»Meine Güte! Um wie viel Uhr also?«, fragt sie und wirkt dabei ziemlich genervt.

»Um zehn. Und seien Sie pünktlich.«

Aber das – glaub ich – hört sie schon gar nicht mehr richtig. Bis ich schau, ist jedenfalls die Haustüre wieder zu und die doofe Zofe dahinter verschwunden.

Anschließend ruf ich den Birkenberger an. Immerhin soll

der wenigstens auf dem Laufenden sein, wenn ihn schon mordslangweilige Observationen davon abhalten, mich tatkräftig zu unterstützen. So lass ich ihn großzügig an meinem Wissensstand teilhaben, und er kann auch grad prima zuhören, weil er sowieso seit unzähligen Stunden bloß so ein altes, leer stehendes Fabrikgebäude beobachten muss.

»Interessant«, sagt er am Schluss. »Und warum zum Teufel hat sie diese erste Abtreibungspille genommen und die zweite dann nicht mehr?«

»Ja, gute Frage, Rudi. Ich werde versuchen, der Sache auf den Grund zu gehen, und informier dich, sobald ich mehr weiß.«

Gleich im Anschluss begehe ich noch einen kleinen, aber schwerwiegenden Fehler. Einfach indem ich noch kurz mein morgendliches Erlebnis mit der Susi und Konsorten erwähne. Der Rudi droht fast zu ersticken vor Lachen. Ich häng dann lieber mal auf. Häng auf und fahr in mein Büro.

»Kommen S' gut voran, Eberhofer?«, will der Stahlgruber wissen, während er seinen Schädel durch meine Bürotür schiebt.

»Logisch«, sag ich.

»Logisch«, sagt er. »Ja, das hab ich mir schon beinah gedacht, dass Sie vorankommen, gell. Weiter so, Eberhofer! Immer weiter so!«, sagt er, lacht und verschwindet dann wieder im Gang. Wieso hab ich ständig den Verdacht, dass er mich gar nicht für voll nimmt, dieser Stahlgruber? Ich wünsche mir den Bürgermeister zurück. Und den Moratschek. Ja, mein lieber Richter Moratschek. Das hätte ich mir auch nie träumen lassen, dass mir der eines Tages so fehlen wird. Wo er doch eigentlich ständig nur Schnupftabak konsumiert und an meinen Ermittlungen rumnörgelt. Gut, für voll genommen hat der mich wohl auch nicht. Aber wurst. Und wenn ich jetzt auch noch an meine neue Zimmergenossin denke, dieses multiple Powerpaket, dann wünsch ich mir umso mehr meine Susi zurück. Apropos. Ich mach heute lieber mal ein bisschen eher Feierabend. Weil erstens hab ich schon wahnsinnig viel erreicht an diesem Tag. Und zweitens heißt es jetzt unbedingt noch Rosen besorgen. Und Champagner. Und das mit den Knien, das muss ich schließlich auch noch üben, gell. Nicht, dass ich dann wieder dasteh wie ein Depp.

Noch ein ganz kurzer Anruf zu Hause, nur um meine baldige Ankunft zu verkünden. Der Papa weiß freilich schon längstens Bescheid über die Abläufe heut früh in der Gemeindeverwaltung. Ja, in Niederkaltenkirchen funktioniert das soziale Netzwerk wie in einem Ameisenhaufen, könnte man sagen.

»Das Gartenzentrum in Landshut hat heute Rosen im Angebot, Bub. Baccara. Zehn Stück zu vier fuchzig«, hör ich die Oma im Hintergrund schreien.

»Ja«, sagt darauf der Papa. »Und einen Krimsekt haben wir auch noch im Keller, soviel ich weiß. Den haben wir irgendwann mal geschenkt bekommen. Das ist zwar kein Champagner nicht, aber geht schon gut in diese Richtung, oder? Den kannst gern nehmen, Franz. Weil den von uns sowieso keiner säuft.«

Wirklich sehr beeindruckend, wie sich meine nähere Verwandtschaft um das Seelenheil von der Susi kümmert. Also gut, was sein muss, muss sein. Und so mach ich auf dem Heimweg noch einen kurzen Zwischenstopp im Gartenzentrum und kaufe drei Sträuße von diesen Baccara-Rosen. Die Auswahl ist jetzt nicht mehr so riesig, genauer genommen sind es die letzten drei. Ansonsten gibt's aber im Angebot nur noch Birkenfeigen und Rasendünger. Und da sind die Baccara in jedem Fall die bessere Wahl, auch wenn sie nicht mehr so ganz 1a ausschauen.

Daheim pack ich die Blumen aus der Folie, und die Oma bindet sie so zusammen, dass ein einziger Strauß daraus wird. Und sie bindet sie auch so zusammen, dass die geknickten Stiele von den nicht geknickten gestützt werden. Das ist fast einwandfrei. Nach dem Abendessen dreh ich noch mit dem Ludwig die Runde, wir brauchen eins-dreißig dafür. Und ich hab nicht die geringste Ahnung, warum das heute so dermaßen lang gedauert hat. Endlich im Saustall zurück, will ich das mit diesem dämlichen Kniefall noch ein klein bisschen üben. Schließlich wohn ich ja nicht im Buckingham-Palast, sodass ich das tagtäglich machen würde. So leg ich mir also die Stones auf, weil mit Musik selbst die übelsten Bewegungsabläufe leichterfallen, und dann leg ich los. Und was soll ich sagen? Irgendwie komm ich dabei total aus dem Konzept. Ich übe da also diesen Kniefall, und urplötzlich fällt mir unser Dienstsport ein. Wir machen da nämlich so alle paar Wochen zwei, drei Stunden spezielle Sportübungen, die gerade im Berufsbild eines Polizisten wichtig sind. Zum Beispiel üben wir die diversen Arten, sich im Härtefall eben ganz professionell abzurollen. Das mach ich gerne, weil's einfach total Spaß macht und dabei die Zeit verfliegt. So rollt man quasi den ganzen Vormittag fröhlich durch die Turnhalle und muss nicht öde und verkrampft am Schreibtisch rumhängen. Und jetzt, wo ich praktisch ganz ernsthaft diesen verdammten Kniefall übe, genau da fallen mir diese Abrollübungen wieder ein. Ganz blöd, so im Nachhinein gesehen. Weil das mit dem Abrollen und dem Kniefall irgendwann mehr so in Richtung Abrollen ging.

»Es ist halb elf, Franz!«, hör ich den Papa irgendwann vom Türrahmen aus.

Mein Gott, er hat mich zu Tode erschreckt. »Wolltest du nicht noch zur Susi rüber?«

»Halb elf? Verdammt!« Ich schau auf die Uhr, zieh mir

schnell ein sauberes Hemd an, schnappe mir den Krimsekt und die Rosen und bin dann auch schon unterwegs.

Sage und schreibe fünf Mal muss ich läuten, und die Susi macht mir noch immer nicht auf. So kram ich also ihren Schlüssel aus der Hosentasche, was mit einer Flasche und einem Riesenstrauß gar nicht so einfach ist, und sperre schließlich die Tür auf. Es ist stockdunkel in der ganzen Wohnung. Womöglich ist sie schon eingeschlafen. Ein Blick ins Schlafzimmer bestätigt meinen ersten Verdacht. Ich mach kurz das Licht an und auch gleich wieder aus. Die Susi liegt tatsächlich schon im Bett, und dabei hat sie auch noch jede Menge Gurkenscheiben im Gesicht. Das ist mir aber jetzt wirklich peinlich. Ich hoffe inbrünstig, dass ich sie nicht aufgeweckt habe. Ganz leise und rückwärts will ich grad in den Flur zurückgehen, aber zu spät. Sie richtet sich auf und schaut ganz verschlafen in meine Richtung. Dann fischt sie zwei Ohrstöpsel aus ihren Lauschlappen und starrt mich an.

»Franz? Was machst du denn hier?«, fragt sie und gähnt.

»Du, Susi, mal angenommen, ich würde den dritten Versuch ebenfalls irgendwie vermasseln, bestünde die winzige Möglichkeit eines vierten Versuchs?«, frag ich und setz mich vorsichtig auf ihre Bettkante.

Sie grinst. »Wie spät ist es denn eigentlich?«

»Elf«, sag ich, und es ist mir jetzt echt ein klein bisschen peinlich.

»Elf?«, knurrt sie, und dabei fällt eine Gurkenscheibe von ihrem hübschen Gesicht.

»Du, Susi, was ist eigentlich das weiße Zeug dort unter den Gurken?«, muss ich jetzt wissen.

»Quark«, sagt sie.

Und dann fang ich an, ihr das Gemüse samt Dip von den Wangen zu naschen. Scheibchen für Scheibchen. Und meine Susi nascht mit. Ein Wahnsinn! Ungelogen.

»Also, Susimaus, wie schaut's denn jetzt aus?«, frag ich beim Frühstück und beiße in ein Honigbrot. »Geht der Antrag von gestern Nacht durch oder nicht?«

»Es war weder Champagner, noch war er kalt«, sagt die Susi und rubbelt mit einem Handtuch durch ihre Haare.

»Ich weiß«, sag ich.

»Die Rosen waren im Höchstfall vom Gartenzentrum. Womöglich sogar vom Aldi.«

»Ersteres.«

Sie setzt sich hin und überlegt kurz was.

»Aber sonst … sonst war alles ziemlich gut«, sagt sie und grinst.

»Also?«

»Du weißt, dass ich ein Brautkleid aus Seide haben will? Und zwar eins aus Paris.«

»Aus Paris? Wieso das denn?«

»Keine Ahnung. Das will ich halt einfach. Das wollte ich schon als ganz kleines Mädchen.«

»Aber hier gibt's doch bestimmt auch schöne Teile.«

»Hast du irgendein Problem mit Paris?«

»Äh, nein. Nicht im Geringsten. Ich hab überhaupt kein Problem. Und am wenigsten mit Paris.«

»Fein. Dann werd ich gleich mal die Mary fragen, ob sie mit will. Und freilich auch die Gisela. Mein Gott, die werden Augen machen! Und vielleicht frag ich sogar noch die Jessy, du weißt schon, meine Kollegin in der Gemeindeverwaltung. Da können wir dann auch gleich prima meinen Mädchenabschied feiern, was meinst du?«, sagt sie und klatscht in die Hände wie ein Kleinkind.

»Ja, ich muss los, Süße«, sag ich und steh auf.

»Du, Franz, dann sind wir jetzt sozusagen verlobt, oder?«, will sie noch wissen.

»Könnte man so sagen, ja.«

Sie umarmt mich, stellt sich auf die Zehenspitzen und schaut mir tief in die Augen.
»Wo ist denn mein Ring?«
»Ein Ring auch noch!«
»Logisch!
Ich verdreh die Augen, geb ihr noch schnell ein ganz dickes Bussi, und dann muss ich aber auch schon weg.
Pünktlich um zehn erscheint der Hausdrache von den Dettenbecks bei mir im Büro, und ich nehm jetzt erst noch einmal anständig die Personalien auf. Margot Schneller, richtig. Ledig. Ja, das war klar. Seit dreizehn Jahren schon arbeitet sie glücklich und zufrieden im Hause von den Dettenbecks. Sie ist so eine Art Mädchen für alles, könnte man sagen. Macht von der Hausarbeit übers Sekretariat bis hin zur Kinderbetreuung praktisch das Gesamtprogramm. Zumindest war das so, bis eben diese Branka kam. Die Frau Dettenbeck, die hat nämlich vor kurzem noch mal ein Baby bekommen, die kleine Alexa. Die war ja eigentlich gar nicht mehr geplant. Die Dettenbecks haben ja schon ein Kind, den Damian, und der ist schon vierzehn. Und selbst bei dieser Schwangerschaft, da war die Frau Dettenbeck ja nicht mehr die Jüngste. Und so war also die Nachricht von einem erneuten Familienzuwachs für alle Beteiligten zunächst erst mal ein richtiger Schock. So nach und nach ist dann aber wohl doch Freude aufgekommen, und so beschloss man, für die bestmögliche Versorgung des Babys ein Au-pair zu organisieren. Ja, und plötzlich war eben diese Branka im Haus. Dieser Sonnenschein, der im Handumdrehen gleich die ganze Familie verzaubert hat. Alle waren ganz hingerissen von diesem Mädchen. Und ihre eigenen Dienste, nämlich die von der Schneller, die sind dahinter mehr und mehr verblasst. Ja, genauso erzählt sie das alles, die Frau Schneller, und nimmt dabei kein Blatt vor den Mund.

»Aber warum zum Teufel fragen Sie mich das alles überhaupt? Was ist denn eigentlich los mit der Branka?«, fragt sie abschließend.

»Sie ist tot, die Branka«, sag ich, und augenblicklich verändert sich ihre Gesichtsfarbe. »Die Branka ist ermordet worden, Frau Schneller. Genauer: erdrosselt. Und meine Aufgabe ist es jetzt, den oder die Mörder zu finden.«

»Das ist ja ... entsetzlich«, stammelt sie, kramt ein Taschentuch hervor und hustet dort ein paarmal hinein. »Wer macht denn so was?«

»Also ganz oben auf meiner Liste der Tatverdächtigen stehen natürlich Sie.«

Jetzt droht sie mir fast zu ersticken. Sie kriegt einen Hustenanfall, der sich gewaschen hat.

»Hören Sie: Ich war eifersüchtig auf sie, das ist wohl wahr«, hustet sie mir jetzt her. »Auf ihre Jugend, auf ihr Wesen, auf diese ganze Sympathiewelle, die ihr entgegenschlug. Aber deswegen bringt man doch niemanden um, ich bitte Sie!«

»Wenn das keine Motive sind! Da sind schon Menschen wegen deutlich weniger Emotionen beseitigt worden.«

Sie kneift ihre Augen zusammen und starrt an mir vorbei an die Wand.

»Sagen Sie mal, Frau Schneller, haben Sie eigentlich gewusst, dass sie schwanger war, die Branka?«

»Schwanger? Das ist doch nicht möglich! Nein, davon wusste ich nichts. Mein Gott, sie war doch noch so blutjung. Zwanzig oder so. Da kriegt man doch noch kein Kind, oder?«

»Zweiundzwanzig. Die Branka war zweiundzwanzig Jahre alt. Es hat also niemand im Haus darüber Bescheid gewusst?«

»Ja, das kann ich doch nicht wissen. Ich bin doch nicht Tag und Nacht anwesend, verstehen Sie. Die Dettenbecks, die haben doch auch ein ganz normales Privatleben. Ich jedenfalls hab davon nichts gewusst.«

»Was machen die eigentlich so beruflich, die Dettenbecks?«

»Die haben einen Fuhrpark. Sehr erfolgreich. Schon seit fast dreißig Jahren.«

»Einen Fuhrpark? Wie muss ich mir das vorstellen?«

»Na, sie haben eben unzählige Autos, verstehen Sie. Alles Mögliche. Oldtimer oder eben ganz ausgefallene Modelle. Sogar ein paar limitierte Wagen sind darunter. Und die verleihen sie dann eben. An Leute vom Film etwa. Oder an Brautpaare.«

»Und das läuft?«, frag ich etwas ungläubig.

»Davon können Sie ausgehen. Manchmal vermieten sie sogar bis nach Hollywood rüber.«

Allerhand. Da fällt mir dem Papa sein Admiral plötzlich ein.

»Machen beide diesen Fuhrpark? Also auch die Frau Dettenbeck?«

Sie nickt.

»Ja, freilich. Sie macht die ganze Verwaltung. Drum eben auch die Sache mit dem Au-pair, verstehen Sie?«

»Wann haben Sie denn die Branka eigentlich das letzte Mal gesehen?«

Sie überlegt kurz und nennt mir das Datum. Da schau her: der siebenundzwanzigste. Dem Günter zufolge der Tag, an dem das Mädchen umgebracht wurde.

»Und wann haben die Dettenbecks das Mädchen zuletzt gesehen?«

»Das muss am selben Tag gewesen sein. Weil an diesem Tag sind sie dann ja auch in die Berge gefahren. Sie haben sich noch recht herzlich von der Branka verabschiedet. Sind wir jetzt bitte endlich durch, ich muss wirklich zur Arbeit, wissen Sie?«, fragt sie etwas nervös und blickt dabei auf ihre Armbanduhr. Wobei ich mich natürlich frage, was sie denn so Wichtiges zu tun hat, da bei den Dettenbecks, wenn eh keiner daheim ist. Aber egal.

»Ganz kurz noch. Warum haben Sie das Mädchen eigentlich nicht als vermisst gemeldet, wenn sie einfach nicht mehr gekommen ist?«, will ich noch wissen.

»Weil sie das schon mal gemacht hat. Vor ein paar Wochen. Da ist sie einfach von heute auf morgen nicht mehr gekommen. Ein paar Tage später war sie dann aber wieder da. Die Frau Dettenbeck hat sie persönlich abgeholt dort in Leipzig. Heimweh hätte sie gehabt, hat es geheißen. Können Sie das verstehen?«

Heimweh. Wenn das überhaupt jemand versteht, dann bin ich das.

»Hatte sie denn keine privaten Kontakte hier in München?«, frag ich.

»Davon ist mir nichts bekannt. Sie war ja den ganzen Tag über gut beschäftigt mit der Kleinen und abends wohl auch zu müde. Und an ihren freien Tagen, da ist sie wie gesagt immer zu ihrer Familie gefahren.«

»Gut. Abschließend muss ich noch wissen, wo Sie am siebenundzwanzigsten waren. An diesem Tag, wo das Mädchen ermordet worden ist eben.«

Sie blickt kurz auf den Kalender an der Wand.

»Das war ein ganz normaler Arbeitstag. Ich habe die Betten überzogen und die Wäsche gemacht. Hinterher war ich spazieren. Für ein oder zwei Stunden, und auf dem Heimweg war ich einkaufen, wie immer.«

»Irgendwelche Zeugen?«

Sie zuckt mit den Schultern.

»Im Edeka vielleicht. Da war ich so gegen fünf.«

Da mir momentan weiter auch nix mehr einfällt, entlass

ich sie auch schon und sag ihr, sie soll mich informieren, sobald die Familie wieder zu Hause ist. Das gelobt sie feierlich und verkneift sich weitere Zickereien.

Dann ist endlich Wochenende, und das heißt zweieinhalb Tage lang keine Großstadt, keine stundenlange Hin- und Rückfahrt und keine knallbunten Jeans. Das Leben ist wunderbar!

Nach dem Essen und dem Ludwig begeb ich mich schnurstracks zum Wolfi. Immerhin muss so ein Wochenende gebührend eingeläutet werden. Die Susi hockt mit ein paar Weibern hinten in der Ecke, und sie stöbern in hüfthohen Zeitungsstapeln. Schon aus reiner Neugierde geh ich da erst einmal hin. Das Weibsvolk strahlt mir entgegen, als wär ich Robbie Williams persönlich, und heute grüßen mich alle ganz extrem freundlich. Es sind Hochzeitszeitschriften, in denen sie blättern. Ja, das war eigentlich klar.

»Und? Alles entspannt bei euch, Mädels?«, frag ich so in die Runde. Sie überschlagen sich beinah mit Antworten der nettesten Sorte. Allerliebst, wirklich.

»Prima. Wo ist dein Gatte, Mary?«, muss ich noch wissen.

»Babysitten«, sagt sie und deutet auf ein Brautkleid. »Wie findest du das, Franz?«

»Du, das überlass ich großzügig euch Ladys. Ich hab von so was überhaupt keine Ahnung.«

Dann geh ich rüber zum Tresen, wo ich erwartungsgemäß auf den Wolfi treff. Und auf Bier. Und auf Metallica.

Eineinhalb Stunden und drei Bier später geht die Tür auf, und der Simmerl kommt rein.

»Hast du dir das auch wirklich gründlich überlegt, Franz«, sagt er gleich einmal, wie er mich sieht.

»Was genau meinst du?«, frag ich ihn, hab aber schon so einen Verdacht.

»Ja, das mit dem Heiraten halt. Es ist die Hölle, Franz. Das solltest du wissen.«

»Halt einfach dein blödes Maul, Simmerl. Verstanden«, tönt es durch den Raum hindurch, direkt aus der Gisela ihrer Kehle heraus.

Der Wolfi stellt dem Simmerl ein Bier hin. Und zwar mit den Worten: »Wo sie recht hat, hat sie recht. Wohl bekomm's!«

Anschließend erzählt mir der Simmerl im Flüsterton und mit dem Arm um meine Schultern von all dem Horror eines ehelichen Zusammenlebens. Er schöpft dabei wirklich aus dem Vollen. Nichts lässt er aus – nichts von seinen eigenen ehelichen Höllentrips, nichts von denen vom Flötzinger. Der auch wie auf Kommando und wie zum Beweis Augenblicke später hier aufschlägt. Er geht gleich rüber zum Frauentisch.

»Du, Mary, kannst du mich bitte mal ablösen? Die Amy-Gertrud, die weint jetzt schon seit zwei Stunden. Ich muss da echt unbedingt mal kurz raus. Bitte, nur für eine Stunde!«, fleht er seine Gattin an.

»Du siehst doch, dass ich grade beschäftigt bin«, sagt sie knapp, ehe sie sich wieder den Brautkleidern widmet. Der Flötzinger schnauft tief durch, dreht sich um, schnappt sich mein Bierglas und leert es in einem einzigen Zug. Und dann ist er auch schon wieder weg.

Die ganze Nacht lang wälz ich mich hin und her und habe Albträume der übelsten Sorte. Herzlichen Dank, Herr Simmerl! Wirklich, herzlichen Dank. Nur: Raus komm ich aus der Nummer jetzt wohl nicht mehr?

Kapitel 9

Das Frühstück am nächsten Tag ist keinen Deut besser. Der Leopold glänzt freilich wieder durch Anwesenheit, und als ob das nicht schon genug wäre, hält er auch noch einen ausführlichen Monolog über die Ehe. Ob ich mir das auch wirklich gründlich überlegt hab, will er wissen. Und ich soll doch bitte schön einmal nachdenken. Weil sich Frauen nämlich total verändern, wenn sie erst mal verheiratet sind. Das kann ich ihm ruhig glauben, sagt er, denn schließlich weiß er, wovon er spricht. Erst gestern, sagt er weiter und fuchtelt dabei wie wild mit den Armen, erst gestern war er wieder dort, bei seinem aktuellen Eheweib, und hat versucht, mit ihr zu reden. Aber nix. Da führt wohl kein Weg mehr zurück. Schade nur um die süße kleine Tochter, sagt er und blickt dabei auf seine Fingernägel. Aber es hilft alles nix, andere Kinder sind schließlich auch scheidungsgeplagt. Da muss sie halt jetzt durch, die Kleine. Und überhaupt, was uns nicht umbringt, das macht uns nur stärker. Ja, das härtet sie vermutlich ab fürs ganze restliche Leben.

Hab ich eigentlich schon erwähnt, dass der Leopold ein Arschloch ist?

Aber jetzt pressiert's ihm auf einmal ganz furchtbar. Weil nämlich gleich der Karl-Heinz hier aufschlagen wird. Und dann … dann wollen sie zum Snowboarden fahren. Weil akkurat jetzt ausnahmsweise schon der erste Schnee liegt dort in Kitzbühel. Anfang Oktober! Das muss man sich einmal vorstellen! Viel früher als sonst. Ist das nicht toll? Zum Snowboarden! Der Leopold! Dass ich nicht lache. Der Leopold, der war ja als Kind schon mit seinem Schlitten total überfordert. Von Skiern mag ich gar nicht erst reden. Und jetzt will er zum Snowboarden. Na, viel Spaß!

Sekunden später fährt auch schon ein Wagen in den Hof rein und hupt. Aber nicht mit so einer normale Hupe, so hup, hup, wie halt Hupen so hupen. Nein, es ist eine Fanfare, die uns jetzt hier entgegenbläst. Und die dem Leopold ein ganz stolzes Lächeln in die Visage zaubert.

»Ah, da ist er ja schon. Pünktlich wie die Maurer«, sagt er und erhebt sich. »Geh, Franz, bist so gut und räumst mein Geschirr mit ab. Ich will den Karl-Heinz nicht so lange warten lassen.«

Ja, der Franz ist so gut. Schließlich will er den Karl-Heinz auch nicht so lange warten lassen. Nicht, dass der hernach noch reinkommt zu uns. Und mir damit mein restliches Frühstück auch noch ruiniert.

»Mach dich vom Acker«, sag ich deswegen. Der Leopold lächelt dankbar und klopft mir noch kurz auf die Schulter, ehe er seinem Busenfreund erwartungsfroh entgegenwirbelt.

Gegen Mittag kommt dann der Anruf aus dem Krankenhaus. Der Leopold liegt dort mit gebrochenem Fuß. Nichts Kompliziertes, einfach einmal quer durch. Er sei schon ärztlich versorgt, eingegipst und mit Krücken versorgt, und man möge doch so gut sein und ihn abholen kommen. Auf die Nachfrage nach seinem werten Begleiter müssen wir erfahren, dass dieser wohl noch auf der Piste rumhängt. Jedenfalls wisse man nichts über seinen Verbleib. Ein echter Freund, das muss man schon sagen.

Also werf ich mich notgedrungen und ziemlich angefressen in mein Auto. Der Papa will auch mit. Schließlich ist man um die Gesundheit eines Erstgeborenen immer ganz besonders besorgt. Endlich in diesem verkackten Krankenhaus angekommen, verfrachten wir die lädierte Verwandtschaft gleich auf die Rückbank und müssen dann erst mal in aller Ausführlichkeit die detailgetreue Schilderung der vergangenen furchtbaren Stunden ertragen. Irgendwann dreh ich die Musik ziemlich laut, weil ich's beim besten Willen nicht mehr hören kann.

»Was machen wir denn hier?«, fragt der Leopold mit leicht hysterischem Unterton, wie ich genau vor seiner Haustür anhalte.

»Wir bringen dich nach Hause«, sag ich und deute auf den Hauseingang.

»Hier wohn ich doch nicht mehr!«

»Franz!«, sagt der Papa.

»Was, Franz?«, sag ich vielleicht ein klein bisschen laut und sehe meine allerletzte Hoffnung den Gully runterlaufen.

»Der Leopold kommt wieder mit zu uns heim, das ist doch wohl klar, oder? Du kannst doch nicht ernsthaft erwarten, dass er akkurat jetzt zu seiner Familie zurückgeht, wo es ihm eh schon so schlecht geht. Da kämen doch nur die schlimmsten Streitereien raus dabei, verstehst.«

»Genau!«, sagt der Leopold.

»Aber genau in solch schwierigen Zeiten stellt sich doch heraus, ob eine Familie zusammenhält oder nicht«, versuch ich es noch mal. Aber nix! Das war jetzt wohl genau das falsche Stichwort.

Es ist einfach verheerend. Allein schon der Gedanke, dass der Leopold künftig nicht nur zum Frühstück und Abendessen bei uns daheim abhängt … Das ist ja schon rein menschlich gesehen und nur in der Vorstellung wirklich kaum zu ertragen. Ich schnaufe tief durch, starte den Motor wieder und bring uns auf den Weg nach Niederkaltenkirchen, das ich einst so geliebt hab.

Die nächsten Tage übertreffen meine Erwartungen noch um einiges. Dabei hatte ich mich so auf das Wochenende daheim gefreut. Nicht nur, dass sich der Leopold, wie schon befürchtet, ständig drüben im Wohnhaus aufhalten würde. Nein, er humpelt sogar des Öfteren übern Hof rüber, direkt in meinen heiligen Saustall rein, und beglückt mich auch noch dort mit seiner Anwesenheit. Ihm ist so langweilig, sagt er. Außerdem ist er schon ein bisschen betrübt, was den Karl-Heinz so angeht. Weil der ihn einfach seinem Schicksal überlassen hat, dort auf dieser Piste. Da hat er nämlich nur kurz die Rettung gerufen, hat dann gesagt »Wird schon wieder!«, und gleich darauf ist er mit seinem Snowboard weiter gecarved, so als wär gar nix passiert. Das ist schon eine ziemliche Enttäuschung. Und das alles, obwohl er doch erst vor kurzem extra wegen diesem Egoisten noch mit der Susi gesprochen hätte, der Leopold.

»Wie meinst du das? Worüber hast du mit der Susi gesprochen?«, muss ich jetzt freilich wissen.

»Na, wegen eurer Hochzeit halt. Ich hab zu ihr gesagt, sie soll sich das gut überlegen mit dir. Schließlich seid ihr schon seit Jahren zusammen und eigentlich auch wieder nicht. So was wird nix mehr Richtiges, hab ich zu ihr gesagt. Nimm lieber den Karl-Heinz, Susi. Da weißt du, was du hast.«

Das erzählt der mir so einfach. Da bleibt mir ja wohl jedes Wort im Halse stecken.

»Aber jetzt ... jetzt hab ich kapiert, was das für einer ist«, sagt er weiter und klopft mit den Krücken auf seinen Gips. »Und wer weiß, vielleicht war das ja auch alles höhere Gewalt, das mit dem Beinbruch. Weil wir zwei Hübschen jetzt endlich mal ein bisschen Gelegenheit haben, uns irgendwie mehr anzunähern. Was meinst du, Bruderherz?«

Jetzt klopft er mit den Krücken auf meinen Schenkel.

»Wie hat die Susi drauf reagiert?«, frag ich und steh auf.

»Ja, wie schon«, sagt er und zuckt mit den Schultern. »Gelacht hat sie halt. Und sie hat gesagt, das soll ich bitte schön ihr selber überlassen, ob und wen und wann sie heiraten will. Und dass ich ein Nestbeschmutzer bin, das hat sie auch noch gesagt. Ja, und das war's dann natürlich. Ich bin dann halt gegangen und hab es genauso dem Karl-Heinz erzählt.«

Nestbeschmutzer. Das ist schön.

Kaum ein paar Minuten später können wir beide eine wohlbekannte Fanfare vernehmen. Wenn man vom Teufel spricht. Wir schauen uns kurz an, aber gleich steht der Leopold auf und humpelt rüber zum Fenster.

»Großer Gott! Ich glaub, mich laust der Affe!«, sagt er, und so muss ich mich wohl oder übel dazugesellen. Schließlich will man ja wissen, warum der Affe den Leopold laust.

»Jesus!«, sag ich noch. Und Sekunden später hinkt der Leopold auch schon an mir vorbei in den Hof hinaus und geradewegs auf den Ankömmling zu. Der ist praktisch verbunden von Kopf bis Fuß, trägt eine Halskrause, die quasi seinen kompletten Schädel fixiert, und einen Plastikbeutel quer über den ganzen Oberkörper. Was zum Teufel ist denn mit dem bloß passiert? Aus reiner Neugierde heraus, nur deshalb stoß ich da jetzt dazu.

Freilich hat sich der unerwartete Besuch in null Komma nix auch bis zur Oma und dem Papa rumgesprochen. Und so sitzen wir bald allesamt um den Küchentisch rum und lauschen gespannt den ausführlichen Schilderungen des lädierten Gastes. In Wirklichkeit war das nämlich so, dass er gleich, nachdem er die Rettung für den armen Leopold angefunkt hatte, ins Tal eilen wollte. Einfach nur, um schnellstmöglich im Krankenhaus einzutreffen und dem verletzten Kameraden zur Seite zu stehen. In dieser ganzen

Aufregung aber hat er wohl plötzlich irgendwie nicht mehr den richtigen Drive gefunden. Und so hat es ihn leider derbröselt: Nach dem Sturz hat er sich sogar mehrere Male überschlagen. Schließlich ist er bewusstlos liegen geblieben und erst im Krankenhaus wieder zu sich gekommen. Ja, und dort hat er die letzten Tage verbracht. Erst heute vor knapp drei Stunden, da ist er endlich wieder entlassen worden. Und gleich sein allererster Weg hat ihn freilich hierhergeführt. Hierherführen müssen. Einfach, um sich zu vergewissern, dass es dem armen Leopold auch bestimmt wieder gut geht. Nein, sagt er auf unsere Nachfragen hin, es ist nichts Schlimmeres, zum Glück. Ein paar Prellungen, eine gebrochene Rippe, ein angebrochenes Nasenbein, ein Gehörsturz am rechten Ohr, der aber schon wieder etwas besser wird. Und ein Schleudertrauma. Sonst nix. Alles halb so wild, sagt er. Außerdem bekommt er großartige Medikamente, erzählt er weiter und schüttet den Inhalt seines Beutels auf den Tisch. Damit könnte man gut und gerne ganz Niederkaltenkirchen auslöschen. Jede Wette. Aber alles wirklich nicht so wild, gell. Die Hauptsache ist doch, dass dem armen Leopold sein kaputtes Bein bald wieder heil wird, gell.

Der Papa, der Leopold und ich, wir sitzen so vor ihm und hören ihm andächtig zu. Und selbst die Oma, die rein akustisch gar nichts versteht, macht einen ganz mitgenommenen Eindruck.

»Karl-Heinz ...«, sagt schließlich der Leopold ganz gerührt und schnäuzt sich in sein Taschentuch.

»Ich weiß, mein Lieber. Ich weiß«, sagt die kleine Beutelratte jetzt und legt seine Hand auf die meines Bruders.

Ich muss jetzt hier raus. Frische Luft. Frische kalte Luft. Ganz viel frische kalte Luft. Ich schnapp mir den Ludwig, und wir drehen unsere Runde.

Am Montag in der Früh läutet mein Telefon, und die Spurensicherung ist dran. Ja, heißt es, der Admiral könne jetzt abgeholt werden. Es wurden ungefähr eine Million Spuren gefunden, was auch weiter kein Wunder ist bei einem Hobel dieser Altersklasse, noch dazu von einem Hobel dieser Altersklasse vom Papa. Jetzt ist er praktisch wieder keimfrei. Und ich kann ihn jederzeit abholen. Die Auswertung wird allerdings noch eine geraume Zeit in Anspruch nehmen, wie man rein rechnerisch annehmen kann. Gut, dann weiß ich Bescheid. Ich bedanke mich und häng auf. Der Papa freut sich riesig über diese Nachricht, und bis ich schau, hockt er bei mir im Streifenwagen, um mit nach München zu fahren. Grad wie wir uns bei der Spusi verabschieden, läutet mein Telefon. Dran ist die Frau Schneller, und wie versprochen teilt sie mir mit, dass die Dettenbecks retour sind aus den Bergen und bereits über die schrecklichen Geschehnisse informiert wurden. Ich könne gerne gleich vorbeikommen, heißt es. Also mach ich mich prompt auf den Weg nach Grünwald hinaus.

Erwartungsgemäß öffnet mir die Frau Schneller wieder die Tür und führt mich danach ins Wohnzimmer rüber, wo die Familie auch schon dasitzt und wartet. Mit Ausnahme der kleinen Tochter sind alle ein wenig käsig um den Zinken herum. Der Hausherr erhebt sich, kommt mir entgegen und reicht mir die Hand.

»Kaffee, Margot, bist du so gut«, sagt er über meine Schulter hinweg und danach weiter zu mir: »Dettenbeck, angenehm. Das hier ist meine Gattin und unser Töchterchen. Und das da drüben ist der Sohnemann, unser Damian. Sie müssen der Kommissar Eberhofer sein, nicht wahr? Wir wurden ja schon informiert. Setzen Sie sich. Bitte setzen Sie sich doch. Sie bringen ja wirklich ganz furchtbare Nachrichten.«

Ich nehm erst mal Platz, zücke mein Notizbuch und hör einfach nur zu. Der Dettenbeck wirkt leicht nervös und redet wie ein Wasserfall, doch im Grunde erzählt er nur das, was ich ohnehin schon erfahren hab. Das Mädchen war hinreißend, fleißig und für alle Beteiligten eine große Freude und Bereicherung. Zwischendurch kommt die Frau Schneller mit dem Kaffee, gießt ein und verschwindet genauso geräuschlos, wie sie zuvor eingetreten ist.

»Wie war das Verhältnis zwischen den beiden?«, frag ich und deute zur Zimmertüre, die sich soeben hinter ihr schließt.

»Mit Margot? Meine Güte, keine Ahnung«, sagt er und schaut rüber zu seiner Gattin, die das Kind ganz sanft wiegt.

»Ich weiß es leider auch nicht, Herr Kommissar«, sagt seine Frau jetzt, wendet den Blick von ihrem Kind zum Gatten und danach zu mir. »Wenn die beiden alleine waren, waren sie eben alleine. Und arbeitstechnisch gab es ja kaum Berührungspunkte, wissen Sie. Margot ist fürs Haus zuständig und für den Schreibkram, und die Branka war da für die Alexa. Manchmal hat sie auch unserem Damian geholfen bei den Hausaufgaben. Das war alles.«

»Die Frau Schneller selber war aber weniger begeistert über das neue Personal. Zumindest hab ich das so rausgehört«, sag ich und stell die Kaffeetasse ab, vielleicht ein kleines bisschen zu laut. Jedenfalls reißt es den Buben kurz, der drüben am Sofa hockt und ganz gespannt zuhört.

»Ach, unsere Margot«, sagt jetzt Frau Dettenbeck wieder, und ein Lächeln huscht ihr übers Gesicht. »Sie ist halt ein sehr direkter Mensch, wissen Sie, Herr Kommissar. Es kann schon sein, dass sich die beiden nicht sehr nahegestanden haben. Aber von irgendwelchen Streitereien haben wir wirklich nichts mitbekommen.«

Ihr Gatte schüttelt zustimmend den Kopf.

»Gut, dann möchte ich mir kurz Brankas Zimmer ansehen«, sag ich und steh auf.

Im Anschluss werde ich von der Schneller durch ein offenes Treppenhaus geführt und zwei Etagen nach oben begleitet. Dort befinden sich nämlich die Räumlichkeiten fürs Personal sozusagen. Mittig das geräumige Bad und links und rechts davon jeweils ein Zimmer mit eigenem Zugang. Das von der Branka ist, wenn man mal von diesen vielen Pink- und Rosa-Tönen absieht, ein ganz wunderbarer Raum. Hell und groß und freundlich. Hier kann man sich ganz bestimmt wohlfühlen, wenn man ein junges Mädchen ist. Ich setz mich aufs Bett und muss das erst einmal wirken lassen. Dann fang ich an, mich umzusehen. Mach mich auf die Suche nach irgendetwas Privatem. Es muss doch was geben. Ein Tagebuch vielleicht. Irgendwelche Aufzeichnungen. Oder wenigstens einen PC. Was ich finde, sind Klamotten, Schuhe und ein paar Bücher. Und ein Foto. Wohl ein Familienfoto. Jedenfalls ist das Mädchen drauf und ihr Onkel ebenfalls. Schon wieder dieser Onkel, der sie so innig auf den Mund geküsst hat, da beim Günter. Genauso wie elf andere Personen, die ich aber nicht kenne. Ich stecke das Bild ein. Sonst aber finde ich gar nichts. Das ist doch direkt ein bisschen sonderbar. Für ein Mädchen mit zweiundzwanzig Jahren, oder?

Plötzlich steht die Frau Dettenbeck in der Zimmertür. Sie schaut mich kurz an, geht dann rüber zum Bett und lässt sich dort nieder.

»Wir haben die Möbel zusammen ausgesucht, die Branka und ich«, sagt sie, fährt mit der Hand nachdenklich über die Bettdecke und lässt ihren Blick durchs Zimmer schweifen. »Ein Teil war ja schon da, Erbstücke meiner Familie, wissen Sie. Aber das, was nicht da war, durfte die Branka sich selber aussuchen. Wir zwei sind zum Ikea gefahren, das war ein herrlicher Tag. Zuerst haben wir ganz ausgiebig gefrühstückt, und hinterher ging's halt zum Shoppen. Ich selber hab für Alexas Kinderzimmer eingekauft und Branka für ihr eigenes kleines Reich. Ich war zu diesem Zeitpunkt ja schon hochschwanger, müssen Sie wissen. Und wir zwei haben an diesem Tag so einen wahnsinnigen Spaß gehabt und so viel gelacht, dass abends prompt meine Wehen eingesetzt haben. Herrje, die kleine Alexa ist dadurch fast zwei Wochen zu früh gekommen.«

Jetzt zieht sie ein Taschentuch hervor und schnäuzt sich. Ich setz mich neben sie auf die Bettkante.

»Haben Sie gewusst, dass die Branka schwanger war, Frau Dettenbeck?«, frag ich möglichst vorsichtig.

Sie starrt mich an.

»Nein!«, sagt sie, und es hört sich ehrlich entsetzt an. Oder sogar empört? Ich kann es nicht richtig zuordnen. »Das ist doch gar nicht möglich. Wie kommen Sie denn darauf?«

»Ich bitte Sie, was glauben Sie …!«

»Und es besteht da keinerlei Zweifel?«

»Nicht der geringste.«

Sie senkt ihren Blick und schüttelt den Kopf.

»Davon weiß ich nichts. Überhaupt nichts.«

»Also gut. Da kann man nix machen. Ich müsste mich auch noch mal kurz im Badezimmer umschauen, wenn's recht ist«, sag ich noch so.

Sie steht auf, geht vor mir her ins Bad, deutet kurz auf Brankas Regal und begibt sich danach zur Treppe. Nach drei oder vier Stufen bleibt sie stehen. Sie schließt ihre Augen, fasst sich an den Hals und atmet einige Male ganz tief ein und wieder aus.

»Ist alles okay, Frau Dettenbeck?«, ruf ich in das Treppenhaus.

Einige Augenblicke lang ist es ruhig. Mit festem Griff umklammert sie dann das Geländer, murmelt »Ja, ja«, und geht weiter die Treppe hinunter.

So packe ich dann noch ein paar Sachen des Mädchens in diverse Beutel und betrachte hinterher auch das zweite Badezimmerregal recht ausgiebig. Das muss ja wohl das von der Frau Schneller sein. Da es leider keinerlei Rechtfertigung gibt, von ihren Sachen ebenfalls etwas mitzunehmen, lass ich es vielleicht lieber bleiben. Und mach einige Fotos von ihren Utensilien.

»Weswegen fotografieren Sie meine Haarbürste?«, kann ich plötzlich ihre Stimme vernehmen. Ich habe sie überhaupt gar nicht kommen hören.

»Wieso Ihre Haarbürste? Ich fotografier doch nicht Ihre Haarbürste, Frau Schneller! Wo denken Sie hin!«, stammele ich so mehr schlecht als recht vor mich hin.

»Sondern?«

»Na, dieses Regal halt. Ein wunderbares Regal ist das, Frau Schneller!«, sag ich nach der ersten Schrecksekunde. »Handarbeit, zwanziger Jahre?«

»Davon können Sie ausgehen. Es dürfte gut und gerne hundert Jahre alt sein. Sehen Sie diese herrlichen Schnitzereien dort oben am Bogen«, sagt sie, kommt von der Zimmertür her und streicht dann ganz andächtig über das uralte Holz.

»Ich liebe alte Möbel. Ja, hundert Jahre, gell, das hätte ich jetzt auch geschätzt«, sag ich und dreh mich dann ab.

»Aber weswegen die Fotos?«, bohrt sie nach.

»Ja, wegen dem Regal halt. So eines hätt ich auch gern für mein Bad. Würde Sie das irgendwie stören?«

»Nein … nein, ich glaub nicht«, überlegt sie kurz. »Wenn Sie einen guten Schreiner brauchen, wir hätten da einen in der Nachbarschaft. Wär dann aber nicht echt alt.«

»Ich komm darauf zurück«, sag ich noch so und geh danach mal die Treppen runter.

»Haben Sie was Brauchbares gefunden?«, fragt mich der Dettenbeck, gleich wie ich in der Diele ankomm.

»War jemand in Brankas Zimmer seit ihrem Verschwinden?«, frag ich retour.

»Das weiß ich nicht, Herr Kommissar. Wir waren ja im Urlaub. Dass die Margot einfach so in Brankas Zimmer geht, kann ich mir allerdings kaum vorstellen.«

Er bringt mich zur Tür. Dort verabschiede ich mich und verspreche, ihn freilich auf dem Laufenden zu halten, sollte es irgendwelche Neuigkeiten geben. Er nickt kurz, und irgendwie wirkt er erleichtert. Und ich kann nicht einordnen, ob es wegen meinem Abgang hier ist oder wegen der Aussicht auf Neuigkeiten. Dann schließt er die Tür.

Draußen treffe ich dann noch auf den Buben, der auf dem Mülltonnenhäuschen sitzt und mit dem Handy rumspielt.

»Du, Damian«, sag ich und bleibe kurz auf Augenhöhe stehen. »Wie fand'st denn du die Branka so?«

Er zuckt mit den Schultern.

»Sie hat mit mir halt Mathe gepaukt, und ich hab hinterher bessere Noten geschrieben. Da waren sie natürlich superhappy, Mami und Papi«, sagt er und hört dabei nicht auf, in die Tasten zu trommeln.

»Das klingt irgendwie ironisch.«

»Finden Sie?«

»Finde ich. Ziemlich ironisch sogar. Für einen Dreizehnjährigen.«

»Ja, dann ist es wohl so. Ich bin übrigens vierzehn. Seit vorgestern.«

»Seit vorgestern, soso. Na, dann Gratulation!«

»Ist noch was?«, sagt er jetzt leicht genervt und schaut mir dabei voll ins Gesicht. In seinen Augen blitzen Tränen.

»Kann es sein, dass dich das doch alles irgendwie mitnimmt, das mit der Branka?«

»Scheiße, nein. Das ist nicht wegen der Branka«, sagt er und wischt sich mit dem Handrücken übers Gesicht.
»Sondern?«
»Es ist wegen diesem Scheißinternat. Ich soll nämlich in ein Internat, so rasch wie möglich. Meine Mutter meint, jetzt wo die Branka nicht mehr da ist, da schafft sie das alles nicht mehr alleine. Mit dem Job und dem Baby und dann auch noch mit mir. Hausaufgaben und so. Und der Papa meint, eine ordentliche Ausbildung hat sowieso noch keinem geschadet, besonders wenn mal ein richtiger Mann aus mir werden soll. Ha!«
»Aha. Und du willst da nicht hin?«
Er schüttelt den Kopf und beginnt jetzt richtig zu weinen. Auf einmal ist es ihm scheißegal, dass er schon vierzehn ist.
»Mensch, Damian«, sag ich und hau ihm auf den Schenkel. »Internat ist doch klasse. Da geht doch der Punk ab, jede Wette. Denk doch zum Beispiel einfach mal an Harry Potter. Fliegende Staubsauger und so was.«
»Für wie dämlich halten Sie mich eigentlich?«, fragt er mich noch, springt vom Mülltonnenhäuschen und geht dann ins Haus. Gut, irgendwie hat er ja recht. Und so mach ich mich jetzt wohl besser vom Acker. Auf dem Weg ins Büro kommt ein Anruf aus der Gerichtsmedizin. Der Günter sagt, die Leiche wär jetzt frei, also kann man die Angehörigen informieren wegen Bestattung und pipapo. Außerdem will er noch wissen, wann ich ihm eine Audienz erteilen könnte. Schließlich gäbe es einiges, was er am Telefon weder erzählen kann noch will. So verabreden wir uns für morgen Vormittag, und ich sag noch schnell dem Rudi Bescheid. Sonst fühlt sich der bloß wieder übergangen und spielt die beleidigte Leberwurst.
Der Ibranovic ist ziemlich erleichtert, als er die Nachricht erhält, und er will für eine unverzügliche Überfüh-

rung sorgen. Schließlich soll das arme Mädchen nicht hier in Deutschland bestattet werden. Weil ihr das eh nur Unglück gebracht hätte. Nein, die Familie will sie zu Hause zur letzten Ruhe betten. Sobald alles organisiert ist, werde er mit den Eltern hier bei mir in München vorbeikommen, da ja wohl wechselseitig noch einige Fragen im Raum stehen. So verabreden wir uns und ich häng auf.

Kapitel 10

Zurück in der Löwengrube, treff ich im Gang zuerst mal auf den Stahlgruber. Er lächelt leicht angespannt und stellt wieder eine seiner obligatorischen Fragen. Ob ich denn auch vorwärts komm und so was in der Art halt. Dieses Gefühl, von dem ich schon erzählt hab, dass es ihn im Grunde null Komma null interessiert, beschleicht mich erneut und nötigt mich somit zu einer Gegenfrage.

»Sagen Sie mal, Stahlgruber, kann es sein, dass es Sie einen Scheißdreck interessiert, was ich so treibe? Dass Sie einfach nur froh und dankbar sind, mich aus dem Schussfeld zu haben? Und dass dieser ganze Fall mit dem toten Au-pair Ihnen komplett am Arsch vorbeigeht?«

Die Worte kommen ganz von selbst über meine Lippen, ich schwör's. Und sie haben ihre Wirkung auch gar nicht verfehlt. Dem Stahlgruber schwillt jetzt der Kamm, das kann man schon rein an seiner Gesichtsfarbe ganz deutlich ausmachen.

»Wissen Sie was, Eberhofer?«, fragt er mich mit zusammengekniffenen Augen.

»Nein«, sag ich und hoffe inständig auf eine Erklärung.

»Es kotzt mich an! Ja, wirklich, es kotzt mich an. Ich arbeite hier seit siebzehn Jahren an allen möglichen und unmöglichen Mordfällen. Und ich habe das niemals alleine gemacht, verstehen Sie, niemals! ›Teamarbeit‹ nennt sich so was. Haben Sie davon schon mal irgendwas gehört? Einen Mordfall klärt man im Team, verstanden? Und nicht so lonesome-Cowboy-mäßig im Alleingang. Definitiv nicht. Und jetzt? Jetzt platzt hier der Dorfgendarm von Oberbrunzhausen rein, und plötzlich heißt es: Lassen Sie den Typen machen! Der hat die größte Aufklärungsrate in ganz Bayern. So was kotzt mich dermaßen an, verstehen Sie!«

»Niederkaltenkirchen«, sag ich der Richtigkeit halber.

Um seinen Mund bildet sich ein kleines Schaumwölkchen.

»Sie sind ein arrogantes Arschloch, Eberhofer. Und das ist nicht nur meine eigene Meinung. Das sagen alle hier. Allein wie Sie unseren Kollegen in den Gängen begegnen. Ihr abfälliges Gegrinse! Und auch, dass Sie keinen Menschen hier grüßen! Was glauben Sie eigentlich, wer Sie sind?«, spuckt er noch ein bisschen weiter Gift und Galle.

»Das mit den Kollegen und den Gängen, das kann ich Ihnen erklären«, versuch ich den Stachel ein bisschen herauszuziehen. »Das sind diese bunten Jeans, Stahlgruber. Die machen mich echt fertig, diese knallbunten Jeans.«

»Sie sind ein Bauernbub, ein elendiger, Eberhofer! Was haben Ihre Vorfahren eigentlich gemacht? Ziegen gehütet?«

»Schweine. Mein Vater, der hatte eine Schweinezucht. Eine riesige sogar. Jetzt natürlich nicht mehr. Er ist ja schon alt. Aber den Schweinestall, den gibt's freilich immer noch. Da wohn ich jetzt drin. Astreine Sache, ehrlich«, sag ich und kann mir ein gewisses Grinsen nicht wirklich verkneifen.

»Schweine. Klar, da hätte ich auch selber drauf kommen können«, knurrt er und fasst sich theatralisch an die Stirn. »Und das finden Sie auch noch lustig, wie? Wissen Sie was? Ich mag Sie einfach nicht!«

»Ja, das trifft mich jetzt natürlich hart. Besonders, wo ich Sie grad so liebgewinne!«

Dann aber trennen sich unsere Wege auch schon wieder. Es

ist ja – seien wir ehrlich – auch schon so ziemlich alles gesagt. Irgendwie hebt sich meine Stimmung grad ganz immens. Weil ich nämlich stark davon ausgehe, dass ich nun in aller Herrgottsruhe meinen Fall aufklären kann, ohne ein weiteres Mal nach meinem werten Befinden befragt zu werden.

Wie ich am Abend zum Wolfi reinkomm, hockt der Leopold drin mitsamt meiner Susi. Beide sitzen am Tresen, trinken Weißwein und sind so dermaßen in ein Gespräch vertieft, dass sie weder meine Anwesenheit bemerken noch das laute Räuspern, das der Wolfi einige Male von sich gibt. Ich komm langsam näher und stell mich in Hörweite.

»Wirklich, Susi, ich mein es doch nur gut mit dir, das musst du mir glauben. Wir beide kennen uns nun schon unser ganzes Leben lang. Und wir kennen auch beide den Franz ziemlich gut. Der wird sich nicht ändern, das weißt du genau. Du musst dir das wirklich noch mal gründlich überlegen. Ganz gründlich sogar. Das musst du mir hoch und heilig versprechen, meine Liebe«, sagt der Leopold, hat dabei die Hand auf ihrer Schulter, und sein Tonfall gleicht exakt dem von unserem Herrn Pfarrer bei der Christmette – sogar bis ins kleinste Detail.

»Was genau soll sich die liebe Susi denn ganz gründlich überlegen?«, frag ich und löse damit eine Art Schockstarre bei den Anwesenden aus.

»Ein Bier?«, fragt der Wolfi recht heiter, vermutlich, um die Stimmung irgendwie geschmeidig zu machen.

»Jawohl«, sag ich und setz mich mal neben die beiden Verschwörer. »Und einen Jackie.«

Der Wolfi zapft ein Bier und stellt es zu mir her.

»Geh ich recht in der Annahme, dass du schon wieder versuchst, mir die Susi abzuwerben?«, frag ich und nehm einen Schluck.

»Ich versuche lediglich, ihr die Augen zu öffnen, Franz. Über eure Beziehung oder wie immer du dieses Kasperltheater auch nennen magst«, sagt der Leopold, und bis er überhaupt schauen kann, hat er den Inhalt meines Glases im Gesicht.

Was danach passiert, das kann man kaum glauben. Jetzt nämlich kriegt der Leopold die Krise. Steht von seinem Hocker auf, kommt direkt auf mich zu und quetscht seinen Zinken gegen meinen. Danach knurrt er mich an, dass ich verdammt noch mal nicht dem Glück von der Susi im Wege stehen soll. Weil ich ein totaler Versager bin und das arme Mädchen sowieso nur todunglücklich machen werde. So wie ich es seit Jahren schon tue. Und dass sie schließlich ein Recht hätte auf ein kleines bisschen Glück. Auf einen Mann, der wo sie liebt und verehrt und auf Händen trägt. Und auf den sie sich verlassen kann. Und ein Recht auf Kinder, die sie sich so wünscht, das hätte sie auch. Und dass der Karl-Heinz genau der Richtige für sie wär. Aber jetzt, jetzt wär er abgereist, der Ärmste. Weil er nämlich von diesen bescheuerten Hochzeitsplänen erfahren hat. Und das, das hat ihm das Herz gebrochen. Ausgerechnet jetzt, wo er eh schon rein körperlich so lädiert ist. Ja, das sprudelt jetzt alles nur so aus ihm raus, aus dem lieben Leopold, und ein paarmal hebt er dabei sogar seine Krücke ganz bedrohlich. So hab ich ihn noch niemals gesehen, echt nicht. Wie er dann endlich fertig ist, trinkt er seinen Wein aus und meinen Jackie ebenfalls. Knallt sein Geld auf den Tresen (für seinen Wein), legt noch mal kurz seine Hand auf den Arm von der Susi und humpelt aus dem Lokal.

Was ist denn heute überhaupt los? Erst der Stahlgruber. Dann der Leopold. Tagt heute das Jüngste Gericht, oder was?

»Huihuihui«, sag ich erst mal, wie er weg ist, und muss dabei irgendwie lachen.

Die Susi lacht nicht.

Der Wolfi lacht auch nicht. Aber wenigstens stellt er mir ein neues Bier hin und auch einen neuen Jackie. Den kipp ich gleich mal in die Kehle. Weil jetzt irgendwie überhaupt keiner mehr was sagt, fang ich einmal an.

»Du, Susi, diesen Karl-Heinz, den würdest du doch sowieso nicht nehmen, oder?«

Sie starrt auf ihr Weinglas und gibt keine Antwort. Der Wolfi schüttelt kurz den Kopf, schnappt sich danach ein Tuch und fängt an, im Gastraum die ohnehin sauberen Tisch zu polieren.

»Sagen wir einmal so«, frag ich weiter. »Angenommen, es gäbe mich gar nicht. Nur mal so rein hypothetisch. Wär der Typ dann ernsthaft ein Kandidat für dich?«

»Mei«, sagt sie und zuckt mit den Schultern. »Das kann ich so nicht genau sagen.«

»Probier's einfach mal!«

»Also angenommen, es gäbe dich nicht?«, fragt sie und schaut mir dabei direkt in die Augen.

Ich nicke.

»Ja, keine Ahnung. Wieso? Nett ist er ja eigentlich schon. Ziemlich nett sogar. Und er schaut auch gut aus, das musst sogar du zugeben.«

»Das ist Geschmackssache.«

»Und er hat gute Manieren, das find ich schon schön. Ja, und ziemlich viel Geld hat er im Übrigen auch.«

»Also ja?«

»Aber nur rein hypothetisch, Franz. Nur, wenn's dich wirklich nicht geben würde, weißt.«

»Aber Gott sei Dank gibt's mich ja«, sag ich und nehm einen Schluck Bier.

»Genau«, sagt die Susi und nippt am Weinglas.

»Prima. Und wann geht's auf nach Paris?«, will ich jetzt

noch wissen. »Wann willst du denn dein Brautkleid holen?«

»Wir müssen doch erst noch das Aufgebot bestellen, Franz«, sagt die Susi und lächelt.

»Gleich morgen früh um Punkt acht bin ich beim Bürgermeister. Passt das?«

Hinterher, nachdem die Susi dann irgendwann wieder ihre Zunge aus meinem Hals genommen hat, kommt der Wolfi grinsend zurück, nimmt mein leeres Glas und spült es aus.

»Noch ein Bier, Franz?«, will er wissen.

»Nein, kein Bier. Champagner, Wolfi«, sag ich und bring damit die Susi zum Kichern. Champagner hat der Wolfi aber nicht. Nur einen Prosecco. Der ist aber immerhin kalt. Auch gut, sag ich, und darauf stoßen wir an, dass die Gläser nur so klirren.

Am nächsten Tag, gleich nachdem ich das Aufgebot bestellt hab, der Bürgermeister mir tausendmal auf die Schulter gehauen und ständig »Sauber, Eberhofer. Sauber!« gehechelt hat, bin ich auch schon wieder auf dem Weg in die Großstadt. Wie immer gibt's einen Drecksstau nach dem anderen, und ebenso wie immer bin ich heilfroh, dass ich mein Blaulicht hab und die Sirene. Und somit erschein ich pünktlich und bester Laune bei meinem Leichenfläderer Günter. Nachdem er sich von seinen Gummihandschuhen befreit hat, schenkt er mir ein Haferl Kaffee ein und informiert mich dabei über den neuesten Stand der Dinge. Ja, sagt er, das Mädchen sei mittlerweile auch schon abgeholt worden und hätte nun ihre letzte große Reise angetreten. Das ist schön. Im Anschluss übergeb ich ihm dann meine neuen Errungenschaften aus dem Hause Dettenbeck. Genauer die Utensilien von der Branka und selbstverständlich auch die Fotos von dem Regal der Frau Schneller. Ich selber hab sie mir freilich auch schon längst angesehen, hab aber nichts Ungewöhnliches finden können. Deo, Bürste, Duschgel, Seife und Tampons. Ebenfalls ein paar Medikamente und eine Schachtel mit Pflaster. Aber das war's dann auch schon.

Mittags treff ich mich mit dem Rudi im Englischen Garten, und dieses Mal, sagt er, dieses Mal hat er ganz unheimlich viel Zeit. Weil nämlich dieser Scheißauftrag geplatzt ist wie eine Seifenblase. Was natürlich ärgerlich ist, grade so als Selbstständiger. Und diesmal empfinde ich es direkt als echt großes Glück, ein Beamter zu sein. Weil, sagen wir einmal so, abgesehen von der persönlichen Eitelkeit ist es ziemlich wurst, ob ich einen Fall aufklären kann oder nicht. Meine Kohle krieg ich so oder so. Rein schon aus meinem schlechten Gewissen heraus lad ich den Rudi am Chinesischen Turm großzügig zu einer Bratwurstsemmel ein. Es ist kalt, aber sonnig, und so wandern wir gemütlich um den Kleinhesseloher See herum. Wobei gemütlich jetzt eigentlich so gar nicht richtig stimmt. Es ist mehr ein Hindernislauf, den wir hier absolvieren. Einfach, weil so dermaßen viele Jogger ihr Unwesen treiben, das kann man kaum glauben. So viele auf einem Haufen, das hab ich noch nie zuvor gesehen. Mütter joggen mit ihren Kinderwägen. Junge Männer – bevorzugt im Rudel – joggen, was das Zeug hält, und können sich dabei sogar noch prima unterhalten. Und uralte Männer joggen wohl um ihr Leben. Außerdem joggen Männlein wie Weiblein mit einem Headset am Kopf, und offenbar erledigen sie dabei auch noch gleich ihre Geschäfte, ihre beruflichen. Der Rudi und ich, wir müssen voll auf der Hut sein, um nicht von einer dieser Sportskanonen umgerannt zu werden.

»Leck mich fett«, sagt der Rudi, als er wieder mal im letzten Moment ausweichen kann. »Haben die denn alle nix Besseres zu tun?«

»Scheint wohl grad Trend zu sein«, antworte ich.

»Da kriegt man ja fast ein schlechtes Gewissen, wenn man nur geht«, sagt der Rudi weiter und beißt in seine Semmel.

Ich nicke.

»Wenn das bei mir beruflich so weitergeht, dann hab ich bald auch verdammt viel Zeit zum Joggen.«

»Tu dir keinen Zwang an.«

»Nein, im Ernst, über kurz oder lang werde ich wohl eines meiner Zimmer untervermieten müssen. Ich mein, die Wohnung ist ja groß genug. Und was braucht ein einzelner Mensch auch vier Zimmer. Noch dazu mitten in München. Da krieg ich Minimum dreihundertfuchzig Euro dafür«, sagt der Rudi, aber dabei strahlt er wenig Begeisterung aus.

»Dreihundertfuchzig? Für ein einziges Zimmer? Mit Gemeinschaftsbad und Küche? Hast du 'nen Vogel, oder was?«, frag ich, weil ich wirklich fassungslos bin. Weil: Ganz abgesehen von dieser horrenden Summe muss man ja auch noch seine Anwesenheit in Kauf nehmen.

»Ja, das ist München, Schatz. So sind die Preise. Kann man natürlich nicht vergleichen mit deinem Provinzkaff, gell. Dafür haben wir aber zum Beispiel diesen wunderbaren Park hier. Und die Oper, Kinos, Konzerte oder Theater. Davon ist Niederkaltenkirchen leider Lichtjahre entfernt.«

»Theater haben wir auch. Immer und überall, das darfst du mir glauben.«

»Ja, Bauerntheater«, sagt der Rudi und grinst. »Du brauchst nicht zufällig ein Zimmer in München?«

»Für dreihundertfuchzig Euro? Never!« Und so verabschieden wir uns und vereinbaren ein Treffen in den nächsten Tagen.

Dass dieses Treffen schneller kommt, als mir lieb ist, darauf hab ich überhaupt keinen Einfluss. Vielmehr bin ich das Opfer, sagen wir, ganz unglücklicher Zusammenhänge. Und das kommt so: Mein restlicher Arbeitstag zieht sich noch etwas in die Länge, weil ich als dienstbeflissener Polizist freilich noch mein Büro aufsuche, um die Unterlagen durchzugehen, die mir der Günter mitgegeben hat. Und darin bin ich dann so dermaßen vertieft, dass ich vor lauter Eifer tatsächlich meinen Feierabend total übersehe. Dementsprechend spät ist es, wie ich in den heimatlichen Hof einfahre. Schon wie ich in den Hausgang komm, merk ich, dass etwas nicht stimmt. Aus der Küche kommt ein Stimmengewirr, größtenteils weiblicher Natur, und ein dazugehöriges Gegackere. Eine Tupperparty, schießt es mir spontan durch den Schädel. Und so öffne ich zugegebenermaßen etwas angepisst die Küchentür, in der Erwartung, auf ein paar Landfrauen zu stoßen, die einer völlig überschminkten Mittfünfzigerin farbenfrohe Plastikboxen aus den Händen reißen. Aber weit gefehlt! Ich stoß nämlich genau in dem Moment dazu, wo der Leopold mitten im Zimmer steht und der Flötzinger Mary einen Büstenhalter im Rücken verschließt. Ein Dutzend anderer Weiber sitzt in Unterwäsche um unsere Eckbank herum und wühlt beinah ekstatisch in diversen Kartons. Und meine Susi mittendrin.

»Der schaut doch ganz wunderbar aus!«, ruft der Leopold nach getaner Arbeit, geht einmal komplett um die Mary herum und starrt ihr auf den Busen.

Die Oma ist die Erste, die mich bemerkt.

»Ja, Bub, da bist du ja endlich. Warum bist denn so spät dran heut? Jetzt hast das Essen verpasst«, sagt sie, als wär alles wie immer. Ist es aber nicht. Ich steh in unserer familieneigenen Küche, ein paar halb nackte Weiber um mich rum, und ganz offensichtlich ist der Leopold schwer damit beschäftigt, diese Damen an- und auszuziehen. Mir fehlen die Worte.

»Keine Tupperparty?«, frag ich erst mal, weil mir weiter nix einfällt.

»Nein!«, sagt die Susi, steht auf, kommt zu mir rüber und gibt mir ein Bussi. Sie hat eine ziemliche Fahne. »Eine Dessousparty, Franz. Schließlich will man ja als Braut auch was Nettes drunter haben, verstehst. Also unter dem Brautkleid quasi. Und wie findest du den? Oder lieber den?«, will sie jetzt wissen, und zeigt zuerst auf ihren Busen und danach auf einen BH, den grad die Gisela trägt. Ich mag da aber nicht hinschauen.

»Was sauft ihr denn da eigentlich?«, frag ich stattdessen mit Blick auf die Gläser am Tisch, die einen knallorangenen Inhalt präsentieren.

»Aperol Sprizz«, kommt es fast gleichzeitig aus sämtlichen Kehlen, gekrönt von einem albernen Gelächter.

»Das ist ein Mädchengesöff, Franz«, sagt der Leopold und grinst gönnerhaft. »So was muss einfach sein bei einem Mädchenabend, weißt du. Stimmt's, Mädels?«

Das Gegackere wiederholt sich bei zunehmender Lautstärke.

»Soso. Dessousparty mit Aperol Sprizz, so ist es recht«, sag ich und geh lieber erst mal rüber zum Herd. In der Reine ist noch ein Rest vom Nudelauflauf, was meine Stimmung gleich ein bisschen hebt. »Und was, wenn ich fragen darf, macht dann der Leopold hier? Bei einem Mädchenabend?«

»Der Leopold, der hilft uns beim Beraten«, sagt die Gisela.

»Da brauchst dir jetzt gar nix dabei denken, Franz«, mischt sich im Anschluss die Mooshammer Liesl ein, welche eine Freundin von der Oma ist und ungefähr auch die Figur von ihr hat. Ihre Brüste liegen in einem BH mit roten Rosen, und schlagartig reduziert sich mein Hunger ganz enorm.

»Der Leopold, der macht das ganz prima«, wirft jetzt die Oma noch ein. Was sie trägt, kann ich leider nicht sagen, weil ich sie nicht ums Verrecken anschauen mag.

»Bist du da jetzt vielleicht eifersüchtig oder was, Franz?«, fragt mich die Susi und grinst.

»Eifersüchtig? Auf den Leopold? Nein, Susi, wirklich nicht«, sag ich grad noch.

»Eben!«, sagt die Mooshammer Liesl daraufhin. »Ich hab das auch gleich gesagt. Leni, hab ich gesagt, der Leopold, der kann da getrost dabei sein. Weil das ist doch kein richtiger Mann nicht. Jedenfalls nicht für uns gestandene Weiber, gell. Leni, hab ich gesagt, der Leopold, der ist doch praktisch wie eine schwanzlose Amphibie.«

Wie ich dem Leopold jetzt in sein verkniffenes Gesicht schaue, ist es um mich geschehen. Selten hab ich die Mooshammer Liesl mehr gemocht als in diesem Moment.

Der Leopold knallt einen der Büstenhalter auf den Tisch und verlässt schnurstracks das Zimmer. Es dauert direkt ein Weilchen, bis ich mich wieder etwas beruhigt hab, dann mach ich mir den Nudelauflauf warm. Grade wie ich mir das Besteck aus dem Küchenkasten hole, klopft es kurz an der Tür, und der Flötzinger kommt rein. Er hat das Baby auf dem Arm, das ganz ruhig und friedlich schläft.

»Was willst denn du hier?«, fragt seine Gattin gleich mal.

»Die Amy-Gertrud, die hat die ganze Zeit so laut geschrien«, sagt der Flötzinger, hockt sich auf einen der Stühle, und anschließend starrt er völlig hemmungslos auf sämtliche Brüste.

So schnapp ich mir lieber mal meinen Teller und begeb mich damit rüber ins Wohnzimmer. Dort laufen die Beatles ungewöhnlich leise, der Papa hockt in seinem Sessel, und ganz offensichtlich hat der Leopold ihm wohl grade sein Herz ausgeschüttet. Jedenfalls sagt der Papa: »Das darfst du dir nicht so zu Herzen nehmen, Leopold. Und schon gar nicht, wenn's von der Mooshammerin kommt.«

»Sollte er schon«, sag ich kauenderweise. »Schließlich ist

es nicht uninteressant, wie man so wirkt auf die Frauenwelt, gell.«

»Kannst du nicht einfach tot umfallen«, keift mir der Leopold jetzt her, und der Papa sendet perverse Blicke in meine Richtung. Da die Stimmung jetzt hier auch nicht so großartig ist, schnapp ich mir den Ludwig und wir zwei gehen in unseren Saustall rüber.

Wie ich am nächsten Tag in der Früh aufwach, steht die Oma vor mir und dahinter der Papa. Er hält ein Tablett in den Händen, und es duftet herrlich nach Kaffee.

»Wie komm ich zu dieser Ehre?«, frag ich und überleg gleich, was ich denn so Tolles gemacht haben könnte, das ein Frühstück im Bett auch nur irgendwie rechtfertigen würde. Doch mir fällt beim besten Willen nix ein. So genieße ich erst mal und schweige. Irgendwann rücken sie dann aber schon raus mit der Sprache, und mir wird schlagartig klar, dass dieses ganze Verwöhnprogramm hier nicht im Mindesten mit meiner eigenen Person zu tun hat. Sondern vielmehr mit der meines Bruders. Weil der sich nämlich ab sofort weigert, mit mir an einem Tisch zu sitzen. Und da der Leopold aufgrund gesundheitlicher Einschränkungen im Moment auf Hilfe angewiesen ist, legt man mir nun also nahe, seinen Heilungsprozess nicht durch meine Anwesenheit hinauszuzögern. Deswegen soll ich vorerst lieber hier in meinem Saustall bleiben. Wenigstens so lange, bis er wieder fit ist, der arme Leopold.

Das ist ja wohl die Höhe! Selbst das Verständnisgeheische meiner Vorfahren bringt mich nicht wirklich runter von der Palme. Ich bin so was von geladen, dass ich splitterfasernackt, wie ich bin, über den heimatlichen Hof rüberlaufe und dem Leopold meine Meinung geige. Was da alles für Ausdrücke fallen, mag ich jetzt gar nicht erst wiedergeben. Aber sagen wir einmal so, einen großartigen Eindruck hinterlasse ich bei ihm sowieso nie. Jetzt sitzt er einfach da an meinem Frühstückstisch, sein Gipsbein auf einem der Stühle, ein Kissen darunter, und beißt milde lächelnd in sein Honigbrot. Wenn ich jetzt meine Waffe bei mir hätte, dann wär er fällig.

Nachdem ich die Order erteilt hab, irgendwer möge sich bitte schön um den Ludwig kümmern, pack ich ein paar Sachen in meine Reisetasche und mach mich zunächst mal auf den Weg ins Rathaus.

Die Susi feilt sich gerade ihre hübschen Fingernägel und ist im übrigen der Meinung, dass ich überreagiere. Aber ehrlich gesagt: Ich habe nicht den Eindruck, dass sie das alles sonderlich interessiert. Und das sagt sie dann auch so: Ihr persönlich ist das im Grunde vollkommen wurst, sagt sie, weil sie die nächsten Tage ohnehin nicht im Lande sein wird. Übermorgen geht's nämlich schon los. Ab nach Paris. Mitsamt der Simmerl Gisela und der Jessy aus der Gemeindeverwaltung. Die Flötzinger Mary kann leider nicht mitkommen, weil ihr Gatte mit einem erweiterten Suizid gedroht hat, wenn sie fährt. Also quasi er und die Kinder. Das will die Mary aber auf gar keinen Fall. Erst recht nicht, wo doch das Jüngste grad erst einmal ein halbes Jahr alt ist. Die hat ja quasi ihr ganzes Leben noch vor sich. Das kann man freilich irgendwie verstehen. Und so verabschiede ich mich auch schon wieder und wünsch der Susi noch schöne Tage in Paris. Rattenscharf soll es bitte schön sein, dieses Brautkleid. So sag ich ihr das. Sie verdreht nur kurz die Augen in alle Richtungen und widmet sich erst wieder ihren Fingernägeln, dann dem Computer.

Wo ich schon mal da bin, kann ich noch prima in mein Büro reinschauen. Also in mein Ex-Büro, jetzt ist es ja das vom Simmerl Max. Der hockt im Drehstuhl, hat die Haxen auf dem Schreibtisch und einen Kopfhörer auf. Die Augen hat er geschlossen und summt irgendwas mit. So ruf ich ihn erst einmal an. Wie sein Telefon läutet, nimmt er umgehend den Kopfhörer ab und meldet sich artig. Dann entdeckt er mich und nickt kurz.

»Hallo? Hallo, wer ist denn da?«, brüllt er in den Hörer.

»Häng auf, Arschloch«, sag ich und deute auf mein Handy. Er versteht mich auf Anhieb.

»Hast einen Scheißstress, oder?«, frag ich ihn erst mal.

»Ich seh schon, du weißt Bescheid«, sagt er und grinst. »Obwohl gestern … gestern hatte ich echt einen astreinen Einsatz.«

»Nur zu«, sag ich, setz mich auf den Schreibtisch und schau ihn auffordernd an.

»Gestern hat nämlich so 'ne Alte hier angerufen, und die hat sich total aufgeregt. Wegen Ruhestörung. Eine Zumutung wär das, hat sie gesagt. Das war so um zehn Uhr am Vormittag. Ich also da hin und war ganz gespannt, was denn um diese Uhrzeit so dermaßen stören könnte, dass man sich gleich darüber beschwert. Wie ich zu dem Mehrfamilienhaus hinkomm, kann ich es auch gleich hören. Eminem läuft da in astreiner Lautstärke. Ich also rein, läute, die Tür geht auf. Und was soll ich dir sagen? Da sind zwei echte Schnecken grad am Plätzchen backen und haben dabei eben Eminem laufen. Ja, ist denn das verboten?«

»Okay, und was hast du gemacht?«, frag ich, weil ich jetzt echt neugierig bin.

»Also, diese zwei Schnecken, die haben mich erst mal ordentlich mit Plätzchen abgefüttert. Mann, waren die heiß. Also die Plätzchen, mein ich. Vanillekipferl und Spitzbuben. Wobei die Weiber auch heiß waren, verstehst?«, grinst er mich an.

»Weiter!«

»Ja, und dann bin ich halt rauf zu der Alten. Eminem, Gnädigste, hab ich zu ihr gesagt, das ist keine Zumutung, das ist Kult. Nur, dass das klar ist. Und sie soll sich doch mal ein bisschen locker flockig machen. Oder von mir aus auch Ohropax verwenden. Und wenn die Musik abends nach zehn Uhr dann immer noch läuft, kann sie ja gerne wieder anrufen.«

Jaja, der Max. Und ich muss schon sagen, alle Achtung! Besser hätt ich das auch nicht hingekriegt.

Kapitel 11

Dreihundertfuchzig Euro ist natürlich jede Menge Geld, da gibt's nix zu deuteln. Wenn es aber darum geht, die eigene Ehre zu retten, dann sieht das natürlich schon wieder ganz anders aus. Ein kleiner Versuch zu handeln muss trotzdem erlaubt sein.

»*Du* willst mein Zimmer?«, lacht mir der Birkenberger in den Hörer.

»Möglicherweise«, sag ich und steig dabei in den Wagen.

»Gibt's familieninterne Ärgernisse?«, fragt er weiter, und ich kann mir seine selbstgefällige Visage ganz genau vorstellen. Weil mich aber der Rudi kennt wie seine Westentasche, hat Leugnen erst gar keinen Zweck. Zugeben will ich es aber auch wieder nicht. Drum wechsle ich das Thema und beginne zu feilschen.

»Für zweihundertfuchzig nehm ich es«, sag ich deswegen erst mal.

»Vierhundert«, sagt der Rudi.

»Leck mich am Arsch«, sag ich und häng ein. Weil ich den Rudi aber ebenfalls kenn wie meine Westentasche, weiß ich, dass gleich mein Telefon läutet.

Mein Telefon läutet.

»Dreihundert«, sagt er.

»Überleg ich mir noch.«

»Wann willst du einziehen?«, will er jetzt noch wissen.

»Heute Abend«, sag ich, und so verabschieden wir uns für später.

Wie ich im Büro ankomm, kann ich es gleich sehen. Auf meinem Schreibtisch liegen die Unterlagen von der Spurensicherung. Alles Verwertbare aus dem Wagen vom Papa ist nun also überprüft und fein säuberlich aufgezeichnet worden. Es sind etliche Seiten mit umfangreichen Informationen, doch für mich persönlich quasi alles nur böhmische Dörfer. Nur die handschriftliche Notiz auf einem kleinen gelben Klebezettel, die kann ich begreifen. Der Schreiber dieser Zeilen vermutet, dass es sich möglicherweise um das Auto eines Drogenkuriers handelt. Der Zettel wandert in den Müll, und ich muss grinsen. Der Papa schafft es doch tatsächlich auf seine alten Tage, mit den dämlichen Joints noch aktenkundig zu werden. Außer dem Haschisch gibt's aber natürlich unzählige weitere Partikel von unzähligen anderen Substanzen. Was weiter kein Wunder ist, weil mit diesem alten Hobel ja schon seit Urzeiten beinahe alles transportiert wurde, was der Planet so hervorbringt. Und freilich sind auch Spuren des toten Mädchens darunter, was der Sache aber auch keinen wirklich neuen Aspekt verleiht. Irgendwie dreh ich mich hier im Kreis. Und irgendwo muss der doch ein Loch haben. Also ruf ich mal den Ibranovic an, weil ich ansonsten auch keine brauchbare Idee habe. Von ihm erfahre ich auch gleich, dass er übermorgen mitsamt seinem Bruder und dessen Gattin nach München kommen wird, um die persönlichen Gegenstände von der Branka bei den Dettenbecks abzuholen. So vereinbaren wir ein Treffen an besagtem Vormittag und legen auf.

Mit meinen Unterlagen von der Spusi fahr ich anschließend erst mal in die Gerichtsmedizin, in der Hoffnung, dass der Günter mehr Durchblick hat als ich selber. Nachdem ich einen Kaffee abgekriegt hab, hockt er sich auf einen der Seziertische und beäugt die Informationsflut sehr gründlich.

»Ist dein Alter ein Dealer, oder was?«, ist das Erste, was er wissen will.

»Kannst du sonst was entdecken?«, frag ich, allein schon, um das Thema zu wechseln, und nehm einen Schluck Kaffee.

Der Günter grinst.

»Mit diesen Spuren hier könnte man vermutlich von Cäsars Mord bis heute so ziemlich alles aufklären, was es je an Verbrechen gegeben hat. Vorausgesetzt, man hat eine ganze Armee von Leuten zur Verfügung und ungefähr hundert Jahre Zeit«, sagt er, springt vom Tisch und gibt mir die Akten zurück. »Nein, sorry, Eberhofer, aber wo wir sonst oft wenig bis gar keine Spuren haben, haben wir hier deutlich zu viele. Ich glaube kaum, dass man anhand des Wagens irgendwas Brauchbares rausfinden kann.«

Ja, vielen Dank auch. So weit war ich schon selber.

Und übrigens hat er auch gar keine Zeit mehr, der Günter. Weil hier in München grassieren derzeit quasi Massenmorde. Will heißen, Arbeit ohne Ende für den armen Mann.

Wie mir der Rudi am Abend die Tür öffnet, strömt mir sofort ein sonderbarer Geruch in den Kolben, den ich ums Verrecken nicht zuordnen kann.

»Was riecht denn hier so?«, frag ich und zieh erst mal meine Jacke aus.

»Gut, gell?«, sagt der Rudi, nimmt mir das gute Stück aus der Hand und hängt es auf den Haken. Dann schnapp ich mir die Reisetasche vom Fußboden und frag erst mal nach meinem Zimmer. Mit verschränkten Armen steht der Rudi vor mir, mitten im Gang, und plötzlich hält er mir die Hand entgegen. Ich bin etwas verwirrt, greife sie aber schließlich und schüttle sie herzlich. Wenn er meinen Einzug so feierlich einläuten will, dann bitte sehr!

»Dreihundert!«, sagt er dann. Verstehe. »Ich will zuerst das Zimmer sehen«, sag ich dann, schieb ihn zur Seite und schau danach suchend durch sämtliche Türen.
»Rechts hinten«, hilft er mir auf die Sprünge.
Wow! Muss ich jetzt direkt sagen. Ein Schrank, ein riesiges Bett, Fernseher, Sessel, Tisch, alles echt ordentlich. Auf dem Bett liegt ein weißer Bademantel mit der Aufschrift »Hotel Zur Sonne« und in Folie eingeschweißte Schlappen, ebenfalls in Weiß.
»Ist das von deinen hotelinternen Raubzügen?«, frag ich mit Blick auf das schneeweiße Wäscheset.
»Die verdienen genug mit meinen Besuchen, das kannst du mir glauben. Da ist so ein popeliger Bademantel doch wohl drin«, sagt er und grinst.
Ich räum mal meine Reisetasche aus und öffne die Schranktür. Leider ist da aber kein Platz drin für meine Klamotten. Bademäntel, so weit das Auge reicht. Der Rudi drückt sie etwas zur Seite, und so kann ich meine eigenen wenigen Habseligkeiten grad noch so dazwischen quetschen.
»Jetzt nimmst erst mal ein schönes Vollbad, Franz, und ich mach uns in der Zwischenzeit was Schönes zum Essen, was meinst?«, fragt er und schließt dabei die Schranktür.
»Ich zahl im Zweiwochenrhythmus«, sag ich und drück ihm hundertfünfzig Euro in die Hand. Er verdreht kurz die Augen, und schnaufend schiebt er die Geldscheine ein. Anschließend verschwindet er in die Küche, ich begeb mich ins Bad und lasse Wasser in die Wanne.
»Ich hab dir ein Zahnputzbecherle hingestellt, Franz. Es ist das gelbe. Da wo die grüne Zahnbürste drin ist«, hör ich den Rudi ein paar Augenblicke später durch die Tür hindurch. Tatsächlich stehen zwei Becher auf der Waschbeckenablage. Einer davon ist gelb und mit dem Li-La-Launebär drauf. Der daneben hat so ein grünes Militärtarnmuster und

die Aufschrift »Rambo«. Wie ich hinterher frisch wie der Irische Frühling in meiner schneeweißen Wäschegarnitur ins Wohnzimmer gehe, komm ich endlich diesem nervigen Geruch auf die Schliche. Es sind Duftkerzen, die hier meine Sinne vernebeln. Ich blase sie der Reihe nach aus, kann damit aber keine große Zustimmung meines nagelneuen WG-Partners ernten.

»Magst du das nicht?«, fragt er etwas beleidigt.

»Nein«, sag ich und setzt mich an den Esstisch.

»Schade. Ich finde es immer unglaublich entspannend, wenn die Wohnung gut riecht.«

»Ich auch. Deshalb hab ich sie ausgeblasen.«

»Hunger?«, fragt er und hat immer noch einen leicht gekränkten Tonfall drauf.

Ich nicke voll Vorfreude auf ein festliches Mahl. Der Rudi verschwindet kurz in der Küche, um Augenblicke später mit zwei Dosen Ravioli zurückzukommen.

»Aufpassen, die sind noch sehr heiß«, sagt er und stellt eine der Konserven direkt vor mir ab.

»Eierravioli«, sag ich so mehr zu mir selber.

»Ja«, sagt der Rudi und strahlt mich an. »Lass es dir recht gut schmecken!«

»Hast du vielleicht noch ein Bier oder so?«, frag ich, weil ich dieses Zeug ja schließlich mit irgendwas runterspülen muss.

»Freilich, im Kühlschrank«, sagt der Rudi mit vollem Mund.

Ich steh auf und geh rüber zum Kühlschrank. Bier allerdings kann ich dort leider gar keines finden. Jedenfalls kein richtiges. Auf einigen Flaschen kleben seltsame Etiketten, die steif und fest behaupten, dass die Zusammensetzung tatsächlich eine bierähnliche Substanz beinhalten soll. Ich nehm davon eine und geh zurück ins Wohnzimmer.

»Was ist das für ein Zeug, und wo hast du das überhaupt her?«, frag ich und nehm einen Schluck. Rein geschmacklich ergänzt es die Ravioli wirklich ganz perfekt.

»Mh«, sagt der Rudi und beißt auf den matschigen Nudeln herum. »Schnäppchenhalle. Observierung. Prima Auftrag. Wenig Kohle zwar, aber alle möglichen Naturalien. Da kann man wochenlang leben davon. Und? Schmeckt's?«

Vielleicht kennt der Rudi seine Westentasche doch noch ein bisschen besser als mich. »Scheiße, Rudi«, sag ich mit einem Blick auf die Uhr und steh auf. »Hätt ich fast vergessen. Zu blöd. Ich muss noch mal kurz ins Büro. Echt dringend. Kannst du mir vielleicht einen Schlüssel geben, könnte spät werden.«

»Och, das schöne Essen, Franz!«, sagt der Rudi brummig, während er aus einer Schublade den Schlüssel fischt.

»Ja, echt ein Jammer,«, sag ich, geh in mein Zimmer zurück und zieh mich wieder an. Anschließend fahr ich zum Bräuhaus hinüber. Ein Kesselfleisch und ein ganz frisch Gezapftes. Ein Wahnsinn. Wirklich.

Wie ich am nächsten Tag in mein Büro komm, ist meine feurige Kollegin anwesend, und ganz offensichtlich hat sie ihre Kinder dabei. Zwei Mädchen im Grundschulalter und ein Bub mit, sagen wir, zwei. Alle zusammen sitzen um meinen Schreibtisch herum und malen mit meinen Kugelschreibern auf diverse Blätter meines Tischkalenders. Die dazugehörige Mutter sitzt an ihrem eigenen Schreibtisch und hypnotisiert den PC.

»Hi«, sagt sie, wie sie mich sieht, und macht keinerlei Anstalten, ihre Brut einzusammeln. Ich geh dann mal zu meinem Schreibtisch, stemm die Hände in die Hüften und mach ein ernstes Gesicht.

»Hi«, sagen die zwei Mädchen nacheinander, widmen sich aber gleich wieder den bildenden Künsten.

»Sag mal, gibt's keine Tagesstätte oder so was, wo du die Kinder hinbringen kannst, wenn du hier abhängst?«, frag ich dann erst mal.

»Scharlach«, sagt sie, ohne mich anzusehen.

Scharlach, soso.

»Eine Oma, Tante oder etwas in der Art?«

»Sorry!«

»Oder der Vater, verdammt. Es ist doch wohl ein Witz, dass ich nicht an meinen Schreibtisch rankomm, nur weil du keinen Babysitter hast.«

»Einen Vater?«, lacht sie. »Der würde uns grade noch fehlen.«

Kein Vater? Aber der Typ neulich auf diesen Fotos, das war doch eindeutig ein Kerl.

Auf meine Nachfrage hin erfahr ich, dass es sich dabei zwar um den biologischen Erzeuger von dem Buben handelt, dieser aber unter charakterlichen Gesichtspunkten wieder entsorgt werden musste. Genauso wie der Vater der Mädchen ein paar Jahre zuvor. Nein, sagt sie, so family im üblichen Sinne, das sei nix für sie. Sie will keine Rücksicht nehmen auf die Bedürfnisse irgendwelcher Machos. Ihr reichen schon die Kinder bis über die Ohren. Über meine Ohren reichen sie mittlerweile allerdings auch, und so bitte ich sie höflich, aber bestimmt, meinen Arbeitsplatz zu räumen.

Dann fliegt die Tür auf, und die Oma kommt rein.

»Ja, sag einmal, Bub, bist du jetzt deppert, oder was?«, schreit sie mich an und kommt gleich auf mich zu. Die Steffi hört auf, in ihren Computer zu starren, stattdessen starrt sie jetzt die Oma an.

»Was machst denn du da?«, frag ich erst mal ziemlich verdattert.

»Wenn du heut Abend nicht heimkommst, Franz, dann brauchst überhaupt nicht mehr kommen, nur dass du das weißt. So ein Gestell machen bloß wegen dem Leopold! Du führst dich ja auf wie eine Diva!«

»Wie … wie bist du überhaupt hergekommen?«, frag ich und deut es ihr auch, damit sie es bestimmt auch versteht.

»Ja, mit deinem Vater halt. Der sucht bloß noch einen Parkplatz. Ein Scheiß ist das hier in München mit der blöden Parkerei.«

Die zwei Mädchen fangen an zu kichern. Das merkt die Oma freilich und dreht sich auch gleich zu den beiden ab.

»Ja, mei, wen haben wir denn da? Die sind ja vielleicht goldig!«, sagt sie, streicht den Kindern kurz über den Kopf und geht danach rüber zur Steffi. Die zwei begrüßen sich freundlich. Kurz darauf erscheint auch endlich der Papa im Türrahmen, ganz außer Atem.

»Die Hölle hat sie mir heiß gemacht, deine Oma, das kannst du mir glauben. Also, wennst dir's mit mir nicht verscherzen willst, Franz, dann komm lieber wieder heim«, sagt er schnaufend und gibt danach der Steffi ebenso die Hand.

Nachdem sich die beiden Senioren wieder einigermaßen beruhigt haben, will die Oma unbedingt noch ein bisschen über den Viktualienmarkt schlendern. Da war sie ja schon seit Ewigkeiten nicht mehr, sagt sie. Und der Papa ganz genauso wenig. Ich selber kann freilich nicht mit, weil Dienst ist Dienst. Schade. Wirklich. Und weil die Oma ein enormes Gespür hat für schwierige Lebenslagen, beschließt sie kurzerhand einfach, die Kinder mitzunehmen. Die wären doch hier sowieso völlig fehl am Platz, meint sie, und hätten auf dem Markt doch bestimmt viel mehr Spaß. Zum Mittagessen würden sie wieder pünktlich hier eintreffen, sagt sie abschließend noch. Und dann könnten wir ja vielleicht noch prima zum Augustiner rüberwackeln, oder? Wie die Luft endlich rein und mein Schreibtisch wieder leer ist, widme ich mich also dem Part, warum ich eigentlich hier bin. Die Steffi tut das auch, eine Weile zumindest. Dann wirft sie plötzlich einen Blick auf die Uhr.

»Zweieinhalb Stunden hätten wir noch«, sagt sie und schaut dabei zu mir rüber.

»Für was?«, frag ich und schaue zurück.

»Na, bis zum Mittag halt. Du, ich hab mir deinen Fall mal ein bisschen genauer angeschaut. Echt interessant, die Sache mit diesem Au-pair. Ich würde da gerne mehr drüber wissen. Was meinst du, hast du Lust und zeigst mir die Orte? Also den Fundort, ihren Arbeitsplatz, den Ort, wo der Wagen geklaut wurde? Ich mein, ich kann auch prima von zu Hause aus arbeiten, weißt du. Zumindest den ganzen Schreibkram oder so. Aber natürlich nur, wenn du das möchtest.«

Schreibkram. Das ist Musik in meinen Ohren. Weil ich den ohnehin hasse wie die Pest. Ich schnapp mir den Autoschlüssel, und schon sind wir unterwegs.

Nachdem ich ihr den Autoklauplatz gezeigt habe und das Wohnhaus der Dettenbecks, fahren wir noch in den Dachauer Forst hinaus. Die Steffi ist eine Fleißige, ständig macht sie irgendwelche Notizen und unzählige Fotos ebenfalls. Und irgendwann, wir stehen da grade so mitten im Wald, da legt sie ihre Kamera beiseite und schaut mich an. Sekundenlang. Ich weiß gar nicht recht, was das jetzt werden soll, und irgendwie macht mich das ein bisschen nervös.

»Ist was?«, frag ich sie deshalb mal so.

»Magst du vielleicht ein bisschen schnackseln?«, fragt sie und grinst. Schlagartig wird's mir jetzt schwindelig. Ich krieg kaum noch Luft und muss mich erst mal dringend ins Auto rein setzen.

»Was ist? Keine Lust?«, fragt sie und beugt sich zu mir herein.

»Nein, passt schon«, sag ich, während ich langsam zu einer regelmäßigen Atmung zurückfinde.

»Also?«

»Ich hab eine, ja, wie soll ich sagen? Also ich hab so was wie eine Verlobte, verstehst du?«, versuche ich, eher halbherzig, aus der Nummer wieder rauszukommen.

»Ich werde ihr nichts verraten«, sagt die Steffi grad noch. Aber dann ist eh alles zu spät. Sie hat ein Bauchnabelpiercing mit einer Erdbeere dran, die ständig so hin und her wackelt.

Pünktlich um eins kehren unsere Marktleute zurück, und alle haben ganz rote Wangen.

»Das hat so einen Spaß gemacht, Mama!«, ruft eines der Mädchen ganz übermütig und stürmt auf ihre Mutter zu. »Die Eberhofer-Oma, die hat uns sogar Guatln gekauft!«

»Ein unverschämtes Pack ist das da auf dem Viktualienmarkt«, können wir dann auch gleich die Oma vernehmen. »Da kann ich ja daheim eine ganze Sau kaufen, wo ich hier fürs gleiche Geld noch nicht einmal eine Wurstsemmel krieg!«

»Ja, ja, Oma. Und wie läuft's bei euch so? Seid ihr irgendwie vorangekommen?«, will der Papa jetzt wissen.

»Vorangekommen?«, frag ich und weiß gleich gar nicht so recht, wo ich hinschauen soll.

»Ja!«, sagt die Steffi statt meiner und streicht sich dabei eine Strähne aus ihrer Stirn. »Wir sind echt prima vorangekommen. Besten Dank auch fürs Babysitten.«

Nachdem sich irgendwann alle ganz herzlich verabschiedet haben, gehe ich mit der Oma und dem Papa noch zum Mittagessen. Ihre durchaus hartnäckigen Überredungsversuche jedoch, wieder nach Hause zu kommen, muss ich leider postwendend abschmettern. Schließlich ist Niederkaltenkirchen mein Revier und nicht das vom Leopold. Wenn er weg ist, komm ich zurück. Und keine Sekunde eher. So sag ich das den beiden, bevor sie sich endlich wieder auf den Heimweg machen.

Am Nachmittag schau ich noch einmal bei den Dettenbecks vorbei. Irgendwie packt mich der Gedanke, ich muss unbedingt noch mal Brankas Sachen durchforsten, ehe sie dann ein für alle Mal weg sind. Außer der Frau Schneller ist niemand im Hause. Und weil wir ja fast so was wie Freunde sind, bittet sie mich auch umgehend herein. Wir trinken ein Tässchen Tee zusammen und plaudern ein bisschen. So ein Vertrauensaufbau ist unheimlich wichtig, gerade wenn man hinterher noch etwas will. Und ich will schließlich noch in Brankas Zimmer und hab freilich keinen Durchsuchungsbeschluss. Die Frau Schneller jedoch macht hinterher keinerlei Anstalten und begleitet mich sogar noch hinauf.

»Sie beschränken sich aber nur auf diesen Raum hier, haben Sie mich verstanden?«, sagt sie scharf. Ich nicke. Sie bleibt noch kurz im Türrahmen stehen, blickt sich um und wandert danach wieder die Treppe hinunter. Irgendwas nötigt mich plötzlich, ihr eigenes Zimmer einmal unter die Lupe zu nehmen. Also das von der Frau Schneller praktisch.

Abgeschlossen, das ist ja komisch.

Dann geh ich mal davon aus, dass ich mir das Durchforsten hier getrost sparen kann, oder? Weil es ganz offensichtlich gar nichts zu finden gibt, jedenfalls nicht in Brankas Zimmer. Höchstens in dem von der Frau Schneller. Oder in einem der anderen Räume. Und da soll ich ja offensichtlich ums Verrecken nicht rein.

So setz ich mich erst mal auf die Bettkante und überlege. Wenn ich jetzt zum Stahlgruber laufe, wegen einer Durchsuchung, dann schmeißt sich der auf den Boden vor Lachen. Eberhofer, würde er sagen, Eberhofer, Sie schaffen's eben doch nicht alleine, gell. Brauchen S' also doch meine Hilfe. Das würde mir grade noch fehlen! Aber wie zum Teufel komm ich sonst in die anderen Räume? Und zwar in jeden einzelnen davon? Ich überleg und überleg und starr dabei ständig den Heizkörper an. Und wie durch ein Wunder ist sie plötzlich da, diese geniale Idee.

»Ja«, sag ich beim Wiedereintreffen im Erdgeschoss. »Ich muss dann auch schon wieder weiter, gell.«

»Haben Sie denn was entdeckt, das Sie irgendwie weiterbringt«, fragt die Schneller und trocknet sich dabei ihre Hände am Handtuch ab.

»Könnte man so sagen.«

»Interessant«, sagt sie weiter und schaut nur knapp an mir vorbei. »Sie dürfen sicherlich nicht darüber reden, oder?«

»Nein, Gnädigste, das darf ich nicht. Abgesehen davon«, sag ich und schau auf meine Uhr, »bin ich auch schon in einigen Minuten mit meinem Kumpel verabredet, wissen Sie. Der ist nämlich ein Heizungsmonteur und hat grad zufällig hier in der Gegend zu tun.«

»Schade«, sagt sie noch.

»Wann kommen denn die Dettenbecks eigentlich immer so nach Hause?«, will ich jetzt noch wissen.

»Also sie … sie kommt vermutlich so gegen fünf. Länger hat nämlich die Kinderkrippe gar nicht offen, wo die Kleine jetzt drin ist. Und der Herr Dettenbeck, ja, das kann man schlecht sagen. Da kann es schon auch einmal weit nach Mitternacht werden, wissen Sie. Diese großen Limousinen zum Beispiel, die werden ja hauptsächlich nachts gern gebucht.«

»Und da hat er kein Personal dafür, das die Autos dann zurückbringen würde?«

»Doch, natürlich hat er das. Aber wenn so richtig wichtige Events sind, dann macht er das am liebsten selber.«

»Verstehe«, sag ich noch so beim Rausgehen. »Ach, der Bub, dieser Damian, der ist ja jetzt in einem Internat. Wissen Sie eigentlich, weswegen?«

»Weswegen? Ja, wie soll ich sagen? Er war ja vorher schon schwierig, wissen Sie. Die Pubertät halt. Der hat ja nichts ausgelassen, dieser Bengel. Aber seit einigen Wochen ist er … ja, ich würde sogar sagen, direkt renitent geworden. Die Frau Dettenbeck, die war damit total überfordert. Und dann noch diese miesen schulischen Leistungen, herrje! Solange die Branka noch da war und ihm Mathe eingepaukt hat, da ging das ja alles noch einigermaßen. Aber jetzt. Wer sollte sich denn nun kümmern um den Jungen?«

Kapitel 12

Schon oft in meinem Leben hab ich mich gefragt, warum in aller Welt ich eigentlich mit dem Flötzinger befreundet bin. Und das schon seit fast hundert Jahren. Er ist ein Weiberer (also kein so ein Exemplar Frauenversteher wie, sagen wir mal, ich es bin, eher das Modell »ich pimpere alles, was nicht bei drei am Baum oben ist«), der Hellste ist er auch nicht, und im Übrigen schreibt er für seine popeligen Dienste als Heizungsmonteur Rechnungen, dass dir die Ader schwillt. Aber heute ist er mir plötzlich mehr wert als so manch anderer Zeitgenosse.

»Gas, Wasser, Heizung, Flötzinger«, meldet er sich ganz ordnungsgemäß.

»Servus, Flötzinger«, sag ich. »Heut brauch ich mal deine Hilfe.«

Und schon nach knappen zehn Minuten weiß ich ganz exakt, was ich wissen wollte, und das, obwohl er wie gesagt nicht der Hellste ist.

Anschließend ruf ich den Rudi an und informier ihn über meine echt genialen Pläne. Und weil sowieso grad nix Wichtiges ansteht, kann er diese jetzt ganz prima gemeinsam mit mir in die Tat umsetzen.

Und gleich darauf gibt's dann auch schon den Startschuss. Zunächst mal begeb ich mich erneut zum Hause Dettenbeck, und wieder öffnet mir erwartungsgemäß die Frau Schneller.

Man kann sich schon denken, dass sie einigermaßen überrascht ist, dass ausgerechnet ich jetzt wieder auf der Matte stehe. Ob's noch irgendwas gibt, will sie auch gleich wissen. Und ja, sag ich, es gibt was. Zwar nichts Berufliches, sondern eher was Persönliches.

»Mein Kugelschreiber, Frau Schneller«, sag ich ziemlich überzeugend. »Ich muss meinen Kugelschreiber hier irgendwo verloren haben. Und das ist nicht irgendeiner, wissen Sie. Den hab ich von meinem verstorbenen Onkel zu meiner Kommunion bekommen.«

Sie kriegt auch gleich ganz mitfühlende Gesichtszüge und lässt mich umgehend wieder eintreten. Und nachdem wir beide dann außerordentlich gründlich im Wohnzimmer nachgeschaut haben und freilich nicht fündig geworden sind, geh ich noch einmal die zwei Etagen nach oben. Dort warte ich einen angemessenen Moment lang, und anschließend komm ich ganz zerknirscht wieder runter.

»Nix!«, sag ich und zucke mit den Schultern. So überlegen wir gemeinsam ein Weilchen. Und plötzlich starr ich auf die Kellertreppe, und schon allein mein Blick muss einen Hoffnungsschimmer allererster Güte ausstrahlen. Ja, ein Schauspieler hätte ich wahrscheinlich auch gut werden können. Sehr gut sogar. »Vielleicht ist er mir ja in den Keller gepurzelt«, sag ich und schau sie dabei an.

»Das ist durchaus möglich«, sagt sie und blickt auf die Treppe. »Sind Sie so gut und schauen alleine nach, Herr Kommissar. Ich muss mich jetzt wirklich langsam um das Essen kümmern.«

Ja, der Franz ist so gut und schaut allein nach. Und er findet auch ruckzuck die Heizung. Und als wär das noch nicht genug: Er kann auch genauso ruckzuck dem Flötzinger seine Anweisungen ausführen und diese Heizungsanlage so stilllegen, wie es im Grunde halt nur ein Fachmann kann.

Zurück im Erdgeschoss, präsentiere ich voller Erleichterung meinen Kugelschreiber, was jetzt vielleicht ein bisschen peinlich ist, weil »Bluna« draufsteht, darum leg ich den Zeigefinger so gut es geht auf den Schriftzug. Alles in allem hab ich den Eindruck, dass sie irgendwie erleichtert ist, weil ich gefunden habe, was ich finden wollte. Mir geht's ganz genauso.

»Übrigens, Ihre Heizung, Frau Schneller«, sag ich so beim Rausgehen. »Die macht irgendwie echt seltsame Geräusche. Da sollten Sie dringend mal nachschauen lassen. Nicht, dass die hernach noch kaputtgeht bei diesen frostigen Temperaturen, die ja jetzt vor der Tür stehen.«

»Wirklich?«, fragt sie gleich ganz besorgt.

Ich nicke. »Haben Sie da jemanden?«

»Nein, ich glaub nicht. Also, solange ich hier bin, war da noch nie jemand da, glaub ich. Weswegen auch? Bisher hat sie immer gut funktioniert.«

Gut, sag ich noch, sie soll nur schön die Augen offen halten, nicht dass sich die kleine Alexa noch eine fette Lungenentzündung holt, gell. Dann bin ich auch schon wieder weg.

Der Rudi wartet am vereinbarten Treffpunkt und steckt auch wie besprochen in einem astreinen Blaumann. So einen hat er natürlich von Haus aus in seinem Repertoire, schließlich muss man als Privatdetektiv in alle möglichen Rollen schlüpfen. Auch einen Handwerkerkoffer hat er dabei. Sehr gut. Wenn ich persönlich die Riesenrohrzange jetzt auch für leicht übertrieben halte. Aber was soll's.

Schon ein paar Minuten später läutet mein Telefon. Darauf hätt ich wirklich mein Leben verwettet.

Grade hätte sie mit dem Herrn Dettenbeck telefoniert, wegen der Heizung, sagt die Frau Schneller ganz atemlos. Und außerdem hat sie sich selbst schon davon überzeugen können. Ja, ganz deutlich hat sie gemerkt, dass sämtliche

Heizkörper im Haus langsam, aber sicher abkühlen. Furchtbar ist das, sagt sie. Ganz furchtbar. Weil ja in ein oder zwei Stunden die Frau Dettenbeck heimkommt mitsamt der kleinen Alexa. Und dann ist es überall eiskalt.

»Das versteh ich schon alles, Frau Schneller«, sag ich und zwinkere dem Birkenberger zu. »Aber was hab ich damit zu tun?«

»Sie könnten mir helfen, Herr Eberhofer. Weil, wo krieg ich jetzt so holterdiepolter einen Heizungsinstallateur her? Sind Sie denn noch in der Nähe?«

»Keine zehn Minuten weit weg«, sag ich und geh schon mal zum Wagen.

»Ist denn Ihr Kumpel auch noch bei Ihnen?«

»Ja, wieso?«

»Ach, das ist gut. Könnten Sie dann bitte mit ihm vorbeikommen, damit er mal ein Auge drauf wirft. Also auf die defekte Heizung, mein ich.«

»Ach so! Sie sind ja vielleicht ein Schlitzohr, Frau Schneller. Das muss ich jetzt schon direkt sagen.«

Sie kichert. Und freuen tut sie sich auch. So versichere ich ihr großzügig, ich würde meinen guten alten Kumpel schon irgendwie dazu überreden, sich der Sache kurz anzunehmen.

Die nächste Stunde lang helf ich der Frau Schneller beim Gemüseschneiden. Und der Rudi überprüft derweil alle Heizkörper in sämtlichen Räumen und flucht dabei ganz professionell wie ein Pferdekutscher. Und ganz nebenbei macht er ungefähr eine Million Aufnahmen von allen nur erdenklichen Winkeln eines jeden verdammten Zimmers hier. Am Ende geht er mit einem vorwurfsvollen Seitenblick an uns beiden vorbei und in den Keller runter. Unten angekommen, macht er meine Demontage von gerade wieder rückgängig und tritt schließlich mit einem relativ zufriedenen Gesichtsausdruck zu uns in die Küche.

»Läuft wieder einwandfrei«, sagt er und fuchtelt triumphierend mit seiner Rohrzange.

»Sie sind wirklich ein Schatz«, sagt die Frau Schneller sichtlich erleichtert. Und dass er freilich gleich eine Rechnung schicken soll. Dann sind wir auch schon wieder weg.

»Hast du alles?«, frag ich den Rudi auf dem Weg zum Auto.

»Alles! Inklusive Teile von der Lockenpracht des Hausherrn höchstpersönlich«, sagt er und zerrt ein Tütchen aus der Tasche seines Overalls.

Ja, auf den Rudi, da ist halt Verlass.

Wie vereinbart erscheinen die Ibranovics tags drauf pünktlich um zehn bei mir im Büro. Alle drei sind in tiefstes Schwarz gekleidet, und besonders die Eltern des Mädchens haben ganz verquollene Augen. Ich schieb erst mal drei Stühle vor meinen Schreibtisch, koche Kaffee und setz mich dann nieder.

»Ja, was soll ich sagen, zunächst mein aufrichtiges Beileid natürlich«, sag ich, und augenblicklich rollen der armen Frau dicke Tränen übers Gesicht. Ihr Gatte nickt und quält sich ein Lächeln heraus, und der Onkel dreht den Kopf ab und schaut mit zugekniffenen Augen aus dem Fenster. Echt miese Stimmung hier. Ich räuspere mich kurz, steh auf und geh rüber zur Kaffeemaschine. Während ich die Tassen fülle, schnauf ich ein paarmal tief durch. Das hasse ich wirklich an meinem Beruf. Todtraurige Menschen noch viel todtrauriger machen zu müssen. Aber es hilft alles nix. Also stell ich ihnen die Kaffeehaferl vor die Nase, und diese werden gleich dankbar angenommen. Wahrscheinlich tut's einfach gut, wenn man sich irgendwo festhalten kann. Selbst wenn es nur ein Kaffeehaferl ist.

»Die Branka«, versuch ich behutsam zu beginnen. Aber nur die Erwähnung ihres Namens löst bei der Mutter einen mittelschweren Zusammenbruch aus. »Entschuldigen Sie bitte, Frau Ibranovic. Aber wenn wir den Mörder finden wollen, dann muss ich jetzt diese Fragen stellen.«

Sie nickt und schnäuzt in ein Taschentuch.

»Also, die Branka, hatte die irgendwelche privaten Kontakte hier in München? Wissen Sie irgendetwas darüber?«

»Nein, Herr Kommissar«, sagt der Onkel mit fester Stimme. »Sie hatte niemanden hier, soweit wir wissen. Die Familie Dettenbeck, das waren ja nur ihre Arbeitgeber, nicht mehr und nicht weniger. Und ihre Kollegin, diese …«

»Frau Schneller«, helf ich ihm auf die Sprünge.

»Ja, also diese Frau Schneller, ich glaub, die war wohl nicht so gut zu sprechen auf unsere Branka. Jedenfalls hat sie es selber so empfunden.«

Gut, das wissen wir ja bereits.

»Sonst hat sie nichts erzählt? Irgendeine Stammkneipe vielleicht? Freundinnen? Ein junger Mann womöglich? Oder was junge Mädchen eben alles so machen«, frag ich.

Die beiden Männer schauen sich kurz an, wenden aber die Blicke gleich wieder ab.

»Nein, keine Kneipe, keine Disco. Nichts in der Art. Sie müssen wissen, die Branka war kein gewöhnliches junges Mädchen. Sie war sehr familienbezogen, verstehen Sie. Und sie ist in jeder freien Minute zu uns nach Hause gefahren«, sagt der Onkel. Die Mutter weint noch immer.

»Sie war ja auch erst seit kurzem in München, wissen Sie. Und unsere Branka, die war ja eher schüchtern. Die hat immer etwas Zeit gebraucht, ehe sie jemanden an sich ranließ«, sagt jetzt ihr Vater, und die beiden anderen nicken zustimmend.

»Na gut«, sag ich und mach mir ein paar Notizen. »Und wie ist es in Leipzig gewesen? Hatte sie dort wenigstens Freunde oder eine Clique? Einen festen Freund vielleicht?«

»Nein, nicht wirklich. Jedenfalls nichts, was erwähnenswert wäre, Herr Kommissar«, sagt jetzt der Onkel wieder. »Sie war, wie gesagt, eigentlich immer schon ein bisschen scheu, unsere Branka. Aber diese lange Zeit der Arbeitslosigkeit, die hat sie dann im Grunde komplett isoliert. Ihre ehemaligen Schulkameraden, die waren ja fast allesamt berufstätig. Und die, die es nicht waren, das war halt nicht die Sorte Mensch, die sie gerne um sich hatte, wenn Sie wissen, was ich meine. Nein, ich denke, sie war sehr zufrieden, wenn sie einfach nur bei ihrer Familie war.«

Die arme Frau kriegt jetzt einen Weinanfall, einen ganz verheerenden, und so muss ich die Befragung hier abbrechen. Deshalb schlage ich vor, die Eltern mögen kurz draußen warten, bitte aber den Onkel, noch einen Moment hierzubleiben.

»Herr Ibranovic«, sag ich, wie wir schließlich unter vier Augen sind. »Ihre Nichte, die war zweiundzwanzig. Und sie war schwanger. Irgendjemand muss doch der Kindsvater sein. Haben Sie eine Ahnung, wer da infrage kommen könnte?«

Mit einem Blick ins Leere nickt er einige Male und scheint intensiv nachzudenken. Ob das Nicken ein »Ja, ich weiß, wer der Kindsvater sein könnte« bedeuten soll oder nicht, kann ich nicht so recht ausmachen.

»Hat es denn früher einmal jemanden gegeben? Ich meine, das wär doch völlig normal in diesem Alter.«

»Sie hatte schon mal einen Freund, Herr Kommissar, aber das ist schon länger her. Ein kleiner Franzose war das. Gérald hieß er, soweit ich mich erinnere. Ein Austauschschüler. Sie war damals sechzehn oder siebzehn. Über ein Jahr lang ging das zwischen den beiden so hin und her. Telefonisch und per Mail. Und einige Male haben sie sich auch besucht gegenseitig. Sie hat damals sehr gut Französisch gesprochen, die kleine Branka, und das passte so gut zu ihr. Aber wie das Leben so spielt, irgendwann ist das Ganze dann eingeschlafen. Es ist wohl von dem Jungen ausgegangen. Jedenfalls ist sie eine ganze Weile sehr unglücklich darüber gewesen. Aber irgendwie konnte das ja auch gar nicht gut gehen, oder? Bei dieser Entfernung.«

»Denken Sie, der Kontakt ist komplett abgerissen?«

»Ja, das denke ich«, sagt er prompt, und dabei ist eine gewisse Erleichterung unüberhörbar.

»Haben Sie ihn nicht gemocht, diesen Gerald?«, frag ich deswegen.

Er zuckt mit den Schultern. »Was geht mich der Junge an?«

»Danach nichts mehr? Keine weiteren Männerbekanntschaften?«, will ich noch wissen.

»Nein, nicht dass ich wüsste«, sagt er und erhebt sich. Er reicht mir die Hand und bittet darum, ihn in jedem Fall anzurufen, wenn sich irgendetwas ergibt: Neuigkeiten oder weitere Fragen. Danach schleicht er durch meine Bürotür hindurch, als müsste er gleich auf den Scheiterhaufen rauf. Irgendwie seltsam, der Typ, ganz gegen meine langjährigen Erfahrungen quasi. Nett, mitfühlend, aber irgendetwas ist an ihm, was mich irritiert. Vielleicht hat er seine Nichte doch ein paarmal zu oft auf den Mund geküsst, wie die beim Günter so dalag? Und wieso war er so erleichtert, dass der Kontakt zu diesem Franzosenburschen abgebrochen ist? Was geht denn das eigentlich einen Onkel an?

Nachdem schließlich alle wieder weg sind, pack ich die Kaffeetassen der Herren in sterile Tüten und mach mich zusammen mit den haarigen Indizien vom Herrn Dettenbeck in die Gerichtsmedizin. Der Günter verspricht mir auch gleich hoch und heilig, die Angelegenheit möglichst zeitnah zu bearbeiten. Und das, obwohl sich die toten Münchner wieder einmal stapeln bis unter die Decke.

Bevor ich am Abend zum Rudi heimfahre, geht's noch kurz zum Einkaufen. Weil ich weder auf Eierravioli scharf bin noch auf Schnäppchenhallenbier, das schon gleich gar nicht. Anschließend treffe ich also mit einem gepflegtem Sixpack und einer Tüte voll erstklassigen Lebensmitteln in seiner Wohnung ein. Und wie ich fast schon befürchtet habe, steht er auch schon am Herd, der Rudi. Ich stell mal meine Sachen auf den Tisch.

»Du hast eingekauft?«, fragt er leicht verwirrt und blickt auf meine Beute.

»Yes, Rambo«, sag ich und stell erst einmal das Bier kalt.

»Aber ich hab doch schon gekocht«, sagt er leicht schmollig.

»Ja, das Leben ist hart, Rudi. Was hätte es denn Feines gegeben, hm? Lass mich raten! Eierravioli?«

»Linseneintopf.«

»Ach, Linseneintopf. Ja, das ist wirklich ein Drama!«, sag ich und beginne dann feierlich, meine eigenen Lebensmittel auszubreiten. Ofenfrisches Krustenbrot. Ein zartes Geräuchertes. Ein Becher Obatzter. Radieserl. Und ein Glas mit Senfgurken. Ein oder zwei Bier dazu. Großartig.

»Der ist gar nicht so schlecht«, sagt der Rudi weiter, rührt entschlossen in seinen Linsen, schaut mir aber immer wieder kurz über die Schulter.

»Dann lass es dir recht gut schmecken, Rudi. Du, hast du vielleicht irgendwo ein Brotzeitbrettl?«

Tief schnaufend öffnet er eine Schranktür und reicht mir ein Brettl heraus. Danach rührt er unbeirrt weiter, ohne jedoch mein Schlaraffenland aus den Augen zu lassen.

»Warum kochst du eigentlich nicht mal was Richtiges, Rudi? Ich mein etwas, wozu man keinen Dosenöffner braucht?«

»Weil ich es nicht kann, Arschloch.«

»Ja, dann musst es halt lernen.«

»Sagt einer, der sich noch immer von seiner Oma bekochen lässt.«

Huihuihui. Da ist aber jemand sauer. Ich schau ihn kurz an, geh dann rüber zum Küchenkasten und hole ein weiteres Brettl heraus.

»Es reicht auch für zwei«, sag ich noch so, und damit entlock ich dem Rudi ein ganz breites Grinsen.

»Die Linsen«, sagt er, stellt den Topf beiseite und beginnt auch gleich, den Tisch einzudecken. »Die kann man ja prima auch morgen noch essen.«

»Nur zu. Morgen ist es mir relativ wurst. Weil morgen nämlich Freitag ist, und da sitz ich um diese Uhrzeit schon längstens beim Wolfi.«

Anschließend reden wir noch ein bisschen über den Fall. Kommen aber zu keinerlei brauchbarem Ergebnis. Außer, dass wir ein totes schwangeres Mädchen haben und dieser ominöse Kindsvater mit größter Wahrscheinlichkeit auch der Täter sein muss. In diesem Punkt sind wir uns total einig, der Rudi und ich. Das Essen ist rein geschmacklich gar nicht schlecht. Wobei man jetzt schon sagen muss, dass das Auge eindeutig mitisst. Und weil wir hier nur aus Tüten und Gläsern essen, haben unsere Augen heut eindeutig die Arschkarte gezogen. Wenn ich da nämlich an die Brotzeit von der Oma denke, wo praktisch jedes einzelne Radieserl ja fast schon ein Kunstwerk darstellt und man direkt ein schlechtes Gewissen kriegt, wenn man bloß reinbeißt ... Außerdem legt die Oma ihre Gurken freilich noch selber ein. Und dementsprechend sind die dann auch der pure Wahnsinn. Und jedes Mal gibt's am Ende eine Mordsstreiterei, wer den Gurkensud austrinken darf. Aber das nur so am Rande.

Am nächsten Tag mach ich schon gegen Mittag Feierabend, weil ich das erstens freitags fast immer mache und zweitens die Susi samt Geschwader noch zum Flughafen fahren muss. Denn heute geht's los. Paris. Drei Weiber, vier Nächte, ein Brautkleid. Und so dermaßen viele Koffer, dass man glauben könnte, die drei würden für immer und ewig die geliebte Heimat verlassen. Ich hab gut zu tun, um überhaupt noch den Kofferraumdeckel schließen zu können. Auf der Fahrt zum Flughafen ist eine Stimmung im Auto wie bei einer Fußball-WM, und ich bin froh und dankbar, wie das übermütige Weibsvolk endlich aussteigt und der Geräuschpegel prompt gen null geht.

»Hast du eigentlich den Verlobungsring schon?«, fragt mich die Susi beim Abschied und gibt mir ein Bussi.

»Kein Brautkleid, kein Verlobungsring«, sag ich und denke jetzt auf keinen Fall an die Steffi.

»Aber das Brautkleid besorg ich doch jetzt.«

»Gut, dann werd ich mich wohl um den Ring kümmern.«

»Du bist ein Schatz!«

Und schon eilt das quirlige Trio den heiligen Hallen entgegen, um nur flugs französischen Boden zu erreichen.

Gefühlte Lichtjahre später betrete ich endlich unsere Küche und muss erst einmal tief durchschnaufen. Der Papa sitzt drüben auf der Eckbank, den Ludwig zu Füßen, und der würdigt mich keines Blickes. Aber das bin ich gewohnt. Wenn er überhaupt eine schlechte Eigenschaft hat, mein Ludwig, dann die, dass er unglaublich nachtragend ist. Wenn ich mal länger als einen Tag weg bin und keine Runde mit ihm dreh, dann schaut er mich eine Weile mit dem Hintern nicht an. Dafür freut sich die Oma umso mehr über meine Ankunft und hat auch gleich eine gute Nachricht für mich. Im Grunde ist es sogar eine ganz fantastische. Der Leopold, der ist nämlich heute bei seiner Familie daheim. Samt Paartherapeutin. Sie machen so ein Familienhappening, sagt die

Oma. Und dass sie dafür beide Daumen drückt. Ich drücke ebenfalls, versteht sich. Hinterher kommt eine weitere Nachricht, und die ist um keinen Deut schlechter. Es gibt nämlich heute ein Kalbsgeschnetzeltes mit selbst gemachten Spätzle und dazu einen Endiviensalat. Und das, obwohl der Simmerl das Kalbfleisch noch nicht einmal im Angebot hatte, sagt der Papa. Aber die Oma, die hat ihn so dermaßen angeschrien, dort in seiner dämlichen Metzgerei, dass er irgendwann kapituliert und ihr einen Sonderpreis gemacht hat. Ja, das war klar.

Vor dem wunderbaren Mahl geh ich noch schnell in meinen Saustall rüber und nehm eine ausgiebige Dusche. Beim Rudi zu duschen ist nämlich ein echtes Martyrium, weil er ständig draußen vor der Badezimmertür herumlungert und mich mit irgendeinem Scheiß volltextet. Etwa über die Fotos im Hause Dettenbeck. Oder über diese Schwangerschaft von der Branka. Oder über die Umlaufbahn der Erde. Hauptsache, er quatscht. Ich persönlich glaube ja, dass er das nur macht, damit ich schnell wieder rauskomme und der Wasserverbrauch übersichtlich bleibt. Aber wurst. Deswegen eben jetzt eine XXL-Dusche, und ich komm erst wieder raus, wie meine Haut schon total aufgequollen und schrumpelig ist. Genau so, wie ich es halt mag.

Das Essen ist wie erwartet der Hammer, und so ess ich, bis es mir richtig schlecht ist und ich unbedingt ein Schnapserl brauche. Der Papa braucht ebenso ein Schnapserl und dazu einen Joint. Ich helf der Oma noch schnell beim Abwasch, und hinterher dreh ich mit dem Ludwig die Runde. Es bedarf einer echten Überzeugungsarbeit inklusive ein paar Fetzerln Kalbfleisch, dass er überhaupt seinen Arsch hochkriegt und mir folgt. Wir brauchen eins-neunzehn dafür, und wenn man bedenkt, dass wir ja direkt ein bisserl aus der Übung sind, ist das völlig im grünen Bereich. Am Ende der

Runde ist er auch schon fast wieder der Alte, zumindest läuft er schwanzwedelnd ein paar Schritte vor mir her.

Anschließend geht's freilich zum Wolfi, und zu meiner großen Überraschung sitzt der Flötzinger drin. Und heute schmeißt er sich nicht in Windeseile Bier und Schnaps in die Kehle, um gleich darauf die Flucht zu ergreifen. Nein, heute sitzt er völlig relaxed am Tresen, ratscht mit dem Wolfi und nippt ganz entspannt an seinem Bierglas.

Er freut sich, wie er mich sieht, und will auch gleich wissen, ob er mir denn auch helfen konnte mit seinem Insiderwissen. Und so erzähl ich ihm diese Heizungsstory ziemlich ausführlich, was ein ganzes Bier über dauert. Er hört aufmerksam zu und stellt fachliche Fragen, die ich aber beim besten Willen nicht beantworten kann.

Beim zweiten Glas muss ich dann fragen, was es denn überhaupt so auf sich hat mit seiner Anwesenheit hier und ob er nicht bald heim muss zu seinem holden Weib und den Kindern. Jobsharing wär das Geheimnis, sagt er. Weil er und die Mary, sie sind nämlich jetzt draufgekommen, dass es niemandem nützt, wenn beide ständig gleichzeitig das Nest bewachen. Weil dann beide immer fix und fertig sind und todmüde und sich nur gegenseitig das Leben zur Hölle machen. Jetzt haben sie also beschlossen, ab sofort im Wechsel zu arbeiten. Und heute ... heute wär eben sein erster freier Tag. Auf meine Frage nach seiner Arbeit als Gas-Wasser-Heizungspfuscher winkt er nur ab. Da wär grad kaum dran zu denken. Vermutlich kann er da erst wieder richtig loslegen, wenn die Amy-Gertrud irgendwann mal zu brüllen aufhört und endlich durchschläft.

»Vielleicht solltet ihr sie einfach mal brüllen lassen«, schlag ich so vor und ordere noch zwei Halbe.

»Das hab ich auch schon gesagt, aber das will die Mary nicht.«

»Muss sie ja auch nicht. Kannst du ja prima in deiner Schicht machen.«

Er schaut mich an. Und fängt an zu grinsen. Darauf stoßen wir an.

»Nächste Woche geht's los, Franz«, sagt er dann und wischt sich den Mund am Ärmel ab. »Nächste Woche beginnt der Zumbakurs in der VHS in Landshut. Super Sach', sag ich dir.«

»Zumba?« Ich schau ihn offenbar so dämlich an, dass er gleich eine Erklärung hinterherschiebt.

»Also, das ist jetzt quasi die modische Neuauflage von Aerobic, weißt scho'. Nur bloß mit mehr Folklore, ich glaub von Lateinamerika drüben.«

»Soso, Folklore. Aber: Ist das nicht eher was für Weiber?«

»Exakt!«, sagt er und zwinkert mir zu. Ich hab ihn schon verstanden.

»Die Susi, die ist ja jetzt in Paris, gell?«, will er anschließend wissen.

»Ja, Paris«, sag ich und nehm noch einen Schluck Bier.

»Wie isses denn da so? Ich mein, du warst ja vor kurzem auch dort, oder?«

»Furchtbar, Franz! Ganz furchtbar!«, sagt der Flötzinger noch. Und dann beginnt er zu erzählen. Dass Paris im Grunde genommen gar nicht so furchtbar sein müsste. Furchtbar wird es eigentlich erst, wenn man mit einer Schwangeren dort hinkommt. Weil dicke Füße und Kurzatmigkeit und Blasenschwäche und Übelkeit und auf diesen ganzen verdammten Champs-Elysées kein einziges Scheißhaus, wo die Mary nicht drin war. Ja, gut, da hätt ich dann auch keine Lust auf Paris, muss ich jetzt schon sagen. Eigentlich hab ich ja sowieso keine Lust auf Paris. Nicht die geringste. Weil's da mit Sicherheit kein Kalbsgeschnetzeltes gibt. Und keinen Saustall. Und einen Ludwig auch nicht. Und erst recht keinen Wolfi.

Dann geht die Tür auf, und der Simmerl kommt rein.

»Die Mädels haben grad angerufen«, sagt er, hebt die Hand, wirft seinen Kopf in den Nacken und will damit wohl dem Wolfi bedeuten, dass er richtig viel Durst hat. »Sie sind gut angekommen, und das Hotel ist spitze!«

Na, wenn das kein Grund zum Feiern ist. Der Wolfi stellt Bier hin und dreht die Musik etwas lauter, und in null Komma nix lässt Brian Johnson hier die Bude beben.

Am nächsten Tag geht's mir irgendwie gar nicht so gut. Und weil mir die Susi jetzt doch irgendwie fehlt und mir echt langweilig ist, geh ich notgedrungen am Abend dann wieder zum Wolfi. Dazu muss man vielleicht wissen, dass das Unterhaltungsprogramm hier bei uns in Niederkaltenkirchen schon eher übersichtlich ist. Wie der Rudi schon gesagt hat, kein Theater, kein Kino, kein gar nix. Und mit Fernsehen ist heute auch nix. Einfach, weil ich keinen Tierarzt ertragen kann, der seine Jugendfreundin bei der Beerdigung ihres Vaters nach zwanzig Jahren wiedersieht und dann nachts bei der schweren Geburt eines weißen Fohlens zufällig mit dem Arm an ihre Brust stößt, kurz innehält, um Sekunden später schmachtenden Blickes mit ihr ins Heu zu fallen. Freilich läuft auf den anderen Sendern nicht das Gleiche, besser ist es aber auch nicht. So verbring ich das Wochenende mit Ausnahme der Ludwig-Runde abwechselnd im Wirtshaus, bei der Oma am Esstisch und im Bett. Irgendwann kommt der Papa über'n Hof geschlichen und kündigt die erneute Anwesenheit vom Leopold an. Die Therapie wär nun abgeschlossen, sagt er. Und jeder der Ehepartner soll sich nun ein paar Tage lang seine eigenen Gedanken machen über den Fortbestand der desolaten Familie. Kann er ja gern tun. Aber bitte nicht hier.

Kapitel 13

Am Montag in der Früh erscheint der Birkenberger bei mir im Büro, und ganz offensichtlich ist er voll froher Dinge. Er wirft mir zuerst einen Ordner auf den Tisch und schenkt sich danach einen Kaffee ein.

»Alles sortiert, nummeriert und abgeheftet«, sagt er. »Bin das ganze Wochenende lang drangehangen, Franz. Während du dich von deiner Oma hast bekochen lassen.«

»Ich hab mich nicht bekochen lassen, Birkenberger. Ich hab auch meinen Stress gehabt, das kannst du mir glauben.«

»Wie dem auch sei, die Fotos sind alle hier drin«, sagt er weiter und klopft auf den Leitz. »Jetzt muss es halt nur noch ausgewertet werden.«

Ich schnapp mir das Teil und blättere mal durch. Astreine Sache. Da war er wirklich fleißig, der Rudi.

»Du, Franz«, sagt er, stellt sich hinter mich und schaut mir über die Schulter. »Weißt du, was mir aufgefallen ist?«

»Nein.«

»Die Familie von dem Mädchen, also diese Ibranovics, die behaupten ja allesamt, dass sie sehr schüchtern war, die Branka. Also eher introvertiert, wenn ich das recht verstehe.«

Introvertiert, genau.

»Ja, das verstehst du komplett richtig«, sag ich und klapp einmal den Ordner zu. Der Rudi verschränkt seine Arme im Rücken und beginnt dann durchs Büro zu laufen.

»Aber die Dettenbecks, die sagen ja eher das Gegenteil, oder? Ein richtiger Sonnenschein war sie doch bei denen, wenn ich mich recht erinnere. Und die Frau Dettenbeck, die hatte sogar so einen Spaß mit der Branka beim Ikea, dass prompt ihre Wehen eingesetzt haben. Das passt doch irgendwie gar nicht zusammen, wenn du mich fragst.«

Schlaues Kerlchen, der Rudi, muss man schon sagen.

»Ja, Rudi, da liegst du schon richtig. Mir persönlich ist das natürlich auch schon längst aufgefallen.«

»Natürlich«, sagt er und bleibt endlich stehen. Hebt eine Augenbraue und starrt mich an.

Dann aber läutet mein Telefon. Es ist die Susi, die anruft.

»Susimaus, was ist los?«, frag ich und leg mal meine Haxen auf den Tisch.

»Du, Franz, das mit dem Brautkleid, das ist gar nicht so einfach«, sagt sie, und im Hintergrund kann ich ihren Hofstaat glasklar erkennen. »Wir laufen hier von Pontius zu Pilatus und haben noch immer nichts Passendes gefunden, weißt du. Wenn du tatsächlich auf was Rattenscharfes bestehst, dann musst du damit rechnen, dass ich ausschau wie eine heilige Hure. Möchtest du das?«

Heilige Hure. Keine Ahnung. Aber so ganz schlecht klingt das jetzt auch wieder nicht, oder?

»Wie schaut die Alternative aus?«, frag ich so, ohne dabei die heilige Hure aus dem Gesichtsfeld zu kriegen.

»Die Alternative? Also, die Gisela, die Jessy und ich, wir hätten da was echt Tolles gefunden, Franz. Wirklich ganz, ganz toll, sag ich dir.«

»Wo ist der Haken?«, frag ich jetzt, weil ich allein an ihrem Tonfall schon merke, dass da einer ist.

»Ein Haken? Es gibt keinen Haken. Was glaubst du eigentlich?«, sagt sie, und ich kann ihren Schmollmund direkt vor mir sehen.

»Also, kein Haken. Aber warum rufst du dann an? Kauf es halt einfach.«

»Ja, mei, ich wollte nur auf Nummer sicher gehen. Nicht, dass es dir am Schluss nicht gefällt, weißt du.«

»Du glaubst, dass es mir nicht gefällt?«

»Ja, keine Ahnung. Es ist halt mehr, ja, wie soll ich sagen? Vielleicht ein kleines bisschen romantisch. Aber nur ein ganz kleines bisschen.«

Romantisch. Aha. Ich muss überlegen. Und mir will einfach diese heilige Hure nicht aus dem Kopf. Die Susi hat aufgehört zu atmen. Vermutlich wartet sie auf irgendeine Antwort.

»Und das mit der heiligen Hure ... wäre das denn wirklich so arg schlimm?«, probier ich es noch einmal.

»Franz!«, ruft sie ganz empört.

»War nur ein Spaß«, sag ich deshalb lieber. »Romantisch. Ja, warum eigentlich nicht, gell. Ziehst dir halt dann was Fetziges drunter.«

Jetzt kichert sie glücklich.

»Hast du eigentlich den Verlobungsring schon?«, will sie am Ende noch wissen.

»Den Verlobungsring? Ja, freilich hab ich den Verlobungsring«, sag ich und nehm meine Füße wieder vom Schreibtisch.

Der Rudi grinst zu mir rüber.

»Ui, wie schaut er denn aus?«

»Wie er ausschaut? Mei, schön schaut er aus. Ganz schön, Susi. Wirklich. Du, jetzt wird die Verbindung aber richtig schlecht. Hörst du mich noch, Susimaus?«, frag ich und kratze ein wenig auf der Muschel herum. Dann leg ich auf.

Dem Rudi sein Grinsen geht jetzt von einem Ohrläppchen bis rüber zum anderen.

»Ich brauch bis morgen unbedingt so einen Scheißverlobungsring«, sag ich, steh auf und schenk mir noch einen Kaffee ein. »Da muss ich heut in der Mittagspause unbedingt mal schnell zum Karstadt rüber. Die Oma, die hat mir da nämlich ein paar Gutscheine mitgegeben. Fünfzehn Prozent. Auf alles. Astreine Sache. Die haben doch da sicherlich auch so was wie eine Schmuckabteilung, oder?«

»Du willst deiner Susimaus einen Verlobungsring beim Karstadt kaufen? Hast du sie noch alle, Eberhofer?«

Ich versteh die Frage nicht.

»Wo ist das Problem?«, will ich deswegen wissen.

»Beim Karstadt, Mann, da kauft man Unterhosen. Oder einen Rollkragenpullover. Von mir aus auch ein Bügeleisen. Aber man kauft definitiv keinen Verlobungsring beim Karstadt!«

Bei der Stelle mit dem Bügeleisen muss ich kurz überlegen. Aber gleich fällt mir ein, dass wir so ziemlich alle Elektroartikel im Zehnerpack zu Hause haben. Schließlich gibt's Gutscheine ja nicht erst seit heute. Und auch nicht nur vom Karstadt. Nein, die Oma, die dürfte ein gutes Dutzend Bügeleisen vorrätig haben. Und alle noch originalverpackt.

»Also kein Karstadt?«, frag ich den Rudi und schau ihn dabei an.

»Nein!«

»Sondern?«

»Ja, Tiffany natürlich. Einen Verlobungsring kauft man bei Tiffany, Franz. Und sonst nirgends. Die haben eine wunderbare Auswahl dort und alles nur Teile von allererster Güte. Und rein zufällig hab ich bei denen in der Vorweihnachtszeit mal den Security gemacht. Da dürfte also wohl auch das eine oder andere Prozentchen rausspringen.«

Und so machen wir uns in der Mittagspause auf den Weg zur Tiffany-Filiale in der Residenzstraße. Das mit der Auswahl ist richtig. Das mit der Güte kann ich nicht beurteilen.

Was ich aber durchaus beurteilen kann, sind diese gepfefferten Preise. Ganz davon abgesehen, dass man sich hier im Hause nicht im Geringsten an den Rudi erinnern kann, und, sorry, nein, Prozente gibt's leider auch keine. Schließlich wären wir ja nicht auf einem türkischen Basar, gell. Mir kullert schon der Angstschweiß den Buckel runter, und ich frag mich, wie ich aus dieser Nummer wieder rauskommen soll. Schließlich bin ich nicht bereit, ein halbes Jahresgehalt für einen Verlobungsring hinzublättern. Dann aber, dann passiert etwas ganz Sonderbares. Dann nämlich runzelt die blondgefärbte Dürre, die uns bis gerade eben noch das gesamte Sortiment sehr freundlich präsentiert hat, ziemlich abfällig ihre Stirn und beginnt die Ringe wieder wegzupacken. Und diese Handlung unterstreicht sie mit einem folgenschweren Satz. Und zwar: »Vielleicht finden Sie ja woanders etwas in Ihrer Preisklasse.«

Daraufhin entscheid ich mich sofort für den Schönsten. Und freilich ist es auch der Teuerste. Genau genommen ist es jetzt ein ganzes Jahresgehalt, was hier gerade draufgeht. Aber so etwas kann ich mir doch nicht bieten lassen. Ja, was glaubt denn dieser alte Bleichspargel eigentlich, wer sie ist? Und wen sie vor sich hat? Und überhaupt, bezweifelt die etwa, dass mir für meine zukünftige Gattin nicht sowieso nur das Beste grade gut genug ist?

Jetzt wird sie natürlich wieder unglaublich nett und beginnt auch gleich damit, das Schmuckkästchen äußerst liebevoll und mit geschickten Händen zu verpacken. Dabei kann sie gar nicht aufhören, mir zu erklären, dass ich nun tatsächlich ein absolutes Highlight aus der aktuellen Kollektion ergattert habe, das noch dazu ein richtiger Klassiker ist. Ja, wirklich, ein richtiger Klassiker. Und dass sogar die Grace Kelly, also diese Fürstin von Dingsbums, ja selbst die hatte einen ganz ähnlichen Ring zu ihrer Verlobung. Ja, gut, das dürfte den finanziellen Rahmen der Grimaldis wohl nicht wirklich gesprengt haben. Wobei ich mich ehrlich frage, wie ein Fürstentum, das die Größe hat von der Oma ihrem Gemüsebeet, so dermaßen reich werden kann. Aber gut. Bei mir sieht das allerdings etwas anders aus. Auf einmal wird mir irgendwie schlecht.

»Mir wird grade irgendwie schlecht«, sag ich deswegen zum Rudi.

»Ja, dann geh halt mal kurz raus an die frische Luft und atme tief durch. Kein Mensch braucht dich hier beim Verpacken«, sagt der Rudi und grinst.

Gut. Raus an die frische Luft. Tief durchatmen. Herrlich.

Wie ich am Abend beim Rudi eintreff, ist er ziemlich sauer. Und freilich hab ich das auch so erwartet. Umgekehrt wär ich mindestens genauso sauer. Weil es schon ziemlich scheiße ist, wenn man einen Freund beim Einkaufen begleitet und dieser dann praktisch nach abgeschlossenem Kaufvertrag einfach so spurlos verschwindet. Aber es hilft halt alles nix. Die spinnen doch, diese Tiffany-Tussen.

»Weißt du eigentlich, wie lange wir auf dich gewartet haben, Eberhofer? Weißt du das eigentlich?«, keift er mir her, kaum dass ich zur Tür drin bin. »Und weißt du, wie oft ich diese verschissene Residenzstraße rauf- und runtergelaufen bin? Und weißt du, dass ich mit Engelszungen auf dieses saublöde Weibsstück eingeredet habe, weil die nämlich die Bullen rufen wollte? Weißt du das alles?«

»Mensch, Rudi, jetzt versteh mich halt.«

»Nein. Gar nix versteh ich. Und dich schon gleich gar nicht, verdammt! Ich kann es einfach nicht! Und vor allem will ich es auch gar nicht!«

»Hast du dir mal den Preis angeschaut?«

»Ha! Dass ich nicht lache! Der Eberhofer! Muss eine lächerliche Miete bezahlen. Kein Auto. Keinen Urlaub. Ja, der hat noch nicht einmal coole Klamotten. Wofür sparst du dein Geld eigentlich? Damit sie's dir hernach ins Grab reinschmeißen, oder was?«

Eine Weile sag ich jetzt gar nichts mehr. Weil ich ihn erstens mal austoben lassen möchte. Und zweitens, weil mich das mit den Klamotten schon irgendwie trifft. Was ist denn verkehrt an Jeans und Lederjacke?

»Ich hab uns was eingekauft«, sag ich, nachdem der Rudi seine normale Atmung und Gesichtsfarbe zurück hat. Er steht an der Küchenzeile und hat seine Arme ein bisschen bockig verschränkt. Sagen tut er nix.

»Schweinshaxerln, Knödel und Sauerkraut«, versuch ich es deswegen weiter.

»Echt? Ich kann gar nix riechen«, sagt er, ist schlagartig interessiert und schaut in meine Einkaufstüte.

»Kannst du auch nicht. Ist ja noch nicht fertig.«

»Du meinst, wir müssen das noch kochen?«

»Exakt!«

»Aber wir wissen doch gar nicht, wie das überhaupt geht.«

»Wir nicht«, sag ich und kram einen Zettel aus meiner Hosentasche. Den drück ich dem Rudi dann in die Hand. »Aber die Oma weiß es. Und die hat's für uns aufgeschrieben. Hast du irgendwo so was wie 'ne Schürze?«

»Du willst das alles hier selber machen? Sogar das Kraut? Ich hätte da aber auch noch eine Konserve …«

»Keine Konserve, Rudi. Alles frisch. Auch das Kraut. Ich hab sogar Kümmel besorgt. Also, was ist jetzt mit der Schürze?«

Es ist dreiviertel zehn, wie wir endlich zu essen beginnen. Einfach weil wir halt auch keine Profis sind. Aber auch deshalb, weil alle paar Minuten die Oma den Papa anrufen lässt, damit sie erfährt, wie wir zurechtkommen. Wir kommen prima zurecht. Das Essen ist einfach phänomenal. Fast so gut wie daheim. Dem Rudi schmeckt das Kraut am besten. Ja, klar, wenn man sein ganzes Leben lang nur Kraut aus Dosen konsumiert hat, dann ist eben so ein selbstgemachtes ja direkt wie eine Offenbarung, gell.

»Du solltest schon auch ein bisschen Fleisch und Knödel dazu essen, Rudi. Nicht, dass du hernach noch einen rechten Durchfall kriegst«, sag ich in Besorgnis um seine Krautzufuhr.

»Da könnt ich mich glatt reinlegen«, sagt der Rudi und nimmt noch ein Gäbelchen.

Irgendwann sind wir dann so satt, dass wir noch nicht einmal mehr aufräumen können. Vom Abwasch ganz zu schweigen. Die Küche schaut aus wie ein Schlachtfeld, uns aber geht's saugut, und wir sind rechtschaffen müde. So gehen wir also auch bald ins Bett und schlafen den Schlaf der Gerechten. Zumindest bis zum Morgengrauen. Danach geht die Klospülung im Minutentakt. Aber das war auch nicht anders zu erwarten. So stopf ich mir noch das Ohropax in die Lauschlappen, und danach schlaf ich auch gleich wieder weiter. Ohropax gehört zu meinem Leben wie Zähneputzen oder Ludwig-Runde. Wer nämlich bei einem Vater aufgewachsen ist, der mit Vorliebe des Nächtens und mit noch größerer Vorliebe in voller Lautstärke die Beatles hört, der kann auf diese Wunderproppen niemals nicht verzichten.

An eine erfrischende Dusche am nächsten Morgen ist leider erst gar nicht zu denken, weil der Rudi erneut und ziemlich ausdauernd auf der Schüssel hockt. Er reicht mir nur schnell meinen Li-La-Launebecher durch die Badezimmertür und schließt danach gleich wieder ab.

Im Büro angekommen, treff ich gleich einmal auf die Steffi, und Scharlach ist wohl Geschichte, zumindest hat sie ihre Sippschaft nicht wieder dabei. Stattdessen hat sie sich den

Ordner vom Rudi geschnappt, und in den ist sie gerade vollkommen vertieft. Sie bemerkt mich erst, wie ich ihr einen morgendlichen Gruß durchs Zimmer schicke.

»Ah, guten Morgen, Franz. Du, das ist ja echt der Wahnsinn, diese Fotos da. Hast du die alle selber gemacht? Da hast du ja jedes Staubkorn einzeln fotografiert. Hattest du denn auch eine Genehmigung dafür?«

»Die Fotos sind nicht von mir«, sag ich wahrheitsgemäß und geh rüber zur Kaffeemaschine.

»Von wem sind sie dann? Doch nicht von den Dettenbecks, oder? Die sind ja sogar durchnummeriert und räumlich zugeordnet. Wozu sollten die das machen?«

»Sie sind auch nicht von den Dettenbecks.«

»Also von wem?«, fragt sie, klappt den Ordner zu und lehnt sich zurück. Ich hoffe mal inbrünstig auf ihre Kooperation und beschließe, sie einzuweihen. Berichte ihr detailgenau von der Inszenierung, die der Rudi und ich neulich so professionell durchgezogen haben.

Sie hat die Arme hinterm Kopf verschränkt, hört aufmerksam zu, und irgendwann beginnt sie ganz breit zu grinsen.

»Birkenberger … Birkenberger. Mensch, das sagt mir doch irgendwas. Das ist aber nicht dieser Typ, mit dem du vor Jahren hier München unsicher gemacht hast, oder?«

Was soll ich darauf antworten?

»Nein, oder? Franz, sag, dass das nicht wahr ist! Ich glaub es nicht! Der Eberhofer und der Birkenberger haben wieder angefangen, gemeinsame Sache zu machen!«

»Eigentlich haben wir nie damit aufgehört.«

»Ich fass es nicht!«, sagt sie, steht auf und kommt zu mir rüber. Sie lehnt sich ganz weit über mich und grinst mich aus ihren strahlenden Augen heraus direkt an.

»Ihr zwei seid 'ne echte Legende hier. Das ist dir schon klar, oder?«, will sie jetzt wissen.

»Mei, Legende. Das ist ja jetzt mehr so eine subjektive Betrachtung, gell.«

Dann setzt sie sich auf meinen Schoß. Aber nicht etwa so, wie es die Susi immer macht. So im Damensitz fürs Schritttempo quasi. Nein, schon mehr so wie ein richtiger Cowboy, bereit zum Galopp.

»Hab ich dir schon von meiner Verlobten erzählt?«, frag ich vielleicht ein kleines bisschen angespannt.

»Ja, hast du«, flüstert sie mir ins Ohr. Danach beißt sie hinein.

»Du«, sag ich in Hinblick auf unseren derzeitigen Standort. »Sollten wir nicht woanders? Wo halt …«

»Franz, du bist doch kein Rentner. Ich mag nicht im Bett schnackseln. Das hat doch überhaupt keinen Reiz.«

»Aber wenn jemand reinkommt?«

»Genau das ist doch der Kick! Entspann dich!«, sagt sie, und mittlerweile lutscht sie an meinen Brustwarzen.

Dann läutet mein Telefon. Und schon ein ganz kurzer Blick darauf verrät mir, dass es die Susi ist, die da grad anruft. Ich steh auf, dass die arme Steffi fast auf den Boden knallt, und nehm das Gespräch an.

»Susi!«, hechle ich in den Hörer und versuche dabei, mein Hemd zuzuknöpfen. »Das ist ja vielleicht schön, dass du anrufst. Grade, wo wir doch jetzt sozusagen verlobt sind. Hast du das Brautkleid schon gekauft? Der Verlobungsring wird dir gefallen. Da wirst du sicherlich Augen machen, Susimäuschen.«

»Bist du besoffen, oder was?«, fragt die Susi jetzt erst mal und hat dabei einen ganz seltsamen Ton drauf.

»Besoffen, hähä. Nein, nicht, dass ich wüsste. Jedenfalls hab ich keinen Alkohol getrunken, wenn du das meinst.«

»Ist alles in Ordnung mit dir, Franz? Du klingst so komisch.«

»Komisch, gell. Nein, alles in Ordnung, Susi. Ich hab grad nur was ganz Heißes … also, äh, getrunken. Ja, genau. Was ganz Heißes getrunken, weißt du. Und dann, wie das Telefon geläutet hat, da hab ich mir, äh, die Schnauze verbrannt.«

»Schon gut, schon gut, jetzt beruhige dich mal wieder. Du, wegen was ich dich eigentlich anruf: Kannst du uns heute um dreiviertel sechs vom Flughafen abholen?«

»Dreiviertel sechs? Freilich kann ich das. Null Problemo. Kein Thema. Bin quasi schon unterwegs, könnte man fast sagen.«

»Und du bist sicher, dass alles okay ist mit dir?«

»Klar! Alles prima!«

»Gut, dann bis später. Bussi!«

»Ja, Bussi!«

Die Steffi hockt jetzt auf ihrem Schreibtisch und kriegt sich gar nicht mehr ein vor lauter Lachen. Weil mir das jetzt zu blöd wird, mach ich erst mal 'nen Abgang hier.

Die Heimkehr der Mädels ist noch viel schlimmer, als es ihre Abreise war. Zum einen hat sich ihr Gepäck so dermaßen vermehrt, dass mein Kofferraum noch nicht einmal annähernd ausreicht. Und so müssen einige Koffer notgedrungen auf die Rückbank, und darauf wird das Weibsvolk platziert. Das schaut freilich unglaublich lustig aus, weil es von draußen wohl wirkt, als wären die alle zwei Meter groß. Zum anderen haben sie in den letzten Tagen ganz offenkundig noch längst nicht alle Informationen austauschen können. Es ist also wieder ein Lärmpegel im Wagen, das ist direkt unglaublich. Das nächste Mal nehm ich auch hier Ohropax. Und ich wünsch mir eine Fahrt mit der Oma herbei. Fahrten mit der Oma sind nämlich klasse. Weil sie nix hört, kann ich die Musik so laut aufdrehen, wie ich mag. Und reden tut sie auch fast nix. Wenn überhaupt, dann schreit sie mich an. Aber höchstens mal einen einzigen Satz oder so. So was wie: Der Deichmann hat

Badelatschen im Angebot. Und damit ist ja auch alles gesagt. Da braucht man nicht lang hin und her zu gackern. Da fährt man einfach zum Deichmann und kauft Badelatschen für die nächsten fünf Generationen, und Schluss.

Anschließend bring ich also die Mädels alle nacheinander heim, und freilich ist die Susi die Letzte in der Runde. Wir schleppen die Koffer in ihre Wohnung und einen riesigen weißen Karton ebenfalls. Man muss nicht sehr hellsichtig sein, um darin das Brautkleid erahnen zu können. Der Größe der Schachtel nach zu urteilen, muss das Kleid ziemlich romantisch sein. Unglaublich romantisch, befürchte ich mal. Vom Modell heilige Hure wohl Lichtjahre weit entfernt. Fast ein klein bisschen wehmütig schau ich auf die weiße Verpackung.

»Nicht aufmachen, Franz!«, sagt die Susi, während sie ihre Stiefel auszieht. »Sonst ist die ganze Überraschung dahin.«

»Nein, ich kann mich ganz gut beherrschen«, sag ich.

»Außerdem bringt es Unglück, wenn du es vor der Hochzeit siehst.«

»Aha«, sag ich und wage zu bezweifeln, dass es mich am Hochzeitstag selber recht glücklich machen wird.

»Ah, mir tun die Haxen so weh, magst mir die mal ein bisserl massieren, Franz?«, fragt sie und kommt barfuß zu mir rüber.

Die Haxen? Freilich mag der Franz die massieren. Und den Rest, den will er auch gleich massieren. Ganz unbändig gern sogar. Darf er aber nicht. Weil er keinen Verlobungsring dabeihat. Kein Ring, kein Sex, sagt die Susi. Und obwohl ich Stein und Bein schwör, dass ich den depperten Ring in München vergessen habe und ihn ganz bestimmt gleich am Wochenende mitbringen werde, lässt sie sich nicht erweichen. Gut, sagt sie, dann gibt's halt auch erst am Wochenende Sex. Und aus.

Ich fahr dann mal gleich nach München zurück, weil es so gar keinen Spaß macht, neben einer Frau zu liegen, wenn man eigentlich lieber drauflliegen möchte. Ein kleiner Hoffnungsschimmer lässt mich noch kurz in der Löwengrube vorbeischauen. Der nämlich, dass die Steffi noch dort im Büro ist. Was natürlich absolut dämlich ist, weil es bereits halb elf abends ist. Was also sollte sie dort auch noch tun? Nachdem auch diese zugegebenermaßen winzige Seifenblase zerplatzt ist, mach ich mich auf den Weg zum Rudi. Schon wie ich die Wohnung betrete, merk ich, dass etwas nicht stimmt. Die Küche schaut immer noch aus wie ein Schlachtfeld. Und vom Rudi ist weit und breit nichts zu sehen. Weder am Herd noch vorm Fernseher und erst recht nicht am PC. Auch die Kloschüssel scheidet als Fundort aus. Wenn auch der Schwund der Klopapierrollen von häufigen Aufenthalten in den letzten Stunden dort zeugt. Schließlich werd ich im Schlafzimmer fündig, wo der Birkenberger unter einer wahren Deckenflut lungert und an Armen und Beinen zittert. Und mit den Zähnen klappert er, das glaubst nicht.

»Was ist denn mit dir los, Rudi?«, frag ich und setz mich auf die Bettkante.

»Durchfall, Erbrechen, Schüttelfrost, Fieber«, sagt er ganz leise.

»Du hättest dieses Scheißkraut nicht essen sollen. Jedenfalls nicht in solchen Mengen.«

»Klugscheißer!«

»Hast du denn schon irgendwas eingenommen? Also irgendwelche Medikamente, mein ich.«

»Alles, was da war. Aber ich kotz es gleich wieder aus.«

»Dann brauchen wir einen Notarzt, Rudi«, sag ich und greif nach meinem Telefon.

»Wag es nicht!«, sagt er noch. Dann fällt er in Ohnmacht.

Kapitel 14

Wie sich hinterher rausstellt, war es schon ziemlich gut, dass ich den Sanka gerufen hab. Der Rudi, der wär nämlich sonst dehydriert, sagt der Onkel Doktor. Und dass es nur ganz wenige Menschen gibt, die auf frisches Kraut im Zusammenhang mit jeder Menge Kümmel zu solchen Ausfallerscheinungen neigen. Der Rudi, der gehört aber definitiv zu dieser mickrigen Spezies. Er kriegt jetzt ein paar Infusionen, und dann müsste es bald wieder aufwärts gehen. Nein, sagt der Arzt dann weiter, ansprechbar ist er momentan nicht. Aber ich würde umgehend angerufen werden, sobald sich die Sachlage ändert. Na prima!

»Der Birkenberger Rudi, der liegt sozusagen im Sauerkrautkoma«, sag ich dem Papa kurz darauf am Telefon und kann einen gewissen Vorwurf nicht ganz unterdrücken. Er soll das bitte schön der Oma ausrichten, und sie möge so gut sein und ihr Rezept noch mal gründlich überarbeiten.

Nach einer recht kurzen Nacht komm ich dementsprechend müde ins Büro, und dort muss ich feststellen, dass dem Rudi sein heiliger Ordner weg ist. Ich geh einmal stark davon aus, dass ihn die Steffi mit nach Hause genommen hat, weil ja sonst eh kein Mensch davon gewusst haben kann. Außerdem hat sie doch im Vorfeld schon erwähnt, dass sie von daheim aus an dem Fall mitarbeiten möchte.

So ruf ich jetzt erst mal den Ibranovic an. Weil ich wissen

will, ob etwas gefehlt hat bei den Privatsachen von der Branka, die er vor ein paar Tagen im Hause Dettenbeck abgeholt hat.

»Wir haben noch gar nichts durchgesehen, Herr Kommissar. Wir haben das Zeug eingepackt, sind nach Hause gefahren und haben es in ihr Zimmer gestellt. Momentan ist noch keiner in der Lage, in ihren Sachen zu wühlen«, sagt er auf meine Nachfrage hin.

Ich verstehe das freilich schon irgendwie, aber trotzdem muss ich ihn dringend darum bitten, eine Nachschau zu machen. Schließlich ist jeder noch so winzige Anhaltspunkt jetzt echt langsam wichtig.

Grade wie ich mich gegen Mittag auf den Weg machen will, um schließlich und endlich und ein für alle Mal diesen dämlichen Verlobungsring zu kaufen, kommt mir im Treppenhaus die Steffi entgegen. Sie hält den Ordner in der Hand und sagt, wir sollten die Sache mal gemeinsam durchgehen. Klar, sag ich, kein Problem, ich muss vorher nur noch schnell diesen Ring kaufen. Wie sie das hört, will sie mich unbedingt beim Kauf beraten. Schließlich weiß sie genau, was eine Frau will und was nicht. Ja, das würde ich so unterschreiben. Mitnehmen kann ich sie allerdings nicht. Weil das … das wär ja komplett geschmacklos, gell. Dass quasi mein Gspusi den Ring für meine Verlobte aussucht. So was macht man einfach nicht. Würde von keinerlei Charakter zeugen. Gut, wie sie mir dann erklärt, dass ihre beste Freundin Goldschmiedin ist und mir echt jeden Wunsch zu einem Wahnsinnspreis verwirklichen kann, da hat sie mich schließlich schon irgendwie überzeugt. Weil das Ganze ja jetzt unter einem völlig neuen Gesichtspunkt betrachtet werden muss. Einen Ring zu kriegen, der ausschaut wie von Tiffany, und das zu einem Preis wie vom Karstadt, da müssen die Skrupel sich halt erst mal hinten anstellen. Und so machen wir uns auch gleich auf den Weg zu ihrer Freundin Emma, die nur ein paar Straßen weiter wohnt. In solchen Fällen, da ist ja das Internet im wahrsten Sinne des Wortes echt Gold wert. Dort zeig ich nämlich dieser Emma nur einfach kurz das Bild von dem Ring. Von diesem unverschämt teuren Ring, den ich um Haaresbreite tatsächlich vor einigen Tagen gekauft hätte. Und was sagt sie dazu?

»Weißgold, ein schöner kleiner Solitär. So um die Achthundert, würd ich mal schätzen.«

Ja, das sagt sie. Und außerdem sagt sie noch, sie würde ihn nicht so arg eckig machen, mehr runder. Weil das einfach irgendwie viel weicher ist. Und um mich letztendlich komplett auf Wolke sieben zu katapultieren, fügt sie noch hinzu, dass sie ihn bis zum Wochenende hin locker fertig hat. Wenn das keine guten Nachrichten sind.

Hinterher will ich die Steffi freilich zum Kaffeetrinken einladen. Weil sie mir jetzt schon einen ziemlichen Gefallen getan hat. So bestellen wir also einen Espresso macchiato, weil man den hier trinkt in München. Und eine Schokosahnetorte mit Chilies, weil man das hier eben isst in München. Schmecken tut es so lala. Schwarzwälder und Milchkaffee mit der Oma sind mir da tausendmal lieber. Sagen tu ich natürlich nix. Erst recht nicht, weil's ihr so gut schmeckt, der Steffi. Und plötzlich will ich dann wissen, warum sie ausgerechnet auf mich so scharf ist, noch dazu, wo ich doch so kurz vor meiner Hochzeit stehe. Daraufhin muss sie erst einmal lachen.

»Vielleicht, *weil* du doch so kurz vor deiner Hochzeit stehst? Ich hab für 'nen Typen einfach keinen Platz in meinem Leben, Franz«, sagt sie und schiebt sich noch ein Gäbelchen Chilie-Schoko in den Mund. »Ich habe 'nen Job und drei Kinder und brauch auch ein bisschen Zeit für mich selber. Wo soll da ein Mann noch hin? Aber deswegen muss ich doch nicht komplett auf Sex verzichten, oder?«

Nein, das muss sie freilich nicht.

»Verstehe«, sag ich deswegen ein bisschen irritiert. »Und sagen wir einmal: So rein aus weiblicher Solidarität heraus, hast du da überhaupt kein schlechtes Gewissen, mit dem Typen von einer anderen rumzuschieben?«

»Franz!«, lacht sie, und zwar herzlich. »Warum soll ich bitte schön ein schlechtes Gewissen haben? Ich kenn doch dein Susimäuschen noch nicht einmal. Wenn hier einer ein schlechtes Gewissen haben sollte, dann ja wohl du.«

Hm. So gesehen. Auf einmal wird mir dann doch irgendwie ganz komisch im Bauch. Zuerst denk ich ja so, das ist vielleicht auch noch so eine Spätfolge vom übermäßigen Sauerkrautkonsum und ich gehöre auch zu dieser winzigen Menge an Sauerkrautschwächlingen wie der Birkenberger. Aber wenn ich mal ehrlich bin: Die Steffi hat ja schon auch irgendwie recht. Aber bevor mir das jetzt alles zu kompliziert wird, bezahl ich dann mal lieber, und wir brechen auf. Leider hat die Steffi jetzt gar keine Zeit mehr, um mit mir den Ordner durchzugehen, weil halt Kinder und Pipapo. Aber in den nächsten Tagen, da wird es sicherlich mal passen, sagt sie. Dann wirft sie ihre rote Haarpracht zurück und verschwindet im Menschengewirr der Fußgängerzone. Und so mach ich mich auch wieder auf den Weg. Auf den Weg zur Löwengrube.

Kaum bin ich ein paar Schritte gegangen, kommt ein Anruf aus dem Krankenhaus. Dort wäre ein alter Mann eingetroffen mit einer noch älteren Frau, und urplötzlich sei der Rudi erwacht. Weil außer dem Papa und der Oma wohl kaum jemand infrage kommt, auf den diese Beschreibung zutrifft, geh ich einmal davon aus, dass ihn die Oma schlicht und ergreifend wachgeschrien hat. Gut, sag ich, ich komm hin. Dann leg ich auf.

Wie ich eintreff, hockt die Oma auf der Bettkante vom

Rudi und tätschelt seinen Unterarm. Leider ist es der Unterarm, wo die Infusionsflasche dranhängt, und dem armen Rudi treibt's die Tränen in die Augen.

»Geh, jetzt lass ihn halt erst einmal ein bisschen durchschnaufen, Oma«, sag ich, zieh einen Stuhl hervor, und auf den platziere ich sie dann. Der Rudi entsendet tausend dankbare Blicke.

»Mei, Bub, das ist ja ganz furchtbar, gell«, schreit die Oma. »An meinem Sauerkraut ist noch nie jemand gestorben. Noch nie, das weiß ich genau.«

Sie schnäuzt sich ausgiebig.

»Ja, das weiß ich doch, Oma«, sag ich und muss kurz überlegen, wer hier mehr Trost braucht, die Oma oder der Rudi. Dann mischt sich der Papa ein.

»Die ganze Fahrt über hat sie geweint, die Oma«, sagt er ganz kleinlaut.

»Die ganzen viereinhalb Stunden?«, frag ich und muss grinsen.

»Volldepp!«, sagt der Papa brummig.

»Und dir? Wie geht's dir denn jetzt?«, widme ich mich dann erst mal dem Rudi.

»Schlecht«, sagt er. »Die Ärzte meinen, es dauert schon noch ein paar Tage, bis sich meine Magen-Darm-Flora wieder etwas beruhigt hat. Momentan krieg ich nur Infusionen. Und eine Schleimsuppe hab ich auch schon gekriegt, die hab ich aber gleich wieder ausgekotzt.«

Ja, gut, das kann man verstehen.

Die Oma weint, der Papa schaut aus dem Fenster, und der Rudi schläft irgendwann ein. Weil hier jetzt auch nicht mehr so richtig der Bär steppt, drum brechen wir bald wieder auf.

Beim Rudi in der Wohnung mach ich mich dann erst einmal über das Chaos her. Ich wasche das Geschirr ab, putze Herd und Arbeitsfläche und wische den Tisch sauber. Hinterher, wie ich schließlich den Müll runterbring', kann ich kaum glauben, was ich da sehe. Der Simmerl und der Flötzinger, die stehen nämlich mit einem Tragerl Bier vor den Klingelschildern, und ganz offensichtlich gehen sie grad die Namen durch.

»Sucht's ihr was Bestimmtes?«, muss ich jetzt erst einmal fragen.

»Ja, dich«, sagt der Simmerl trocken.

»Paulaner!«, sagt der Flötzinger und stößt mit dem Fuß an den Bierkasten.

»Aha«, sag ich, weil mir weiter nix einfällt.

»Freust dich?«, fragt der Gas-Wasser-Heizungspfuscher und schaut nervös zum Simmerl rüber.

»Und wie«, sag ich und halte den beiden die Haustür auf.

Kaum in der Wohnung angekommen, bricht's aus ihnen heraus, den zwei Touristen: dass sie nämlich bereits ganz genau informiert sind über diese furchtbare Geschichte mit dem Birkenberger. Und dass die arme Oma fix und fertig ist. Und freilich auch, dass sie den armen Franz doch unmöglich allein lassen können in dieser schweren Stunde. Ganz unmöglich sogar. Dafür hat man doch schließlich Freunde, oder?

Doch nach jeder Halben wird es ein kleines bisschen klarer, was sie in Wirklichkeit hierher verschlagen hat. Der Simmerl nämlich, der wollte heut eigentlich zum Wolfi rein. Weil aber seine Gattin genau denselben Entschluss gefasst hatte und er auf gar keinen Fall mit ihr gemeinsam hinwollte, da ist er praktisch urplötzlich vor einem echten Problem gestanden, sagt er. Überhaupt ist die Gisela so was von komisch, seit sie von Paris zurück ist. Pausenlos redet sie jetzt von Haute Couture und irren Frisuren. Und von High Heels, was immer das auch sein soll. Außerdem will sie sich jetzt auch noch allen Ernstes das Fett absaugen lassen. Und zwar körperumfassend. Dazu aber hat ihr Gatte überhaupt keine Lust. Weil erstens zu viel Kohle, und zweitens mag er sowieso jedes einzelne Wammerl an ihr. Also driften die Fronten momentan weit auseinander im Hause Simmerl. Und was den Flötzinger betrifft, da ist es ein klein bisschen anders, und zwar so: Heute ist nämlich Marytag. Will heißen, dass sie heute zuständig ist für den Querulanten-Nachwuchs. Aber auf einmal hat das blöde Telefon geläutet, und die Gisela ist dran gewesen. Und da hat die Mary einfach holterdiepolter den Dienstplan geändert und verkündet, sie müsse sich heute unbedingt um ihre Freundin kümmern. Einfach, weil die jetzt dringend einen Rat braucht. Gut, hat der Flötzinger darauf gesagt, kümmer dich, um wen immer du möchtest, aber kümmer dich zu Hause. Weil ich nämlich jetzt weg bin. Und bevor sein Weib auch nur blinzeln konnte, ist er im Auto gesessen und hat den Simmerl abgeholt. Und jetzt ... jetzt sind sie halt hier. Ja, man sieht langsam, dass die Sorge um meine eigene Person nicht wirklich im Fokus gestanden ist bei den beiden. Nichtsdestotrotz ist es schön, dass sie da sind, und wir leeren den ganzen Kasten, und hinterher hauen wir uns hin, wo grad Platz ist.

So ein Gespräch unter Männern, das tut schon manchmal richtig gut.

Am nächsten Vormittag schiebt die Steffi zu mir ins Büro. Genauer schiebt sie einen Kinderwagen vor sich her, in dem ihr Kronprinz hockt und an einer Breze lutscht. Sie hat auch gar nicht lang Zeit, sagt sie. Aber wir sollten schon mal kurz über den Fall drübergehen. Nachdem sie sich 'nen Kaffee geholt hat, haut sie sich in ihren Bürostuhl und öffnet den Ordner vom Rudi.

»Was haben wir denn bislang?«, fragt sie und pustet in ihre Tasse.

»Wenig bis nichts«, sag ich.

»Du hast gesagt, diese Branka hatte kaum persönliche Kontakte. Keine Freunde, kein Lover. Nur ihre eigene Familie und die Dettenbecks.«

»So schaut's aus.«

»Ungewöhnlich für ein Mädchen dieses Alters.«

»Ungewöhnlich, aber halt nicht ausgeschlossen.«

»Aber irgendjemand muss doch der Kindsvater sein, Mensch. Eine unbefleckte Empfängnis ist ja wohl eher unwahrscheinlich.«

»Das siehst du völlig richtig.«

»Also, wenn da tatsächlich kein soziales Umfeld vorhanden ist, wer könnte dann infrage kommen? Oder anders gesagt: Welcher der paar wenigen uns bekannten Männer wäre womöglich der Vater?«

»Mal vorausgesetzt, dass sie nicht unterwegs irgendwo vergewaltigt wurde.«

Die Steffi schüttelt den Kopf. »Nein, Franz, das glaub ich kaum. Deinen Notizen zufolge war das Mädchen ja eigentlich nirgendwo. Selbst wenn sie von München nach Leipzig unterwegs war, dann wurde sie entweder von der Dettenbeck oder von dieser Haushälterin, wie hieß die noch gleich, ach, Schneller, genau, von dieser Schneller zum Bahnhof gebracht. Und in Leipzig ist sie auch jedes Mal direkt von der Familie abgeholt worden. Wo also sollte sie bitte schön vergewaltigt werden? Im Zugabteil?«

»Ist auch schon passiert.«

Die Steffi zieht eine Augenbraue hoch und schaut mich an.

»Okay, eher nicht«, sag ich deswegen.

»Noch mal von vorne. Wer kommt als Vater infrage?«

»Der Dettenbeck, ihr Onkel und ihr eigener Vater. Sonst hatte sie meines Wissens keinerlei weitere Kontakte männlicher Art«, sag ich noch so und hole mein Telefon hervor. Dann rufe ich mal den Günter an. Was ist denn jetzt mit dieser Scheiß-DNA, will ich wissen. Irgendwie scheint er heut etwas empfindlich zu sein. Jedenfalls klingt er hörbar genervt. Verspricht aber, morgen, spätestens übermorgen, mit verwertbaren Ergebnissen aufwarten zu können. Na also, geht doch.

»Wenn es einer von diesen dreien war, dann wissen wir es spätestens übermorgen«, sag ich und steh auf.

»Wo willst du jetzt hin?«, will sie wissen.

»Mann, diesen Frauenarzt, den haben wir total vergessen. Ich fahr da jetzt mal hin. Vielleicht weiß der irgendetwas.«

»Ja, prima«, sagt sie. »Und bring seine Zahnbürste mit. Vielleicht ist er ja der Erzeuger.«

Steffi schaut mich eher mitleidig an.

So mach ich mich auf den Weg. Gut, so direkt zum Frauenarzt fahr ich dann eigentlich nicht gleich. Erst mal nach dem Rudi sehen. Vielleicht kann der ja schon wieder feste Nahrung zu sich nehmen. Unterwegs besorg ich noch ein paar Zeitschriften, schließlich gibt es nichts Langweiligeres, als im Krankenhaus zu liegen und an die Decke zu starren. Der Rudi freut sich, wie ich komm. Zumindest ganz am Anfang. Ja, sagt er, das mit dem Durchfall ist fast vorbei, und die Infusion ist er auch los. Dafür kriegt er jetzt Schleimsuppe bis zum Abwinken. Und außerdem kriegt er noch Kohletabletten. Und zwar dermaßen viele, dass er vermutlich bis an sein Lebensende nur noch Briketts scheißen kann. Ja, so sagt er das, der Rudi. Im Anschluss beginne ich zu erzählen. Und da ist es urplötzlich aus mit der Freude. Weil er nämlich gleich einen Eifersuchtsanfall kriegt, der sich gewaschen hat.

»Steffi hier, Steffi da! Du musst ja direkt froh und dankbar sein, dass ich hier im Krankenhaus rumhänge und du in aller Seelenruhe den Fall mit deiner tollen Steffi lösen kannst«, keift er durch sein Laken hindurch.

»Rudi, jetzt sei so gut und werd nicht deppert«, sag ich und hock mich auf den leeren Stuhl neben ihm.

»Wer weiß, vielleicht hast du diese ganze Sauerkraut-Aktion ja sogar absichtlich herbeigeführt, Franz. Damit ich aus dem Weg bin. Und du ungestört mit deiner tollen Steffi ermitteln kannst. Ja, womöglich bumst du sie sogar. Damit kann ich natürlich nicht dienen, gell.«

Was zu viel ist, ist zu viel.

Ich schmeiß ihm die Zeitungen aufs Bett und mach mich vom Acker.

Der anschließende Frauenarztbesuch ist ähnlich nervtötend und genauso unergiebig. Nachdem ich der Empfangsdame erklärt hab, dass ich von der Polizei bin und einige Fragen an den werten Herrn Doktor hätte, verweist sie mich freundlich, aber bestimmt aufs Wartezimmer. Ich müsse mich eine Weile gedulden, sagt sie, schließlich könne man Kranke oder Schwangere nicht unnötig lange warten lassen. Daraufhin muss ich aber doch wohl einiges klarstellen. Erstens, dass ich mich als Mann niemals nicht zwischen ein halbes Dutzend Weiber hocken werde, die ununterbrochen über Hechel- und Pressmethoden reden. Und zweitens, dass hier ein Mörder frei rumläuft, der es eben akkurat auf Schwangere abgesehen hat. Womöglich sogar ganz in der Nähe, wer weiß. Das leuchtet ihr schließlich schon ein. Und so kann ich auch relativ schnell und unkompliziert das Behandlungszimmer betreten. Allein beim Anblick von diesem Untersuchungsstuhl wird mir ganz schlecht. Ich geh einmal ganz außen rum. Mein lieber Schwan! Da vergeht dir ja wirklich alles. Also in Zukunft, wenn ich mal wieder in einer eher ungünstigen Situation stierig bin, dann langt ein einziger Gedanke an diesen furchtbaren Stuhl, und alles ist erledigt. Wirklich alles. Dann kommt auch schon der Doktor in den Raum. Weiterhelfen kann er mir aber nicht recht. Die Branka, die wär nur ein einziges Mal bei ihm gewesen, und dabei hat er ebendiese Schwangerschaft festgestellt. Im Grunde kann er sich sowieso kaum erinnern an das Mädchen, sagt er. Nur so viel vielleicht, dass sie überhaupt keine Reaktion gezeigt hätte auf seine Diagnose hin. Fast so, als hätte sie es schon gewusst. Kein Entsetzen, keine Freude. Einfach gar nichts. Sie hat nur ihren Mutterpass eingesteckt und ging und kam nie wieder.

Ja, wie gesagt: Recht aufschlussreich war das jetzt auch gerade nicht. Überhaupt war dieser ganze Vormittag weder erfolgreich noch erfreulich. Sieht man mal von dem kurzen Gastspiel mit der Steffi ab.

Kapitel 15

Erst der Anruf vom Günter zwei Tage später bringt ein bisschen Licht ins Dunkel. Er bestellt mich in die Gerichtsmedizin, weil er mir nicht nur etwas sagen, sondern halt auch was zeigen muss. Deswegen fahr ich also da hin. Wie ich ankomm, entledigt er sich erst einmal seiner Gummihandschuhe und wackelt danach zu seinem Computer. Ich folge ihm freilich auf Schritt und Tritt, schließlich will er mir ja was zeigen. Den Weg hätte ich mir getrost sparen können, weil mir diese ganzen Diagramme, Dreiecke und Tabellen genauso viel sagen wie die Bibel auf Chinesisch. Aber das, was er dabei so von sich gibt, der Günter, das kann sogar ich verstehen. Nein, sagt er, die beiden Kaffeebecher, die stehen nicht zur Debatte als mögliche Kindsväter. Da fällt mir persönlich jetzt direkt ein Stein vom Herzen. Was nämlich ganz oben steht auf meiner Liste der Widerlichkeiten im kriminalistischen Bereich, das sind definitiv diese Inzestfälle. Da schwillt mir wirklich der Kamm.

»Aber die Haarprobe«, sagt er weiter und reißt mich damit aus meinen Gedanken.

»Welche Haarprobe?«, frag ich ein bisschen verwirrt.

»Ja, Mann, die du mir halt mitgebracht hast!«

»Ach so. Genau. Was ist mit der?«

»Da ist die Wahrscheinlichkeit relativ hoch, dass es sich dabei um den biologischen Erzeuger handelt.«

Wow! Der Dettenbeck!

»Bist du dir da ganz sicher?«, muss ich jetzt wissen.

»Hab ich das gesagt, hm? Hab ich vielleicht gesagt, die Wahrscheinlichkeit ist ziemlich hoch? Nein, das hab ich nicht gesagt. Relativ hoch. So hab ich das gesagt. Vor Gericht würde aber nur ein ›ziemlich hoch‹ durchgehen, verstehst du?«

Nicht so richtig. Aber wurst. Ich hab jetzt jedenfalls mal 'nen Anhaltspunkt, den ich vorher nicht hatte. Und das ist ja immerhin schon ein bisschen mehr als gar nichts, oder?

So verabschiede ich mich und mach mich auf den Weg, um auch nur ein halbes Stündchen später in der Firma Dettenbeck aufzuschlagen. Echt noble Schlitten stehen dort überall rum. Die meisten davon sind alt, aber unglaublich gut gepflegt. Da könnte sich der Papa wirklich mal ein kleines Scheibchen davon abschneiden. Auch das Büro selbst ist äußerst ansprechend, mit schneeweißen Wänden und überhaupt picobello und ganz erstklassig möbliert. Ich werde auch sofort zum Chef vorgelassen, sowie er meinen Namen erfährt. Also geh ich gleich rein, er ordert noch kurz einen Kaffee, und wir setzen uns nieder. Und plötzlich seh ich ihn irgendwie mit ganz anderen Augen. Wenn ich nämlich zuvor einen kreuzbraven Familienvater und tüchtigen Geschäftsmann gesehen hab, so ist es jetzt mehr ein alternder Lustmolch, der total versaut ist und blutjunge Mädchen schändet. Womöglich sind es genau diese Art Gedanken, die mich zu meiner ersten und zugegebenermaßen nicht gerade diplomatischen Frage nötigen.

»Wie lange haben Sie denn eigentlich die Branka schon gevögelt, Herr Dettenbeck?«

»Ja, Sie sind ja vielleicht lustig«, sagt er und schiebt ein krampfhaftes Lachen hinterher.

»Seh ich aus, als würd ich spaßen?«

Die Sekretärin kommt rein und serviert den Kaffee. Nachdem sie eingeschenkt hat, verlässt sie den Raum auf leisen Sohlen.

»Sind Sie des Wahnsinns?«, fragt dann der Hausherr etwas angespannt und schaut mich dabei direkt an.

»Ich habe Ihnen eine ganz klare Frage gestellt.«

Seine Gesichtsfarbe ähnelt jetzt der von den Wänden.

»Was erlauben Sie sich eigentlich? Ich werde mich über Sie beschweren!«

»Huihuihui, diesen Satz hab ich ja noch nie gehört.«

»Ich kenne Ihren Vorgesetzten, Eberhofer. Der Hauptkommissar Stahlgruber und ich, wir spielen nämlich im gleichen Tennisteam. Nur, dass Sie Bescheid wissen«, sagt er und greift nach seinem Telefon.

Ich zieh mal vorsichtshalber meine Waffe. Das funktioniert immer. Er legt dann auch gleich wieder auf.

»Also, was ist jetzt?«, frag ich erneut.

»Ich hab doch mit diesem Mädel nichts gehabt, Grundgütiger. Ich habe Frau und Kinder«, zischt er mir rüber.

»Das haben andere auch.«

»Ja, aber wir sind glücklich, verstehen Sie. Ich bin vollkommen glücklich, verdammt! Mir fehlt nichts und niemand. Und am wenigstens eine zweiundzwanzigjährige Serbin!«, sagt er und steht auf. Er kreuzt die Arme im Rücken und wandert ein paarmal quer durch das Zimmer. Ich trinke mal meinen Kaffee und lass ihn die Neuigkeiten in aller Ruhe verarbeiten.

»Und wie kommen Sie überhaupt auf so etwas Krankes?«, fragt er nach einer Weile und setzt sich wieder nieder.

»Es gibt da relativ gute Beweise«, sag ich möglichst emotionslos.

»Und die wären, bitte?«

»Herr Dettenbeck, es handelt sich dabei um laufende Ermittlungen. Sie werden sicher verstehen, dass ich zum jetzigen Zeitpunkt nicht darüber sprechen kann.«

Jetzt überlegt er ein Weilchen und kaut auf einem Kuli rum.

»Es hat mit dieser Schwangerschaft zu tun, hab ich recht? Sie brauchen einen Prellbock für die Aufklärung, ha! Und weil Sie niemanden finden, da kommen Sie jetzt mit dieser unglaublichen These!«

Ein schlauer Kopf, dieser Mann, das muss man schon sagen.

Jetzt fängt er wieder an zu lachen, aber dieses Mal ist es nicht krampfhaft, sondern eher befreit. Ja, total befreit hört sich das an.

»Finden Sie das so lustig?«, muss ich deswegen fragen.

Einen Moment lang kann er gar nicht mehr aufhören zu lachen. Dann tupft er sich die Tränen aus den Augen und widmet sich der Sache endlich wieder mit dem nötigen Ernst.

»Schauen Sie, Herr Kommissar«, sagt er und lehnt sich im Sessel zurück. »Wenn ich einmal davon ausgehe, dass ich Recht habe mit meiner Theorie, dann müssen Sie ja irgendwo meine DNA herhaben. Richtig? Gab es dafür eine Genehmigung? Nein. Der Punkt geht also schon mal an mich. Punkt zwei: Ich hatte kurz vor Alexas Geburt einen operativen Eingriff machen lassen, verstehen Sie. Meine Frau und ich, wir wollen keine Kinder mehr. Schon aufgrund unseres Alters. Und darum sind wir also auf Nummer sicher gegangen. Ich könnte niemanden mehr schwängern, selbst wenn ich wollte. Punkt drei: Ich werde wohl von einer Beschwerde absehen, wenn Sie nun einfach Ihre Knarre einpacken und dieses Gebäude verlassen.«

Ich brauch ein paar Sekunden, um diese Informationen zu verarbeiten. Und weil mir jetzt weiter auch nix mehr einfällt, gehe ich seinen Anweisungen lieber mal postwendend nach. Wobei das die Sache gar nicht richtig trifft. Vielmehr ist es so, dass ich sein Büro verlasse wie ein geprügelter Hund. Scheiße, Eberhofer!

Zurück in der Gerichtsmedizin, lass ich erst einmal Dampf ab, weil dadurch ja wohl mit meinem Hauptverdächtigen Essig ist. Ich schrei den Günter an, dass direkt die Kühlfächer glühen. Warum muss der mich auch so dermaßen auflaufen lassen! Und dann sag ich ihm – schon etwas freundlicher –, dass es einfach unfassbar peinlich war, peinlich bis zum Dorthinaus. Und dass er sich seine blöden Auswertungen hinstecken soll, wo sie auch recht gut hinpassen. Er lässt mich erst einmal in aller Ruhe austoben. Hockt sich auf einen Seziertisch, lässt die Beine baumeln und schaut mich nachsichtig bis mitleidig an. Beruhigen kann er mich damit nicht. Eher das Gegenteil. Ich hätte gut Lust, ihm hier den Schädel wegzublasen.

»Relativ hab ich gesagt, Franz«, sagt er nach Beendigung meiner kleinen Entgleisung. »Will heißen, die Wahrscheinlichkeit ist relativ hoch. Nicht mehr und nicht weniger. Aber du ...«

»Weißt du was, Leichenfläderer«, unterbreche ich ihn jetzt direkt und begeb mich zum Ausgang. »Tu mir was Gutes, leg dich einfach in ein Kühlfach und stirb!«

Es gibt Tage, da sollte man lieber im Bett bleiben. Keine Krankenhausbesuche machen. Keine Verdächtigen befragen. Und erst recht keine Auswertungen ernst nehmen. Einfach im Bett bleiben, ein bisschen fernsehen oder im Idealfall auch schnackseln und die Seele baumeln lassen. Aber nein, was tut der Mann? Dienstbeflissen wie er nun mal ist, quält er sich aus den Federn heraus und anschließend durch den ganzen verschissenen Tag hindurch. Aber damit ist jetzt Schluss. Und zwar umgehend. Ich brauch nämlich dringend was Positives. Was extrem Positives sogar. Und das Positivste, das mir überhaupt einfällt, ist und bleibt nun mal Niederkaltenkirchen. Darum fahr ich da nun hin. Und basta!

Nachdem ich eine ausgiebige Runde mit dem Ludwig gedreht hab, kommt mein Puls langsam, aber sicher wieder etwas runter. So schau ich mal in unserer Gemeindeverwaltung vorbei, weil mir die gerade heute irgendwie wahnsinnig fehlt. Die Susi freut sich total über meinen unerwarteten Besuch, und weil sie grad ganz alleine im Büro ist, können wir prima ein bisschen schmusen.

»Hast du den Ring dabei?«, flüstert sie mir plötzlich ins Ohr.

»Ist etwa schon Wochenende?«, frag ich zurück.

»Du weißt ja«, sagt sie und springt mir vom Schoß. »Kein Ring, kein Sex.«

»Das weiß ich doch, Susimaus«, sag ich und kram den Untersuchungsstuhl aus meinem Gedächtnis hervor.

Dann läutet mein Telefon. Es ist der Günter, der anruft. Da gehe ich gar nicht erst hin. Für heute hab ich München ad acta gelegt. Und auf irgendwelche fadenscheinigen Erklärungsversuche hab ich sowieso keinen Bock. Echt nicht. Keine Chance, Günter. Sorry.

Wie ich heimkomm, hockt da die Mooshammer Liesl bei uns in der Küche, und gemeinsam mit der Oma bastelt sie Kränze und Gestecke für Allerheiligen. Die verkaufen sie dann immer am Wochenmarkt. Das ist ziemlich gut, weil die zwei Mädels dann ja schon fast wochenlang eine Beschäftigung haben. Und auch weil noch ganz schön was rausspringt dabei.

Ich hock mich mal dazu und nehm mir ein Stückerl vom Marmorkuchen, der hier am Tisch rumsteht und ganz tierisch gut duftet. Der Papa ist mit dem Leopold heute in die Klinik gefahren, einfach um den Heilungsprozess des lädierten Haxens kontrollieren zu lassen. Diese Ruhe, wo die Abwesenheit besagter Herrschaften auslöst, ist beinahe schon göttlich, könnte man sagen. Die Liesl und die Oma verstehen sich auch prima so ganz ohne Worte, und mir persönlich ist auch nicht nach Reden. Alles wäre jetzt beinah perfekt gewesen, wenn nicht im Minutenrhythmus dieses Scheißtelefon läuten würde. Irgendwann hab ich dann die Schnauze voll und schalte es aus. Schluss jetzt mit Klimbim.

Saukomischerweise plagt mich aber schon nach ganz kurzer Zeit mein schlechtes Gewissen. Zuerst merk ich ja überhaupt nicht, dass es mein Gewissen ist. Nein, gar nicht. Ich wundere mich nur, dass ich plötzlich nicht mehr still sitzen kann und dass diese Ruhe, die ich gerade noch gut gefunden habe, mir plötzlich auf die Eier geht. So wandere ich dann erst mal in den Saustall rüber und wieder zurück. Danach rein ins Wohnzimmer und wieder hinaus. Rauf in den ersten Stock und wieder runter. Und irgendwann schalt ich dieses Scheißtelefon wieder ein, und schlagartig ist alles wieder normal. Eine Sekunde später läutet es auch schon, und der Günter ist dran.

»Hast du dich endlich ausgezickt?«, fragt er zuerst mal.

»Sag mal, hast du nichts Besseres zu tun, als ständig in die Tasten zu trommeln?«, frag ich zurück.

»Muss ich gar nicht. Das macht mein Telefon ganz automatisch, weißt du. Es ruft einfach so lange an, bis derjenige rangeht, den ich brauche. Ein Wunder der Technik, wahrhaftig.«

»Und aus welchem Grund bitte schön ruft mich dieses Wunder der Technik dann andauernd an? Hat es mir irgendetwas mitzuteilen?«

»Hat es, mein Bester. Hat es! Also pass mal auf, bei dieser Vaterschaftsgeschichte, da ist es natürlich auch so, dass ein naher Verwandter, also meinetwegen ein Bruder, ebenfalls infrage kommen könnte, verstehst du?«

»Nein.«

Der Günter schnauft ein paarmal theatralisch durch.

»Mein Gott, ist das denn so schwierig? Also, ich hab hier die DNA von diesem Dettenbeck, okay. Der fällt aus bekannten Gründen aus. Es besteht aber durchaus die Möglichkeit, dass ein naher Verwandter, eben zum Beispiel …«

»Ein Bruder, ich hab's schon kapiert«, unterbrech ich ihn hier.

»Genau. Dass es da eben irgendjemanden in dieser Familie gibt, der das Mädchen geschwängert hat. Das wollte ich dir nur noch sagen.«

Ja, ich bedank mich recht herzlich für diese Information, obwohl sie mir jetzt nicht wirklich was sagt. Es wohnt doch sonst niemand im Haus, oder? Ich jedenfalls habe keinen Bruder gesehen. Weit und breit nicht. Na ja, vielleicht jemand auf Besuch?

Nachdem der Papa und der Leopold irgendwann zurück sind von ihrer Invalidentour, geh ich auch gleich rüber zum Wolfi. Ich bin früh dran und der einzige Gast noch bislang, und weil der Wolfi grad seine Kühlschränke neu bestückt, hock ich erst mal einsam und alleine am Tresen, trinke Bier und hoffe inständig auf baldige Unterhaltung. So sitz ich also und überleg so vor mich hin, und auf einmal muss ich an diesen Jungen denken. Diesen Damian. Wie alt war der noch einmal? Dreizehn? Oder vierzehn? Aber nein. Oder doch?

»Sag einmal, Wolfi, wie alt warst du eigentlich, wie du deine erste Nummer geschoben hast?«, frag ich und beug mich dabei weit zu ihm runter.

»Keine Ahnung, warum?«, sagt er, ohne jedoch seine Flaschenzufuhr zu unterbrechen.

»Ja, so halt. Denk nach!«

»Mei, sechzehn vielleicht. Oder siebzehn.«

Da haben wir's! Sechzehn oder siebzehn. Aber nicht dreizehn. Ich überleg mal, wie das bei mir selber eigentlich war. Also, mit dreizehn oder vierzehn, da hatte ich alles andere im Kopf, bloß keine Weiber. Mopeds. Und Kickern. Oder Flippern. Und AC/DC. Genauso wie Fußball. Und natürlich Kumpels. Aber eben keine Weiber. Das hat mich überhaupt gar nicht interessiert. Und wenn die Susi nicht gewesen wäre, wer weiß, wie lange es dann noch gedauert hätte. Aber eines schönen Tages, wir waren da grad alle am Baggerweiher, da hat die Susi plötzlich ein Wettschwimmen vorgeschlagen. Bis rüber ans andere Ufer. Das war ganz schön weit. Und weil es heiß war ohne Ende und eben total weit, hatte außer mir eh keiner Lust. Gut, hab ich gesagt, ich bin dabei. Einfach schon, weil mir sowieso grad dreckfad war. Die einzige Voraussetzung, auf die sie unbedingt bestanden hat, die Susi, war, dass wir brustschwimmen mussten. Weil sie gesagt hat, kraulen, das wär total unfair. Da hätte sie niemals eine Chance gegen mich. Ja, gut, das war klar. Und weil ich halt von jeher ein Gentleman bin, war ich damit einverstanden. Nie im Leben hätte ich gedacht, dass die Susi eine so hervorragende Brustschwimmerin ist. Das allerletzte Stückerl bis hin zum Ufer hab ich dann aber doch noch kraulen müssen. Sonst wär ich ja wirklich dagestanden wie der letzte Depp. Und das, das war dann praktisch der Auslöser, könnte man sagen. Die Susi, die hat sich nämlich so dermaßen darüber geärgert, dass sie mich anschließend ungefähr hundertmal untergetaucht hat. Und ich sie freilich auch. Irgendwann sind wir dann völlig atemlos ans Ufer und irgendwie einfach so übereinander hergefallen. Das weiß ich noch wie heute. Und wie wir hinterher zurückgeschwommen sind, hat von den anderen kein Mensch was gemerkt. Das hab ich wirklich unglaublich gefunden. Ich war mir so sicher, dass man uns das ansieht. Ansehen muss. Dass es doch auf unserer Stirn eingraviert sein muss. Aber nix. Keiner hat auch nur das Geringste geahnt. Ja, so war das bei mir.

»Wie alt warst denn du damals, Franz?«, will der Wolfi jetzt wissen und reißt mich damit aus meinen herrlichen Erinnerungen heraus. Er ist endlich wieder in der Vertikalen angekommen und zapft sich ein Bier.

»Siebzehn«, sag ich und stoß mit ihm an.

»Warum fragst du eigentlich danach?«

»Weil ich ausschließen muss, dass so ein Knirps mit dreizehn oder höchstens vierzehn als möglicher Kindsvater infrage kommt, verstehst.«

»Geh, Franz, du Spinner. Heutzutage, gell, heut ist das doch alles ganz anders bei den jungen Leuten. Die pimpern doch schon im Vorschulalter, was das Zeug hält.«

»Ja, jetzt übertreib mal nicht, Wolfi!«

»Ja, von mir aus. Aber mit dreizehn, da geht doch bei denen die Post ab, jede Wette.«

»Meinst?«

»Mein ich!«

Um diese These entweder bestätigen oder widerlegen zu können, muss ich jetzt dringend mal kurz zum Simmerl rüber.

»Ist dein Max zu Hause«, frag ich die Gisela, gleich wie sie mir die Haustür aufmacht. Sie hat ganz neue Haare, ein schwarzes Kostüm und knallrote Schuhe. Irgendwie komisch.

»Max!«, schreit sie aus Leibeskräften und macht damit prompt ihr Gesamtbild wieder zunichte.

»Ja!«, ertönt es von oben in der gleichen Lautstärke. Allein um dieser Art der Konversation ein Ende zu bereiten, drück ich mich an ihr vorbei und eile die Treppen hinauf.

Kapitel 16

Nachdem ich mich durch einen echt schmalen Trampelpfad hindurch zum einzigen Sessel in Max' Zimmer durchgekämpft habe, schmeiß ich dort einen Haufen Klamotten auf den Fußboden und hock mich erst einmal nieder. Wir plaudern ein bisschen über den Job, den ich mal hatte und den er jetzt hat, und dann fragt er mich freilich irgendwann, weswegen ich eigentlich hier bin. Das ist mir jetzt fast ein bisschen peinlich.

»Du, Max, versteh mich bitte nicht falsch«, fang ich deshalb mal vorsichtig an. »Es ist eine rein dienstliche Frage.«

»Ja, gut. Raus damit. So von Kollege zu Kollege«, sagt der kleine Volldepp.

»Genau, von Kollege zu Kollege. Also, wann genau, oder sagen wir so, in welchem Alter hattest du deinen ersten Geschlechtsverkehr?«

So, jetzt ist es raus.

»Wieso? Will irgendwer Alimente, oder was?«, fragt er grinsend.

»Beantworte einfach meine Frage.«

»Ja, keine Ahnung. Mit zwölf?«

»Mit zwölf?«

Jetzt haut's mich gleich vom Hocker.

»Ja, Mensch, das weiß ich doch nicht mehr. Vielleicht war ich auch dreizehn, keine Ahnung. Ist das so wichtig?«

»Nein«, sag ich und quäl mich aus dem tiefen Polster.
Dann kommt die Gisela zur Zimmertür rein. Und sie schreit gleich wie am Spieß, das kann man gar nicht erzählen. Dass sie jetzt ein für alle Mal die Schnauze voll hat von diesem Dreck hier. Und dass man sich ja in Grund und Boden schämen muss. Und dass er sowieso eine Wildsau ist, wie sie im Buche steht. Und wenn er jetzt nicht ruckzuck in die Gänge kommt und hier Ordnung macht, dann fliegt er so was von hinaus.
Ich geh dann mal lieber. Geh heim in meinen Saustall, und den räum ich dann aus irgendeinem Grund erst mal picobello auf.
Der Anruf vom Herrn Ibranovic stärkt meinen Verdacht, der sich so ganz allmählich in mir breitgemacht hat. Bei der Durchsicht von Brankas Privatsachen, sagt er, da wäre nämlich dieses Familienbild zu Boden gefallen und der Rahmen zerbrochen. Dabei ist ein weiteres Foto zum Vorschein gekommen. Und auf dem da wär die Branka drauf mitsamt einem Jungen. Er persönlich kennt ihn nicht, sagt der Ibranovic. Sein Bruder und die Schwägerin wohl ebenso wenig. Aber die beiden wären sehr vertraut auf dem Bild. Ja, man könnte sogar fast meinen, sie wären verliebt. Wenn da nur das Alter des Jungen nicht wäre. Aber der ist doch erst fünfzehn, im Höchstfall vielleicht sechzehn, sagt er weiter. Aber sicherlich keine Minute älter. Und drum stünden sie nun allesamt vor einem Rätsel. Das kann ich freilich verstehen. Werde mich aber vorerst mal hüten, dieses Geheimnis zu lüften. Lieber mal auf Nummer sicher gehen und nicht wieder die Hühner aufscheuchen.
Bei einem kurzen Telefonat mit der Frau Schneller erfahre ich umgehend, welches Internat dieser Damian besucht. Kloster Ettal. Na bitte. Das ist knapp zwei Autobahnstunden von hier entfernt. Und so mach ich mich auch gleich auf den

Weg. Wie ich ankomme, bewirkt mein Dienstausweis wahre Wunder. Innerhalb weniger Minuten sitze ich in einem leeren Klassenzimmer, und kurz darauf wird auch schon der Bub zu mir geführt. Er ist nervös und kann mir nicht einmal recht in die Augen schauen.

»Servus, Damian«, sag ich und deute auf den Stuhl mir gegenüber. »Kannst du dich noch an mich erinnern?«

»Ja«, sagt er leise und nickt. »Sie sind der Polizist von … na, von der Branka.«

»Ganz genau. Und, hast du irgendeine Idee, warum ich jetzt hier sein könnte?«

Er schüttelt den Kopf. Seine Unterlippe zittert. Dann läuft ihm eine Träne übers Gesicht. Er schiebt den Ärmel seines Pullis über die Hand und fährt sich damit über die Wange.

»Die Branka und du, wie soll ich sagen? Also, sie war doch nicht nur deine Mathe-Nachhilfelehrerin, hab ich recht?«

Er zuckt mit den Schultern.

Ja, so kommen wir nicht wesentlich weiter. Vielleicht doch mal ein bisschen deutlicher werden, gell.

»Hat sie dich verführt, Damian?«

»Was?«, schreit er und reißt dabei seine Augen weit auf. »Nein, das hat sie nicht! Ganz im Gegenteil! Ich habe sie angefleht. Wochenlang. Bis ich es fast nicht mehr ausgehalten habe.«

»Die Sache ist also von dir ausgegangen?«

Er nickt und senkt seinen Kopf.

»Ich war doch sofort in sie verliebt. Vom ersten Tag an. Aber sie hat das gar nicht gemerkt. Sie hat mich als Kind angesehen, genauso, wie Sie es grad machen und alle anderen auch. Aber ich bin eben kein Kind mehr, da kann ich auch nix dafür.«

»Und, wie ging es dann weiter?«

»Ich hab sie eben angehimmelt, und sie hat nichts gemerkt.

Irgendwann bin ich dann halt an einer total schweren Matheaufgabe gesessen, und sie hat sich in der Zeit um die Alexa gekümmert. Ich hab so vor mich hin geschimpft, weil ich die blöde Rechnung nicht konnte. Da ist sie zu mir rüber gekommen und hat mir alles erklärt. Von da an hab ich überhaupt keine Rechnungen mehr begriffen, verstehen Sie.«

»Ja, da schau her, du bist ja vielleicht ein Bazi!«

»Na, jedenfalls hat sie mir dann eben immer Nachhilfe gegeben, und ich hab sie immerzu angehimmelt. Sie hat mich auch irgendwie gemocht, das hab ich schon gemerkt. Und es war echt komisch, irgendwas hat uns total verbunden. Vielleicht, dass wir beide ein bisschen einsam waren, keine Ahnung.«

»Hat davon jemand was mitbekommen? Also, bei euch daheim«, muss ich jetzt fragen.

»Nee, wirklich nicht«, sagt er in einem leicht sarkastischen Tonfall und schaut mir dabei direkt ins Gesicht. »Seit unsere kleine Prinzessin auf der Welt ist, hat sich keiner mehr tatsächlich für mich interessiert. Noch nicht einmal die alte Schneller. Wo ich doch früher ihr Königskind war.«

Ich mache mir ein paar Notizen und blicke durchs Fenster.

»Bist du der Vater von Brankas Baby?«, frag ich nach einer Weile.

»Dass sie schwanger war, davon hab ich gar nichts gewusst, ich schwör's«, sagt er leise, und wieder laufen ihm Tränen übers Gesicht. »Ich hab davon erst an diesem Abend erfahren. Genau an dem Abend, wo Sie zuvor bei uns daheim gewesen sind. Da hat meine Mutter beim Essen darüber geredet. Ich wäre fast tot vom Stuhl gefallen, das können Sie sich doch vorstellen, oder?«

»Aber sagen wir einmal so, Damian, es ist ziemlich wahrscheinlich, dass du der Vater des Kindes bist, oder?«

»Nein, ist es nicht, verdammt. Es ist total *sicher*, dass ich es bin. Die Branka, die war ganz anders als die anderen Mädchen, versteh'n Sie. Was ganz was Besonderes war sie. Und sie hätte niemals ...«

Jetzt bricht er total in Tränen aus. Ich leg mal meine Hand auf seinen Arm und lass ihn ein bisschen in Ruhe.

»Es hat unendlich lange gedauert, Herr Kommissar. Unendlich lange, bis sie mich endlich ... Sie wissen schon. Aber wie es dann endlich passiert ist, da waren wir beide schon lange verliebt. Nicht nur ich alleine.«

»Damian, denk mal nach. Hast du irgendeine Ahnung, wem sie von dieser Schwangerschaft erzählt haben könnte?«

»Niemandem natürlich. Mensch, die Branka, die hat mir Sachen erzählt, da wissen noch nicht mal ihre Eltern davon. Ich weiß alles über sie. Wirklich alles. Also, wenn sie mir davon nichts erzählt hat, wem bitte schön sonst?«

Freilich hab ich vorsorglich ein Abstrichbesteck mitgebracht, und das hole ich jetzt aus meiner Jackentasche.

»Bitte einmal durch den Mund ziehen!«, sag ich und reich es ihm rüber.

»Wozu?«

»Sicher ist sicher«, sag ich noch, und er tut, wie ihm geheißen.

Dann sind wir eigentlich auch schon fertig hier. Irgendwie hab ich gar kein gutes Gefühl, wie ich den armen Buben da so mutterseelenallein in diesem kargen Klassenzimmer zurücklassen muss. Aber es hilft alles nix.

Danach steht noch dringend ein Besuch beim Rudi an, weil er mir erstens schon ein bisserl erbarmt mit seinen maroden Gedärmen, und freilich auch, weil ich ihn auf dem Laufenden halten muss. Sonst macht er am Ende noch ganz mit mir Schluss. Wegen seiner essenstechnischen Defizite halt ich noch kurz beim Würstlstand an und hole zwei Paar

Bratwürstl mit Senf, aber dafür ohne Kraut. Darüber wird er sich ganz bestimmt freuen.

»Sag mal, hast du eigentlich einen Vogel, Eberhofer?«, will er gleich wissen, wie ich ihm meine Beute unter die Nase halte.

»Magst die nicht, oder was?«, frag ich mit Blick auf den äußerst einladenden Pappkartonteller.

»Nicht mögen! Nicht mögen! Das ist doch hier nicht die Frage, Mensch! Ich darf einfach nicht!«

»Nicht?«

»Nein!«

»Aber es ist gar kein Kraut mit dabei.«

»Das hätte auch grad noch gefehlt!«

»Also nicht?«

»Nein, verdammt!«

Ja, das hab ich eigentlich schon beinah befürchtet. Und weil ich selber ja quasi auch noch nichts Gescheites gegessen hab heute, setz ich mich auf den Stuhl und fange an, die Würstl zu essen, bevor sie hier noch eiskalt werden.

»Wage es bloß nicht!«, schreit der Rudi, da hab ich noch keinen Bissen gegessen.

»Aber du willst sie doch eh nicht«, sag ich.

»Schmeiß sie in den Müll. Oder meinetwegen ins Klo. Aber wage es ja nicht, sie vor meinen Augen zu essen!«

So weit kommt's noch. Ich werf doch keine astreinen Lebensmittel ins Klo! Das würd mir auch die Oma ja niemals verzeihen. Erst recht nicht, wenn ich sowieso einen Mordshunger habe. Irgendwie einigen wir uns dann aber darauf, dass jeder ein Paar abkriegt. Mir wird es schon reichen bis daheim, und dem Rudi, dem wird so ein winziges Würstl doch wirklich nichts ausmachen. Oder zwei. In der Zwischenzeit erzähle ich ihm von meinem Fall, und er hört aufmerksam zu.

»Wann darfst du eigentlich wieder nach Hause?«, frag ich beim Abschied.

»So wie es ausschaut, schon morgen. Ich muss mich halt ein bisschen halten. Meine Medikamente einnehmen und mit dem Essen aufpassen.«

Gut, sag ich, er soll anrufen, wenn ich ihn abholen kann. Dann bin ich auch schon draußen.

Bevor ich mich in mein wohlverdientes Wochenende begebe, hole ich wie vereinbart noch den Verlobungsring ab. Untersuchungsstuhl hin oder her, aber irgendwann will man ja schließlich doch auch mal wieder Sex haben. Die Emma ist nicht nur pünktlich fertig mit dem Schmuckstück, welches diesen Namen auch wirklich verdient. Nein, sie verpackt es auch noch sehr geschickt in ein Seidenpapier mit roten Rosen drauf und bindet eine mordskitschige Schleife drum herum. Ich bezahle bar und brauch auch keine Rechnung, und schon bin ich auf der Fahrt nach Niederkaltenkirchen. Unterwegs ruf ich die Susi an und sag, dass ich eine Mega-Überraschung für sie habe. Sie soll was Schönes kochen heute Abend und auf mich warten. Das will sie gern machen, und sie freut sich schon drauf.

Was so ein Verlobungsring mit einer völlig normalen jungen Frau anstellt, das ist in Worte nicht zu fassen. Jedenfalls ist an ein Abendessen erst gar nicht zu denken. Nachdem wir eine astreine Nummer geschoben haben, muss sie erst mal unbedingt die Mary anrufen. Danach die Jessy. Und abschließend die Gisela. Mir persönlich kommt das aber grad recht, weil ich jetzt wegen Sex schon ein bisschen groggy bin. Um zwei Uhr in der Früh wärmen wir uns schließlich das Essen auf und schlagen uns die Mägen voll. Lasagne al forno. À la Susi. Also ein Gedicht. Niemand auf diesem Planeten macht eine bessere Lasagne als wie meine Susi. Noch nicht einmal die Oma.

Am nächsten Vormittag, ich steh grad bei der Susi unter der Dusche, da läutet's an der Haustür, und die Susi macht auf. Ich tipp mal auf die Mary oder die Gisela und bin schon auf ein Wahnsinnsgekreische gefasst. Aber nix. Ich steige aus der Wanne und trockne mich ab und wandere prompt in die Küche, um dem Besucher auf die Schliche zu kommen. Aber es ist keiner da. Zumindest nicht in menschlicher Gestalt. Nur ein Rosenstrauß steht auf dem Küchentisch in einer Vase. Davor sitzt die Susi, und ganz offensichtlich liest sie einen Brief. Ich setz mich mal daneben, weil mich jetzt zugegebenermaßen schon irgendwie die Neugier packt. Wie sie endlich fertig ist mit den fremden Zeilen, legt sie das Papier auf den Tisch, knotet die Haare zusammen und verschwindet im Bad. Dann hör ich das Duschwasser laufen.
 Soll ich jetzt oder soll ich nicht?
 Ich kann gar nicht anders, ich muss einfach!

Susanne, meine Liebe!
Ich hoffe inständig, dass Du diese Zeilen so verstehst, wie ich sie auch meine. Aber ja, das tust Du. Du bist ja ein kluges Mädchen. Es ist nun schon ein Weilchen her, dass ich von Deinen Hochzeitsplänen erfahren musste. Darauf folgte eine für mich sehr, sehr schwierige Zeit, und ich habe lange gezögert, Dir diese Zeilen zu schreiben. Letztendlich habe ich mich nun doch durchgerungen. Einfach aus einer Angst heraus, nicht alles Menschenmögliche versucht zu haben. Unser Wiedersehen nach so vielen Jahren war wie ein einziger Traum für mich. Wenn ich schon als Schulbub so verliebt in Dich war, dann wurde mir nach dieser langen Epoche ohne Dich nur umso klarer, dass Du die einzige richtige Frau für mich sein kannst. Gut, das Leben hat es ganz offensichtlich nun anders geplant, und Du, mein Herz, hast Dich einem anderen versprochen. Wenn das so sein soll, dann muss es wohl so sein.

Ich bitte Dich nur um eines, Susanne, halte einen kurzen Moment inne. Halte inne und überprüfe, ob der Franz auch wirklich und tatsächlich und aus vollem Herzen heraus der richtige Mann für Dich ist. Wenn Du das mit einem klaren Ja! beantworten kannst, dann ist alles in Ordnung, und ich werde mich hüten, Deinem Glück im Wege zu stehen. Nichts läge mir ferner, das weißt Du genau. Wenn Du jedoch nur den Bruchteil einer Sekunde zweifelst und Dir vielleicht sogar der Gedanke kommt, er will Dich ausgerechnet jetzt, just in dem Moment, wo es Dich vielleicht ein ganz kleines bisschen zu einem anderen Mann hinzieht, wenn Du so etwas denkst, dann lass es lieber bleiben. Dein ganzes Leben liegt noch vor Dir, mein lieber Schatz. Verbringe es bitte nicht mit dem Falschen.

Wie immer Du Dich entscheidest, Susanne, eines solltest Du wissen: Ich liebe Dich aus tiefstem Herzen heraus und wünsche Dir alles Glück, das man dem wichtigsten Menschen im Leben eben nur wünschen kann.

Dein Karl-Heinz

»Du, Susi«, sag ich gleich, wie ich im Badezimmer eintreff. »Hältst du jetzt grad inne, oder was?«

»Musst du dich darüber lustig machen?«, fragt sie ganz ernst.

Ja, das war klar. Irgendjemand musste mir ja mein Wochenende versauen.

Gut, sag ich, dann fahr ich mal heim. Weil, was soll ich auch noch hier? Soll ich vielleicht jetzt mit meiner zukünftigen Frau drüber diskutieren, ob ich auch wirklich der richtige Mann für sie bin? Wenn sie es bisher noch nicht weiß, wann denn bitte schön sonst?

Ich ruf mal den Birkenberger an, mal sehen, ob ich ihn schon abholen kann. Eine kleine Abwechslung wäre jetzt sowieso gar nicht schlecht. Er geht selber nicht an den Apparat, dafür tut es eine Krankenschwester. Nein, sagt sie, ich kann den Rudi momentan leider gar nicht sprechen, weil's dem nämlich nicht gut geht, und er muss sich erholen. Gestern Nacht hätten sie ihm noch den Magen auspumpen müssen, dem Ärmsten. Irgendwie ereilt mich das Gefühl, ich hätte aus dem Hintergrund heraus das Wort »Arschloch« vernehmen können. Aber vermutlich hab ich mir das nur eingebildet.

Abends beim Wolfi treff ich dann nicht nur den Simmerl, sondern auch die ganze Weiberschar an. Sie hocken alle zusammen hinten am Ecktisch und begaffen ganz ehrfürchtig den Ring von meiner Susi.

»Das ist ja vielleicht ein Prachtstück! Der hat bestimmt ein Vermögen gekostet«, sagt die Mary und gibt ihn gar nicht mehr aus der Hand. Der Wolfi zapft mir eine Halbe und stellt sie mir hin.

»Damit hast du dich ja über Nacht zum Helden katapultiert«, sagt er in Hinblick auf das Prachtstück.

Der Simmerl kommt vom Weibertisch rüber und haut mir auf die Schulter.

»Sauber, Eberhofer!«, sagt er, und ich kann nicht recht ausmachen, ob in seiner Stimme Schadenfreude oder Anerkennung rauszuhören ist. »Da hast du dich aber richtig ins Zeug gelegt.«

Darauf stoßen wir an.

Drüben bei den Mädels, da geht jetzt ein Geflüstere los und ein Getuschel, und es fallen ständig die Worte: »Nein?«, »Echt?« oder »Das gibt es doch gar nicht!«

Ich könnte meinen Arsch verwetten, dass die Susi grad von diesem dämlichen Brief erzählt hat. Gut, wenn sie das macht, dann kann ich das auch.

»Den bring ich um, diesen Gratler!«, schreit der Simmerl

nach meiner Berichterstattung und zieht damit alle Blicke auf sich.

»Wen denn jetzt schon wieder?«, will die Gisela wissen.

»Der Susi ihren Karl-Heinz«, sag ich.

»Das ist nicht mein Karl-Heinz!«, sagt die Susi ganz vehement.

»Ja, meiner ist es auch nicht«, sag ich und nehm einen Schluck Bier.

»Das geschieht dir grad recht, Eberhofer«, keift dann die Gisela zu mir rüber.

»Was bitte schön geschieht ihm grad recht, Weib?«, knurrt der Simmerl zurück.

»Ja, dass er halt auch einmal sieht, dass er nicht der Einzige ist. Dass er einmal weiß, was er überhaupt hat an der Susi. Weil in Paris, da haben ihr nämlich auch alle Männer hinterhergeschaut«, sagt die Gisela brummig.

»Was willst du denn überhaupt? Immerhin hat er ihr grad einen Mordsring gekauft«, sagt der Simmerl.

»Ja, wer weiß. Vielleicht hätte er das gar nicht getan, wenn der Karl-Heinz nicht gewesen wär«, mischt sich jetzt auch noch die Mary ein.

»Ja, Konkurrenz belebt das Geschäft«, sagt der Wolfi ganz trocken und poliert seinen Tresen.

»So ein Schmarrn«, sag ich noch. Weil mir das aber jetzt wirklich zu blöd wird, trink ich aus und geh heim.

Das ganze Wochenende über hockt die Mooshammer Liesl mitsamt der Oma in unserer Küche, und die Allerheiligenbasteleien stapeln sich bald bis unter die Decke.

»Sagt's einmal, was wollt ihr denn um Himmels willen mit so dermaßen vielen Teilen?«, muss ich einfach irgendwann fragen. »So viele Gräber gibt's doch in ganz Niederkaltenkirchen überhaupt nicht.«

»Das lass mal schön unsere Sorge sein«, sagt die Liesl,

ohne dabei auch nur einen Augenblick ihre Finger still zu halten. »Du, ganz was anderes, Franz, ich hab dir deinen Hochzeitstermin ausgependelt.«

»Du hast was ausgependelt?«

»Ja, deinen Hochzeitstermin halt«, sagt die Liesl weiter, nimmt ihre Lesebrille ab und schaut mich an. »Die Susi weiß schon Bescheid. Ja, jetzt schau doch nicht so blöd, so ein wichtiger Termin muss schließlich ausgependelt werden. Immerhin soll es ja eine lange und glückliche Ehe werden, oder?«

»Ist schon recht«, sag ich und mach mich mal besser vom Acker.

Kapitel 17

Am Montag in der Früh ruft die Steffi an und sagt, sie hätte die Fotos noch mal alle sortiert. Und zwar anders, als es der Rudi zuvor gemacht hatte. Bei ihm war es nämlich nach Räumen sortiert. Die Steffi aber, die hat es jetzt lieber nach Themen gemacht. Will heißen: ein Stapel mit Klamotten, einer mit Fotos, ein anderer mit Medikamenten und so weiter und so fort. Sie will das alles der Reihe nach durchgehen in den nächsten Tagen, sagt sie. Nur mit den Medikamenten, da kennt sie sich halt gar nicht recht aus, gell. Kein Problem, sag ich. Weil, da hab ich persönlich ja geradezu erstklassige Connections. Ich informier sie noch kurz über die neuesten Entwicklungen, und sie hört aufmerksam zu.

»Denkst du, der Junge war es?«, fragt sie am Schluss.

»Das mit dem Schwängern oder das mit dem Ermorden?«, frag ich zur Sicherheit noch mal.

»Au Mann, Franz«, sagt sie und seufzt.

Also gut.

»Nein, der Damian kommt sicherlich am wenigsten infrage. Der bringt doch nicht den einzigen Menschen um, der ihm überhaupt was bedeutet.«

»Hm, auch wieder wahr. Wann kommst du und holst die Fotos mit den Medikamenten ab?«

»Am besten sofort. Was wir haben, haben wir«, sag ich noch, dann leg ich auf.

»Na, Dorfgendarm, hast du dich wieder beruhigt«, begrüßt mich der Günter recht freundlich, kaum dass ich zur Tür drinnen bin. Er trägt heute Mundschutz, deswegen kann ich nicht sehen, ob er dabei grinst.

»Servus, Leichenfläderer«, sag ich und geh auf ihn zu.

»Du, ich bräuchte da mal deine Hilfe.«

»Das ist ja einmal was ganz was Neues. Und das, wo ich dich doch erst kürzlich so bitter enttäuscht hab.«

»Ich hab hier eine neue DNA und einige Fotos mit Medikamenten drauf. Kannst du dir das mal anschauen?«

»Mein Gott, Eberhofer, wenn ich dich nicht hätte, dann wüsste ich wahrscheinlich gar nicht, was ich den lieben langen Tag machen sollte.«

»Bitte!«

»Herrschaft, dann leg's mir rüber auf den Schreibtisch und hau ab.«

Und so leg ich's ihm rüber auf den Schreibtisch und hau ab.

Nach der Mittagspause ereilt mich ein Anruf aus der PI 11, und ein Kollege mit unfassbar fränkischem Akzent möchte von mir wissen, ob ich eine gewisse Mooshammer Elisabeth kenne. Und eine Eberhofer Magdalena ebenso. Freilich, sag ich. Ja, dann soll ich doch bitte schön gleich einmal in der Hochbrückenstraße vorbeikommen, da würden nämlich besagte Damen grad in den Diensträumen sitzen und auf meine Ankunft warten, sagt er. Wie jetzt: Die Mooshammer Liesl und die Oma sitzen bei der Münchner Polizei und warten auf mich? Das muss mir jetzt aber mal wer erklären. Deswegen leg ich auf und geh gleich einmal dort rüber.

»Franz!«, schreit die Oma, sowie sie mich sieht. »Gut, dass du da bist, Bub. Du kannst dir ja gar nicht vorstellen, wie deppert die sind, diese Münchner!«

»Ja, genau. Besonders diese Marktweiber. Ein bösartiges

Pack ist das vielleicht, ob du's glaubst oder nicht«, hechelt dann die Liesl aus ihrem Stuhl raus.

»Macht's ihnen erst einmal die Handschellen ab«, sag ich zu meinem Kollegen.

»Das kannst recht gern selber machen«, sagt er zurück und wirft mir den Schlüssel entgegen. »Die sind ja gemeingefährlich, die zwei!«

So nehm ich den beiden Grazien erst mal die Achter von den Handgelenken, welche sie sich anschließend ganz ausgiebig reiben, grad so, als hätten sie die jetzt schon monatelang getragen.

»So, was ist denn eigentlich passiert?«, muss ich schließlich wissen. Und so erfahr ich – man kann es wirklich kaum glauben –, dass die Oma neulich bei ihrem Besuch am Viktualienmarkt beschlossen hat, ihre Allerheiligenbasteleien heuer genau dort zu verkaufen. Weil man da freilich ganz andere Preise verlangen kann als wie bei uns daheim, gell. Gut das Doppelte, nein, das Dreifache kann man da durchaus verlangen. Und drum haben diese zwei Weiber heute einfach mitten auf dem Viktualienmarkt einen Tapeziertisch aufgebaut und ihre Ware ausgebreitet. Und eine Weile haben sie sogar einen prima Umsatz gemacht. Aber leider nicht allzu lange. Dann nämlich sind die Marktfrauen darauf aufmerksam geworden. Und kurz darauf ist auch schon die Post abgegangen. Sie sollen ihr Glump zusammenpacken und sich schleichen, hat es geheißen. Aber die Oma und die Liesl, die zwei haben nicht mögen. Nicht ums Verrecken. Und so ist eine Mordsstreiterei entstanden. Durch dieses ganze Tohuwabohu sind freilich nur noch viel mehr Menschen aufmerksam geworden, und der Umsatz ist noch mal rapide gestiegen, etwa im gleichen Verhältnis wie die Wut der Marktleute. Ja, und irgendwann kam dann freilich, was kommen musste, und zwar die Polizei.

»Sagt's einmal, wie seid ihr denn eigentlich mit dem ganzen Zeug nach München gekommen?«, frag ich abschließend.

»Ja, mit deinem Vater halt«, sagt die Liesl und zuckt mit den Schultern. »Der hockt drüben im Hofbräuhaus und wartet, bis wir fertig sind.«

Der Papa also auch noch! Sind denn eigentlich jetzt alle am Durchdrehen?

»Also los, auf geht's. Pack ma's!«, sag ich so, und die zwei Mädels gehorchen aufs Wort.

»Aber so einfach geht das nicht, Eberhofer«, mischt sich jetzt der Franke wieder ein. »Immerhin liegt eine Anzeige gegen die beiden vor.«

»Ja, ist schon recht. Schickst mir's per E-Mail. Oder per Fax«, sag ich noch, und schon verlassen wir hurtig die dienstlichen Räume. Im Hofbräuhaus angelangt, übergeb ich dem Papa seine Komplizen und zeig ihm den Vogel. Dann drückt mir die Oma zwinkernderweise einen Hunderter in die Hand und sagt, dass ich schließlich auch etwas abkriegen soll von ihrem Reibach. Das ist schön.

Am nächsten Tag passieren ganz viele Dinge gleichzeitig. Der Rudi wird entlassen. Der Leopold verlässt den Hof. Dafür kommt die Panida mitsamt der kleinen Sushi. Und der Günter hat auch Neuigkeiten. Aber alles der Reihe nach. Wenn ich mir denke, was für unglaublich langweilige Tage es gibt, wo man gar nicht weiß, wie langsam man seinen Streifenwagen durch die Straßen steuern kann, ohne dabei von einem Fußgänger überholt zu werden. Und dann so was! Alles passiert plötzlich fast zeitgleich.

Zuerst einmal kommt der Anruf vom Rudi.

»Was ist los, Mann?«, frag ich noch ziemlich verschlafen und werfe einen Blick auf den Wecker.

»Ich bin fertig. Du kannst mich abholen kommen«, singt er mir in den Hörer.

»Es ist halb sechs, Rudi. Ich lieg noch im Bett und hab noch nicht einmal gefrühstückt.«

»Ich lieg nicht mehr im Bett, und auf Frühstück hab ich sowieso keine Lust. Zumindest nicht auf dieses hier. Also was ist jetzt, kommst du oder nicht?«

Ja, ja, sag ich noch. Bin quasi schon auf dem Weg.

Nach einer ausgiebigen Dusche und einem reichhaltigen Frühstück bin ich dann auch schon gleich unterwegs. Und trotzdem ist er schon wieder leicht beleidigt, der Rudi. Weil ich halt jetzt nicht in Schallgeschwindigkeit hier eingetroffen bin und er mal wieder auf mich warten musste. Ich komm erst gar nicht dazu, dagegenzureden, weil dann halt schon wieder was Neues passiert. Und zwar mit dem Anruf vom Papa. Der Leopold, der muss nämlich unbedingt sofort in seine dämliche Buchhandlung zurück, weil dort praktisch alles drunter und drüber geht. Und genau aus diesem Grund wird er ab sofort wieder in seinen eigenen Betten nächtigen, einfach schon aus entfernungstechnischen Gründen heraus. Im Gegenzug aber werden seine zwei Mädchen auf den Hof kommen, weil Ehekrise ist Ehekrise. Und so was ist eben nicht von jetzt auf gleich vorbei, nicht wahr. Und nun will der Papa halt wissen, ob ich denn abends zum Essen heimkommen möchte. Praktisch, weil ja die Luft nun wieder rein ist sozusagen. Mein Bedürfnis, die Panida und den Zwerg Nase endlich wieder einmal zu sehen, ist relativ groß, und deshalb gebe ich auch gleich meine abendliche Anwesenheit bekannt. Dann leg ich auf.

»Du willst mich doch heute nicht alleine lassen, Franz!«, wimmert der Rudi aus seinem Autositz raus. »Gerade heute, wo ich doch noch so wackelig auf den Beinen bin. Was ist, wenn mir was passiert, hä? Wenn's mir schlecht wird zum Beispiel? Oder ich umkippe? Wann wird man mich finden? Manche Menschen liegen ja wochenlang tot in ihrer Wohnung, bevor man sie dann endlich findet. Grade so in der Großstadt. Das stell ich mich furchtbar vor. Ja, richtiggehend furchtbar. Du liegst da, sagen wir, so in der Diele, kannst dich nicht bewegen, auch nicht schreien. Ja, du liegst einfach nur so da, womöglich sogar noch in deinen Ausscheidungen, und kriegst kaum noch Luft. Dann hörst du plötzlich Schritte im Treppenhaus, und ein Hoffnungsschimmer keimt in dir hoch. Diese Schritte aber gehen einfach so an deiner Wohnungstür vorbei, und du …«

»Schon gut, Birkenberger! Ich hab dich verstanden«, sag ich, rufe den Papa zurück und kündige dem Rudi seine abendliche Anwesenheit ebenfalls an.

Gleich darauf kommt ein Anruf vom Günter. Ich sags ja, es geht Schlag auf Schlag. Kaum in der Gerichtsmedizin angekommen, wird's dem Rudi jetzt tatsächlich schlecht und schwindelig. Der Günter gibt ihm ein paar Kekse aus Biskuit und sagt, die kann er problemlos essen. So hockt der Rudi also erst ein Weilchen wie verreckt am Schreibtisch vom Günter und lutscht ziemlich freudlos auf diesen Stäbchen herum. Danach liegt er auf einem Seziertisch und hat die Beine angezogen. Für mich persönlich ist die Situation aber jetzt ehrlich gesagt gar nicht so freudlos, weil er sich somit wenigstens nicht einmischen kann, der Birkenberger.

Der Günter kommt auch gleich zum Punkt und berichtet, was er alles so rausgefunden hat. Und das ist gar nicht so wenig. Zum einen hat er nämlich rausgefunden, dass der Damian tatsächlich der Kindsvater ist. Und das mit ziemlich hoher, wenn nicht eindeutiger Wahrscheinlichkeit. Gut, da hatten wir ja bereits so eine Ahnung, gell. Dann aber hat er noch rausgefunden, dass neben den üblichen Medikamenten, die jeder so zu Hause hat, tatsächlich eine Packung dabei war mit diesen ominösen Abtreibungspillen. Klugerweise hat der Rudi das Foto so gemacht, dass man das Verfallsdatum darauf ganz prima lesen kann. Und dieses ist bereits deutlich überschritten. Also entweder hat man dem armen Kind ein abgelaufenes Medikament untergejubelt, oder aber es war gar nicht für sie bestimmt. Sondern für eine Schwangerschaft, die schon viel länger zurückliegt. So erzählt er das alles, der Günter. Danach gibt er mir die Bilder zurück und sagt, dass er jetzt leider wieder im Stress ist. Also verabschiede ich mich und geh. Erst kurz vorm Auto schreit mir der Birkenberger hinterher. Verdammt! Den hätte ich beinah vergessen. Jetzt ist es aber vollkommen aus mit der Freundschaft. Vermutlich gibt es keine einzige Frau auf der Welt, die so einen auf beleidigt machen kann wie der Rudi. Er redet kein Wort mehr mit mir. Schaut nur aus dem Seitenfenster und hat die Arme vor der Brust verschränkt.

Das Erste, was er Stunden später in meine Richtung wieder von sich gibt, ist »Ja!«. Und zwar auf meine Nachfrage hin, ob ihm das Essen von der Oma geschmeckt hat. Aber dazwischen, da ist ja noch einiges passiert. Zum Beispiel bemerkt er beim Eintreffen in seiner Wohnung den Paulaner-Träger. Und er findet die unaufgeräumten Wolldecken, in denen der Simmerl, der Flötzinger und ich selber unseren Rausch ausgeschlafen haben. Die legt er gleich ganz ordentlich zusammen und murmelt dabei ständig was von Orgien und Sodom und Gomorrha und Saufgelage und dass man sich wirklich schämen muss, so einen Freund zu haben.

Wie wir anschließend in den heimatlichen Hof reinfahren, ist die Freude ziemlich groß. Die Panida läuft mir schon mit ausgestreckten Armen entgegen, hüpft dann an mir hoch und bleibt ein ganzes Weilchen hindurch auf meiner Hüfte sitzen. Dabei drückt sie mich ganz fest und busselt mir beide Wangen ab. Lieber Gott, warum kann das der Leopold jetzt nicht sehen? Bei meiner Nichte Sushi ist es keinen Deut anders, nur dass sie gewichtsmäßig noch wesentlich weniger hat als ihre zierliche Mama und dabei ständig »Onkel Franz!« schreit. Ja, das Leben kann so großartig sein!

Schon ein paar Momente später radelt auch noch meine Susi in den Hof hinein, springt dann vom Sattel und lässt das Radl einfach in die Wiese fallen. Sie rennt auf die Panida zu, und die beiden fallen sich um den Hals, als hätten sie sich Lichtjahre nicht mehr gesehen. Die Oma steht in der Küche am Herd und rührt in den Töpfen. Und der Papa, der macht heute zur Feier des Tages sogar ausnahmsweise mal den Tisch zurecht. Der Birkenberger ratscht sich fleißig durch die ganze Gesellschaft und erzählt jedem von seinem Leid dieser letzten schrecklichen Tage. Nur mich persönlich, mich ignoriert er komplett.

Es gibt Rindsrouladen, Kartoffelstampf und Gurkensalat. Alles ganz schonend gegart, sagt die Oma. Sodass es auch prima der Rudi verträgt. Also rein was das Essen betrifft, müsste man die Oma später einmal heiligsprechen, gar keine Frage. Besonders, was diese Bayrisch Creme betrifft, die heute den krönenden Abschluss bildet und von der unser Zwerg Nase gleich zwei ganz große Portionen verschlingt.

Nach dem Essen, das trotz schonender Gartechnik ganz hervorragend schmeckt, geh ich mit dem Ludwig die Runde, und die kleine Sushi hockt mir dabei im Nacken und erzählt und erzählt. So ein Kindergartenleben muss schon echt irgendwie vollkommen aufregend sein, wenn man das alles so hört. Wie wir heimkommen, sind die Mädels gerade mit der Küche fertig, und der Papa hat seine Beatles aufgelegt, ein feines Fläschchen Rotwein geöffnet und beobachtet jetzt den Rudi, der voller Begeisterung in der Plattensammlung stöbert. Dabei murmelt er ständig: »Wahnsinn! Wahnsinn!« Ja, wo er recht hat, hat er recht. Nachdem die Panida die Kleine ins Bett gebracht hat, will sie noch mit der Susi auf die Piste. Und zwar zum Wolfi auf einen Prosecco. Weil die

Panida jetzt freilich alles wissen will über unsere bevorstehende Vermählung und Brautkleid und Pipapo. Und ebenso freilich darf ich davon überhaupt gar nix mitkriegen. Drum eben Wolfi. Außerdem können da ja prima noch die Gisela und die Mary dazustoßen.

Die Oma geht ins Bett. Ihr tun die Haxen weh, sagt sie. Und im Übrigen hätte sie morgen in aller Herrgottsfrüh einen Termin wegen Hühneraugen. Und weil der Papa sich praktisch den Wein auf Ex reinzieht, haben wir an seiner Gesellschaft auch nicht mehr allzu lang eine Freude. Und kaum hat er seinen Hintern aus der Tür geschoben, tausch ich die Beatles gegen Deep Purple, und augenblicklich ist alles gut.

»Bist du immer noch sauer?«, frag ich den Rudi, während ich eine neue Weinflasche öffne.

»Ja!«, sagt er schmollig.

»Mensch, Rudi. Jetzt hab dich doch …«

»Ver-a-harscht!«, ruft er dann und klatscht in die Hände wie so ein Zirkusclown. Er nimmt mir die Flasche aus der Hand und füllt die zwei Gläser.

»Ich kann dir doch gar nicht lange böse sein, Schatz. Ich hab dich doch soooo lieb«, sagt er und grinst dabei breit.

Die nächsten drei Stunden und Flaschen verbringen wir mit den Resten der Aufklärung unseres Falls. Und plötzlich ist alles ganz einfach.

Kapitel 18

Am nächsten Tag beim Frühstück will die Panida von mir wissen, wann es denn eigentlich endlich losgeht mit dem Hochzeitsvorbereitungskurs. Und dem Tanzkurs. Und ganz besonders freilich mit dem Traugespräch beim Pfarrer. Wovon spricht das gute Kind? Wahrscheinlich schau ich ein klein wenig komisch, weil irgendwann der Papa sagt: »Also, das mit dem Traugespräch beim Pfarrer, das musst du schon machen, Franz. Sonst ist es Essig mit der Hochzeit.«

»Ein Tanzkurs kann auch nicht schaden«, mischt sich jetzt der Rudi ein und nimmt eine zweite Breze aus dem Brotkorb. »Willst ja auf deiner eigenen Hochzeit nicht rumhoppeln wie ein Affe, oder?«

»Den Brautwalzer, den krieg ich schon noch hin. Da üb ich ein bisserl mit der Oma, gell«, schrei ich über den Tisch und schau sie aufmunternd an.

»Ja, freilich, Bub«, sagt sie und zwinkert mir zu. »Das kriegen wir schon hin, wir zwei.«

»Aber wegen dem Traugespräch …«, probiert es der Papa noch einmal.

»Hab's schon kapiert, Chef«, unterbreche ich ihn. Dann müssen wir aber auch schon los, der Rudi und ich.

Bevor ich den Weg nach München einschlage, halt ich noch ganz kurz beim Pfarrer an. Er sitzt ganz entspannt in seinem Bürostuhl, schlürft an einer Tasse Pfefferminztee und macht dabei irgendwelche handschriftlichen Notizen. Seine Zofe schließt die Tür hinter mir, und ich setz mich mal nieder.

»Meine Sonntagspredigt«, sagt er freundlich und trommelt auf seine Aufzeichnungen.

»Soso!«, sag ich.

»Aber was führt Sie zu mir, Eberhofer?«

»Das Traugespräch.«

»Ach, ja, stimmt. Ich hab's schon gehört, hähä. Ja, das ist eine Freude, dass ihr es jetzt doch noch mal packt, ihr zwei, gell. Dann schauen wir gleich einmal nach einem passenden Termin«, sagt er und beginnt in seinem Kalender zu blättern.

»Ich will keinen Termin, Pfarrer. Ich will diesen Zettel.«

»Welchen Zettel?«

»Ja, diesen Scheißzettel halt, wo draufsteht, dass ich daran teilgenommen hab an diesem Traugespräch. Eine Bestätigung quasi.«

»Aber Sie haben ja noch gar nicht daran teilgenommen.«

»Werde ich auch nicht.«

Er lehnt sich zurück und schaut mich an. Und er legt seinen Kopf ganz leicht schief. Langsam scheinen meine Worte zu ihm durchzudringen.

»Kein Traugespräch, kein Zettel, Herr Eberhofer!«

»Das sehen Sie völlig verkehrt, Pfarrer. Sagen Sie mal, wie viel spendet Ihnen die Oma eigentlich immer so?«

Jetzt läuft er rot an. Sagen tut er nix.

»Fünfhundert? Tausend? Zweitausend?«

»Ja, so um den Dreh rum«, sagt er jetzt brummig.

»An Ostern und …«

»An Weihnachten«, unterbricht er mich. »Was wollen Sie denn eigentlich, um Himmels willen?«

»Keine Bestätigung, keine weiteren Spenden, Herr Pfarrer.«

»Aber das wäre doch eine glatte Lüge, wenn ich Ihnen

dieses Formular ausfüllen würde, und Sie hätten das Seminar gar nicht gemacht!«

»Sie müssen gar nix ausfüllen, Herr Pfarrer. Sie müssen nur unterschreiben. Ausfüllen tu ich es mir dann schon selber, gell.«

»Himmelherrgott«, murmelt er, wie er seine Schublade öffnet und dieses dämliche Formular hervorkramt.

»Vergelt's Gott«, sag ich noch so beim Rausgehen und muss grinsen.

So, das hätten wir auch. Jetzt können wir endlich nach München fahren, der Rudi und ich.

Direkt vor seiner Wohnung werfe ich ihn aus dem Wagen und fahre danach schnurstracks rein in mein Büro. Dort angekommen, finde ich im Faxgerät gleich mal die Anzeige von der Oma und der Liesl und überfliege sie kurz. »Ordnungswidrigkeit wegen fehlender Gewerbeunterlagen«, steht da drauf. Ich geh mit dem Papier rüber zum Schreibtisch und male mit all meinen schon rein angeborenen künstlerischen Fähigkeiten eine riesige Hand darauf. Mit einem ganz fetten Edding und einem riesigen Stinkefinger. Wie ich fertig bin, bin ich ziemlich zufrieden. »Opportunitätsprinzip«, schreib ich noch drunter. Dann nehm ich den Zettel und fax ihn return to sender, quasi.

Es dauert keine Viertelstunde, und der Stahlgruber kommt zu mir ins Büro. Das heißt, eigentlich galoppiert er ins Büro wie ein Brauereigaul. Und es dampfen ihm auch die Nüstern, wenn man's genau nimmt. Was mir überhaupt einfällt, will er wissen. Eine Frechheit sei das, eine ganz unverschämte. Und froh und dankbar soll ich sein, dass wir bei diesem überaus freundlichen Kollegen gelandet sind. Weil, da gibt's nämlich ganz andere Konsorten in der PI 11, die bei weitem nicht so sanftmütig gewesen wären mit diesen zwei zwielichtigen Damen.

Wie er langsam aufhört, seine Nüstern zu blähen, schnapp ich mir meine Lederjacke vom Haken und schreite langsam zur Tür.

»Und?«, frag ich beim Rausgehen. »Was wollen Sie jetzt unternehmen, Stahlgruber? Mich abknallen? Oder einsperren? Oder vielleicht sogar zurückschicken in die heimatliche Provinz? Nur zu, ich stehe zur Verfügung!«

»Wo wollen Sie denn jetzt hin, Herrschaftszeiten?«, brüllt er hinter mir her. »Bleiben Sie hier, Eberhofer, ich warne Sie! Sie können mich doch jetzt hier nicht so stehen lassen wie einen Deppen!«

Aber das kann er schon, der Eberhofer. Weil er einfach keine Lust mehr hat auf so ein Kasperltheater. Und weil er jetzt eine Verabredung hat. Und weil er ganz nebenbei auch noch einen klitzekleinen Mord aufzuklären hat. Und fertig.

Auf dem Weg zum Auto ruf ich wie vereinbart den Birkenberger an, der auch umgehend drangeht.

»Bist du so weit?«, fragt er gleich mal.

»Ich bin quasi schon unterwegs, muss aber noch nach Grünwald.«

»Wie lange wirst du etwa brauchen?«

»Ja, sagen wir mal, mit der Fahrtzeit, eineinhalb bis zwei Stunden«, sag ich und schau kurz auf die Uhr.

»Gut, dann treffen wir uns ... sagen wir in gut zwei Stunden drüben in der Stammkneipe.«

»Ja. Viel Glück!«

»Dito!«

Kapitel 19

Wie vermutet sitzt die Frau Dettenbeck in ihrem Büro, und man lässt mich auch umgehend zu ihr vor. Nachdem Kaffee und Gebäck serviert wurden, sind wir wieder unter vier Augen, und so kann ich endlich vortragen, was mich zu ihr geführt hat. Und ziemlich schnell bestätigt sich mein vager Verdacht. Der Verdacht nämlich, dass diese Abtreibungspillen auf unseren Fotos noch von ihrer eigenen Schwangerschaft her stammen. Stolz ist sie darauf allerdings nicht, die Frau Dettenbeck. Sie nimmt das Familienbild von ihrem Schreibtisch, und eine ganze Weile schaut sie es schweigend an. Schließlich erhebt sie sich schwerfällig, atmet ein paarmal tief durch und beginnt dann, im Zimmer auf und ab zu gehen.

»Wissen Sie, Herr Kommissar, wenn ich mir die kleine Alexa heute so anschaue, dann fühl ich mich manchmal hundeelend, wenn ich bloß daran denke. Da liegt dieses wunderbare winzige Wesen in deinen Armen, und um ein Haar wär es niemals geboren. Aber wir waren doch zuerst mal ganz furchtbar verzweifelt, mein Mann und ich. Gerade hatten wir unsere Firma vergrößert, und es war wirklich wichtig, dass ich da mithelfen konnte. Dann noch unser Damian. Der war ja schon immer ein bisschen schwierig. Aber dann halt doch schon irgendwie aus dem Gröbsten raus, wie man so schön sagt. Und jetzt noch mal alles von vorne? Dazu kam natürlich auch noch unser Alter, wissen Sie. Da macht man sich ständig so seine Gedanken, ob es denn gesund sein wird, das Baby. Oder womöglich auch nicht.«

Jetzt holt sie ein Taschentuch hervor und schnäuzt sich ausgiebig.

»Das versteh ich alles, Frau Dettenbeck«, sag ich so mitfühlend, wie es nur geht. »Was ich allerdings gar nicht verstehe, ist, warum Sie diese Pillen nicht in hohem Bogen weggeworfen haben. Erst recht, wo Sie jetzt diesen wunderbaren Wonneproppen zu Hause haben.«

»Ja, mein Gott, keine Ahnung. Ich hab doch daran gar nicht mehr gedacht. Wahrscheinlich hab ich sie einfach vergessen. Oder verdrängt, was weiß ich.«

Sie kommt wieder rüber zum Schreibtisch und nimmt Platz.

»Verdrängt. Soso. Sie haben aber nicht rein zufällig der Branka davon was verabreicht?«

»Der Branka? Grundgütiger! Wie kommen Sie denn auf so was? Außerdem hab ich ja noch nicht einmal gewusst, dass sie schwanger ist. Das habe ich Ihnen doch schon erzählt.«

»Ja, das sagten Sie bereits!«

»Und es ist auch wahr! Und warum zum Teufel hätte ich das auch tun sollen, können Sie mir das sagen? Was würde es mich überhaupt angehen, wenn das Mädchen schwanger ist?«

»Wenn es zum Beispiel von Ihrem Sohn schwanger ist, dann geht es Sie durchaus etwas an.«

Das ist der Augenblick der Wahrheit. Da muss man jetzt ganz genau hinschauen. Die Reaktion, die nämlich jetzt kommt, kommen muss, die kann zum Täter führen – oder eben auch nicht. In diesem Fall tut sie es ganz eindeutig nicht. Wenn man einmal ausschließt, dass die Frau Dettenbeck die beste Schauspielerin dies- und jenseits aller Weltmeere ist, dann kann man sie ganz getrost von der Liste der Verdächtigen streichen.

»Unser ... Damian?«, fragt sie und fängt zu lachen an. Dann lacht sie tatsächlich aus vollem Halse, und erst an meinem Gesichtsausdruck merkt sie schließlich, dass ich nicht spaße. Schlagartig wird sie weiß wie die Wand und ringt sichtlich nach Luft.

»Unser Damian, Grundgütiger! Das ist doch nicht möglich. Er ist doch selbst noch ein Kind, Herr Kommissar, oder? Das ist er doch?«, sagt sie schließlich fast tonlos. »Warum ... warum haben wir denn davon nichts gemerkt?«

Dann bricht sie erst einmal in Tränen aus.

»Frau Dettenbeck«, sag ich, wie sie sich wieder einigermaßen beruhigt hat. »Diese Pillen, die waren in Ihrem Badezimmerschrank. Wer kann da alles ran?«

Sie überlegt kurz und nimmt noch einen großen Schluck Wasser.

»Na, jeder eigentlich. Der ist ja nicht abgesperrt oder so was.«

»Also Ihr Mann, nehm ich einmal an. Der Damian. Die Frau Schneller. Und auch die Branka selber.«

»Ja, im Grunde schon. Wobei sich die Branka eigentlich nie in unseren privaten Räumen im Obergeschoss aufgehalten hat. Und Sie glauben doch nicht im Ernst, dass mein Mann oder der Damian ... Und auch nicht die Margot. Nie im Leben!«, sagt sie, jedoch mehr zu sich selber als wie zu mir.

»Gut, das war's schon fürs Erste«, sag ich und steh auf. So verabschiede ich mich und mache mich dann gleich auf den Weg zum Rudi.

Ein halbes Stündchen später bin ich auch schon an unserem Treffpunkt, und dieses Mal bin ich sogar noch vor ihm da. Ich bestelle mir ein Haferl Kaffee und ein Käsebrot, und der Rudi erscheint in seinem Blaumann genau in dem Moment, wo grad meine Bestellung serviert wird.

»Ich nehm das Gleiche«, sagt er zur Bedienung und hockt sich dann nieder. »Wie ist es gelaufen, Franz?«

Ich erzähle ihm ausführlich von dem Gespräch mit der Frau Dettenbeck. Er hört aufmerksam zu und nickt dabei ständig. Danach aber ist er an der Reihe. Ja, sagt er, sein Besuch soeben bei der Frau Schneller war durchaus aufschlussreich. Und zweifellos hat sie ihm unsere wilde Story auch sofort abgenommen. Die nämlich, dass er nur in seiner Eigenschaft als kompetenter Installateur mal kurz nachfragen wollte, ob denn die Heizung auch noch gut läuft. Über so viel Kundendienst hat sie sich natürlich riesig gefreut, die Frau Schneller. Allein schon, weil zuverlässige Handwerker ja heutzutage schon eine aussterbende Spezies sind, gell. Das schafft freilich gleich eine gewisse Vertrauensbasis, und schon ist man im Haus. Und während er im Keller die Funktion der Heizung überprüft, hat sie derweil einen feinen Kaffee gekocht. Hinterher haben sie ein ganzes Weilchen zusammengesessen. Und wo sie ja jetzt quasi schon so dermaßen vertraut sind, hat ein jeder von ihnen ein bisschen aus dem Nähkästchen geplaudert. Und wie der Rudi am Schluss in Tränen ausgebrochen ist und von der Schwangerschaft seiner imaginären dreizehnjährigen Tochter erzählt hat und dass diese auf gar keinen Fall abtreiben will, da hat sie ihn ganz beherzt gedrückt, die Frau Schneller, und ihm von diesen Abtreibungspillen berichtet. Und dass man die doch ganz einfach unters Essen mischen kann. Und Bingo! Mehr wollte der Rudi ja auch gar nicht wissen.

»Sie hat mir sogar noch den Namen aufgeschrieben«, sagt er, nimmt den letzten Bissen von seinem Käsebrot und reicht mir den Zettel rüber. »Es sind dieselben wie die auf unserem Foto.«

»Gut«, sag ich und winke der Bedienung. »Dann machen wir den Sack langsam zu, oder?«
Und so bezahlen wir und verlassen gemeinsam das Lokal.
Die Frau Schneller schaut schon ziemlich blöd, wie jetzt ausgerechnet wir zwei vor ihrer Tür stehen. Und das keine zwei Stunden, nachdem sie dem Rudi doch erst diesen wertvollen Tipp gegeben hat. Aber vermutlich merkt sie schon ziemlich schnell, was jetzt gleich hier abgehen wird. Jedenfalls ist sie bei weitem nicht mehr so freundlich und mitfühlend, wie sie es eben beim Rudi noch war. Trotzdem lässt sie uns eintreten und geht vor uns her ins Wohnzimmer. Sie deutet auf die Essecke, und dort nehmen wir schließlich Platz. Ich schalt jetzt nur noch schnell mein Aufnahmegerät in der Hose ein.
»Sie haben der Branka diese Pille ins Essen gemischt. Ist das richtig, Frau Schneller?«, frag ich zuerst mal. Sie sitzt da und starrt auf ihre Hände. Es dauert eine ganze Weile, und wie sie dann endlich wieder zu sprechen beginnt, ja, da spürt man quasi schon rein körperlich, was da in ihr abgeht.
»Ja, was hätt ich denn tun sollen?«, sagt sie schließlich ganz leise. Ihre Lippen zucken nervös, und auch die Hände sind ziemlich in Bewegung. Genauso wie ihr ganzer Atem. Aber trotzdem bleibt sie ruhig, wie sie weiterspricht. Dann sagt sie – jetzt schon viel aufgebrachter: »Aber die Branka, die kann doch unserem Buben nicht einfach so ein Kind anhängen! Noch dazu, wo er doch noch selber eins ist! Der geht doch noch in die Schule! Wie hätte das denn gehen sollen? Und ich? Ich hab doch bloß ihn. Wissen Sie, Herr Kommissar, die Dettenbecks, die hatten doch nie richtig Zeit für den Buben. Und ich ... ich war ja kinderlos. Da hat sich das halt irgendwie so ergeben. Eigentlich war er viel mehr mein Sohn als der von den Dettenbecks.«

»Wie haben Sie überhaupt von dieser Schwangerschaft erfahren?«, will der Rudi jetzt wissen.

»Ich habe den Test gesehen im Badezimmer. Die Branka hatte ihn wohl versehentlich am Waschbecken liegen lassen. Vermutlich war sie total schockiert.«

»Und wie sind Sie dann auf den Jungen gekommen? Ich meine, es hätte ja sonst wer der Vater sein können?«, frag ich dann.

»Ach, wissen Sie: Ich habe von Anfang an ein komisches Gefühl gehabt bei den beiden. Allein, wie er sie immer angeschaut hat und so. Und gleich nachdem das mit dem Test war, da hab ich halt einfach die Augen offen gehalten. Und da war es auch gar nicht mehr sonderlich schwer. Wenn man weiß, wonach man sucht, dann wird man in der Regel auch ziemlich rasch fündig.«

Dann ist es ein Weilchen wieder ganz still. Der Rudi starrt auf die Frau Schneller, die Frau Schneller auf ihre Hände, und ich selber, ich mach mir Notizen, allein schon, damit sie nix mitkriegt von dem Aufnahmegerät.

»Dieses kleine Miststück«, sagt sie irgendwann, jetzt schon wieder giftiger und ohne dabei den Blick von ihren Händen zu nehmen. »Die hat den armen Buben doch einfach so um den Finger gewickelt. Was hätte denn werden sollen aus dem Damian? Der kann doch nicht Vater werden! Mit vierzehn!«

Wieder betretene Stille.

»Ja, und irgendwann sind mir urplötzlich diese Abtreibungspillen in den Sinn gekommen, ich meine, die von der Frau Dettenbeck. An die hab ich mich dann erinnert. Es war ja eine Mordskrise damals, wie die Frau Dettenbeck von ihrer Schwangerschaft erfuhr. Und selbstverständlich war ich selbst, als langjährige Vertraute, in alle möglichen Pläne der Familie eingeweiht«, erzählt sie weiter und blickt dann endlich von ihren Händen auf. Sie schaut zuerst zum Rudi rüber und dann zu mir. Ich muss mich räuspern. »Und so haben Sie sich schließlich diese Pillen aus dem Badezimmer von der Frau Dettenbeck geholt und ganz nach Vorschrift der Branka die erste Ration unters Essen gemischt?«

Sie nickt.

»Mir ist schlecht«, sagt jetzt der Rudi und steht auf. »Wenn Sie mich kurz mal entschuldigen würden.«

Aber die Frau Schneller reagiert darauf gar nicht. Sie starrt auf ihre Hände. Der Rudi verlässt das Zimmer und schließt die Tür hinter sich.

»Warum ist es zu der zweiten Pille nicht mehr gekommen?«, muss ich sie jetzt fragen.

»Weil sie mich erwischt hat, diese kleine Natter. Wahrscheinlich ist es ihr aufgefallen, dass ich ihr nachspioniere, keine Ahnung. Jedenfalls ist sie einfach plötzlich hinter mir gestanden. Und zwar genau in dem Moment, wo ich diese Scheißtablette im Mörser zerquetscht hab. Den Rest können Sie sich wohl denken.«

»Kann ich schon. Ich will's aber lieber von Ihnen selber hören.«

»Ich sag jetzt gar nichts mehr, verstanden? Ich möchte einen Anwalt haben, wie es mir zusteht. Vorher erfahren Sie gar nix mehr«, sagt sie noch und verschränkt ihre Arme vor der Brust. Dann geht die Tür auf, und der Rudi kommt rein. Zwischen Daumen und Zeigefinger hält er einen dunkelbraunen Seidenschal.

»Louis Vuitton«, sagt er fast feierlich und tütet den Schal dabei ein. »Schweineteuer, nehm ich mal an. So was wirft man freilich nicht einfach in den Müll, nicht wahr? Selbst dann nicht, wenn es ein glasklares Beweismittel ist.«

»Es ist das letzte Weihnachtsgeschenk von den Dettenbecks«, sagt sie jetzt ganz ruhig und steht danach auf. Sie holt Mantel und Tasche aus der Garderobe und kommt anschließend zu uns zurück. »Gehen wir?«

Ja, wir gehen. Ich mach den Dettenbecks noch eine kurze Notiz und leg sie auf den Esszimmertisch. »Sie brauchen eine neue Haushälterin«, schreib ich drauf. Hinter uns Tür zu und weg.

Wie ein Häufchen Elend hockt sie neben mir im Wagen und schaut aus dem Fenster. Die Strecke bis zur Ettstraße zieht sich heute unglaublich hin. Ich ruf noch schnell die Kollegen dort an und informier sie schon mal über den Neuzugang. Außerdem brauche ich im Anschluss auch noch gleich einen Termin beim Haftrichter. Sie kümmern sich drum, wird mir gesagt. Das ist schön.

»Was mich noch interessieren tät, Frau Schneller, wie ist denn die Leiche eigentlich in diesen Kofferraum gekommen?«, muss ich jetzt noch fragen.

»Sie ist in einem Kofferraum gefunden worden? Das ist ja entsetzlich«, sagt sie und schaut mich ganz ungläubig an.

»So ist es. Wissen Sie, ich muss das fast ein bisschen persönlich nehmen. Es war nämlich das Auto von meinem Vater.«

»Ja, wie das Leben so spielt, nicht wahr. Aber über den Kofferraum weiß ich wirklich nichts, Herr Kommissar. Das Letzte, was ich von dieser Geschichte noch in Erinnerung habe, ist schrecklich genug.«

Sie seufzt tief und macht eine Pause.

»Die Branka, die ist tot am Küchenboden gelegen«, sagt sie schließlich weiter. »Ich bin vor ihrem Leichnam gekniet und hab auf ihrem Bauch geweint. Dann ist irgendwann der Herr Dettenbeck in die Küche gekommen. Mitten am Vormittag. Da ist er normalerweise immer im Büro.«

Pause.

»Was ist dann weiter passiert?«

»Ich weiß es nicht mehr genau«, weint sie. »Ich glaube, ich hab ihm einfach alles erzählt. Irgendwann hat er mich dann im Arm gehalten und gesagt, ich soll mich bitte beruhigen. Dann hat er mir ein Mittel aufgelöst und mich in mein Zimmer geschickt. Wie ich nach einigen Stunden wieder aufgewacht bin, war ich mir zuerst gar nicht sicher, ob es nicht nur ein böser Traum war. Aber die Branka, die war nicht mehr hier. Und tauchte auch nicht wieder auf.«

Endlich in der Ettstraße gelandet, übergeb ich sie dort an die werten Kollegen und ruf danach den Rudi an. Ja, sagt er, er hat den braunen Schal schon längstens dem Günter übergeben, und der hat Stein und Bein geschworen, die Untersuchung als dringlich einzustufen. Der Termin beim Haftrichter ist praktisch eine gemähte Wiese, weil ja zum Geständnis nun also mit diesem Schal in Kürze auch noch ein Beweismittel vorliegt, das höchstwahrscheinlich als Tatwaffe durchgeht. So wird die Frau Schneller noch am selben Tag von der Ettstraße in die U-Haft verlegt. Ich ruf mal kurz den Dettenbeck an, um ihn erstens zu informieren, dass er mit einer Anzeige rechnen muss, und zwar wegen Strafvereitelung. Und zweitens bitte ich ihn noch, einige Sachen für die Frau Schneller zusammenzupacken und, wenn möglich, sie noch heute nach Stadelheim rüberzubringen. Im ersten Moment ist er ziemlich erschüttert, verspricht aber dennoch, gleich tätig zu werden und außerdem auch seinen Anwalt zu informieren. Schließlich braucht die arme Frau doch eine anständige Verteidigung, gell. Und er demnächst ja wohl auch. Da dürfen wir wohl gespannt sein, was er über den weiteren Verlauf dieses Mordfalls noch so zu berichten weiß. Immerhin sind ja noch einige Fragen offen.

Kapitel 20

Das Treffen mit dem Stahlgruber am nächsten Morgen ist eine einzige Wonne für mich. Die Steffi war so lieb und auch fleißig und hat die halbe Nacht hindurch meine Berichte getippt, die ich ihr zuvor telefonisch durchgegeben habe. Und genau die schmeiß ich ihm jetzt äußerst genussvoll auf den Schreibtisch.

»Was soll das?«, fragt er mich noch so, grad wie ich am Rausgehen bin.

»Steht alles drin. Sie können doch lesen, nehm ich mal an?«, sag ich und mach die Tür hinter mir zu.

Die Steffi steht an der Kaffeemaschine und gießt uns beiden die Haferl voll. Dann läutet mein Telefon. Dran ist der Günter, und er gratuliert mir auch gleich ganz herzlich. Und ja, sagt er, es handelt sich bei diesem braunen Seidenschal ganz zweifellos und einwandfrei um unser Tatwerkzeug. Genauso sagt er das, der Günter. Und dass ich ein Hundling bin, ein verreckter. Das sagt er auch noch. Ich häng dann lieber mal auf, weil mir solche Schmeicheleien erfahrungsgemäß nicht wirklich guttun. Und auch noch, weil urplötzlich die Tür aufgerissen wird und der Stahlgruber mitten im Raum steht.

»Eberhofer!«, ruft er, dass beinah die ganzen Fenster vibrieren. »Sie sind ja vielleicht eine Granate, Mensch! Das war ja direkt schon fast ein Geniestreich, gell. Wie lang sind Sie jetzt bei uns? Doch erst ein paar Wochen. Ja, da schau einer an! Jetzt ist dieser Eberhofer erst ein paar Wochen lang bei uns, und schon hat er wieder mal einen ganz kniffeligen Fall gelöst. Was sagen Sie dazu, Steffi? Meine Herren, Respekt, Eberhofer! Respekt! Kommen Sie her, lassen Sie sich drücken!«, sagt er, kommt zu mir rüber und legt mir den Kopf auf die Schulter wie ein Kind bei der Mama. Und ich … ich bin so erschrocken, das ich ihm gleich tatsächlich kurz über den Buckel streiche. Dann zucke ich zusammen und kann mich gerade noch wieder fangen.

»Ist schon gut, Stahlgruber«, sag ich und muss mich dann räuspern. Irgendwie wird er jetzt fast ein bisschen verlegen. Zuerst schaut er schnell zur Steffi und danach wieder zu mir. Er hält noch kurz inne, wandert aber auch gleich zackig dem Ausgang entgegen.

»Weitermachen!«, sagt er noch so beim Rausgehen und zieht die Tür hinter sich zu.

Wie ich am Mittag aus meinem Büro geh und zum Brotzeitholen will, hat sich meine Heldentat ganz offensichtlich schon rumgesprochen in diesen heiligen Hallen hier. Zumindest nicken die meisten Kollegen recht freundlich, und einige grüßen plötzlich sogar. Darunter auch der eine oder andere in knallbunten Jeans. Gründe genug, in meinen Saustall zu flüchten.

Den Abend verbring ich so richtig gemütlich mit der Susi auf dem Kanapee. Die Oma hat uns ein paar Germknödel rübergebracht mit geschmolzener Butter und jeder Menge Mohn obendrauf. Die essen wir gleich direkt aus der Bratreine, einfach, weil wir das leicht Angebrannte am Tiegelrand sowieso am allerliebsten mögen. Im Fernseher läuft der ›Dampfnudelblues‹, irgend so ein bayerischer Provinzkrimi, und die Susi und ich schenkeln uns vor lauter Lachen.

»Schön ist es in Bayern«, sag ich nach dem Film und stell dabei die Kiste ab.

»Ja, schon«, sagt die Susi und streckt sich behaglich. »Aber in den Flitterwochen, da will ich fei woanders hin.«

»Wie: woanders?«, frag ich.

»Ja, mei, Spanien vielleicht oder Griechenland.«

»Geh, Susi, Griechenland, die sind doch allesamt pleite dort. Da musst du ja Angst und Bange haben, dass sie dich auf offener Straße noch ausrauben.«

Die Susi verdreht ihre Augen.

»Ja, dann halt Spanien«, sagt sie leicht schmollig.

»Hast du dir das eigentlich schon einmal angeschaut, Susi? Das mit diesen Stierkämpfen? Hast du? Also grad du, so als Tierliebhaberin, du möchtest doch nicht ernsthaft zu einem Volk, das solchen perversen Spielchen huldigt, oder?«

»Ich seh's schon, wie bleiben wieder mal daheim.«

»Aber nein, Susimaus, das bleiben wir nicht! Zum Beispiel ist es ja auch in Garmisch recht schön. Oder am Chiemsee. Oder nehmen wir den Bayerischen Wald. Schloss Neuschwanstein. Mei, Susi, die Welt steht uns offen!

»Ja, genauso wie das Theater oder der Englische Garten.«

»Genau!«

»Ich hab dich schon verstanden, Franz.«

»Siehst du«, sag ich und geb ihr ein Bussi auf die Backe. »Und weißt du überhaupt, was das Allerbeste daran ist? Weißt du das überhaupt?«

Sie schüttelt den Kopf.

»Nicht, gell. Ja, das hab ich mir schon fast gedacht. Das Allerbeste daran ist nämlich, dass wir dann abends im eigenen Bett liegen. Und nicht irgendwo, wo vorher so ein Käsefüßler drin geschlafen hat oder womöglich sogar ein Bettnässer. Ist das nicht toll?«

Ja, sagt sie, sie findet das auch ganz toll. Aber jetzt ... jetzt ist sie irgendwie total müde. Total müde, sagt sie und will schlafen. Also gut. Dann muss der Untersuchungsstuhl halt mal wieder herhalten. Und so denk ich noch ein bisschen drüber nach, wie denn wohl die Branka, also die Leiche von der Branka, in die Drogenkutsche vom Papa gelangt sein mag. Immerhin muss das unbedingt noch geklärt werden.

Kapitel 21

Ein paar Tage vor Weihnachten geht's dann auch schon wieder hinaus in den Wald zum Christbaumschlagen. Das ist eine uralte Tradition in unserer Familie, und daran hat halt auch ein gesetzliches Verbot nichts ändern können. Den Förster, der vor ein paar Jahren in Rente gegangen ist, den hat das überhaupt nicht interessiert. Der hat uns einfach eine schöne Tanne schlagen lassen, dafür hat er zweimal im Jahr ein Ferkel vom Papa bekommen, und alles war gut. Jetzt haben wir leider keine Schweine mehr und auch keinen alten Förster. Dafür haben wir freilich einen neuen bekommen. Nämlich den Herrn Böck. Und der Herr Böck, der sieht das gar nicht gerne, wenn man sich an seinem Bestand zu schaffen macht. Im ersten Jahr, da hat er's ja freilich erst gemerkt, wie der Baum schon längst weg war. Darum hat er sich dann auch im zweiten Jahr gleich mal auf die Lauer gelegt. Und grad, wie wir also pünktlich am einundzwanzigsten Dezember rausmarschiert sind in den Wald, da war er schon da … So haben wir halt am zweiundzwanzigsten Dezember noch einmal raus müssen. Das war schon irgendwie scheiße. Im Jahr darauf sind wir sogar mitten in der Nacht raus. Mit Taschenlampen natürlich, damit wir was sehen. Der absolute Höhepunkt aber, der war letztes Weihnachtsfest. Da ist er nämlich urplötzlich vor der Tür gestanden, der Herr Böck. Und ist auch gleich in unser Wohnzimmer reingesaust. Dort hat er einen ganzen Stapel Fotos ausgebreitet. Ja, hat er gesagt, er hätte jede verdammte Tanne in diesem Scheißwald fotografiert, nur um beweisen zu können, dass wir es sind, wo die Bäume Jahr für Jahr klauen. Und dann hat er angefangen, unseren Christbaum mit den Bildern zu vergleichen. Und freilich ist er rasch fündig geworden. Trotz dem ganzen Lametta und so. Richtig aufgeregt hat er sich darüber. Unglaublich. Der Papa hat ihm danach erst mal ein Schnapserl eingeschenkt oder zwei. Vielleicht auch ein paar mehr. Jedenfalls ist er noch zum Essen dageblieben, der Herr Böck. Und ich glaub, er war sogar ein klein wenig dankbar dafür, weil er halt keine eigene Familie hat. Und so ein Heiliger Abend ganz mutterseelenalleine, da boxt jetzt auch nicht wirklich der Papst, oder? Aber jetzt bin ich ein bisschen abgeschweift. Was ich eigentlich sagen wollte, wir machen uns also heute auf den Weg in den Wald, der Papa, der Leopold und ich. Ja, der Leopold ist tatsächlich auch dabei, aber wie gesagt, es ist eine alte Tradition. Wir haben das schon als Kinder gemacht. Und ich konnte ja schließlich nicht irgendwann sagen: Du, Leopold, du gehst mir so tierisch auf die Eier, willst du nicht lieber zu Hause bleiben, eh ich dich noch mit der Axt erschlage? Nein, das geht wirklich nicht. Schon gar nicht an Weihnachten. Gut, wie wir schließlich so durch die Stämme wandern, bleiben wir vor dem einen oder anderen auch mal kurz stehen, betrachten ihn von oben bis unten und gehen anschließend weiter. Man muss schon ein paar Vergleiche ziehen, bevor man zuschlägt. Weil das Teil ja danach wochenlang im Wohnzimmer steht. Und da soll es schließlich schon was hermachen, gell.

Auf einmal bleibt der Papa wieder stehen und betrachtet einen Baum. Diesen aber deutlich länger als jeden davor.

»Ist was?«, muss ich deswegen fragen.

»Da schau her«, sagt der Papa und deutet auf diese Tanne

vor ihm. Ich geh da mal hin und kann dort am Baumstamm einen Zettel finden.

»Sehr verehrte Herren Eberhofer!
Bitte nehmt diesen hier, weil der eh weg muss.
gez. Förster Böck«

»Gut«, sag ich und hole die Axt aus dem Rucksack. »Dann nehmen wir halt den, wenn der eh weg muss.«

An den Feiertagen ist die Bude dann voll. Die Susi ist da. Und der Leopold, sogar mit seiner kleinen Familie. Und mich beschleicht beinah der Verdacht, die würden tatsächlich noch die Kurve kriegen, die beiden. Die Simmerls kommen zum Kaffee vorbei und auch die Flötzingers samt nerviger Brut. Wenn die Oma nicht grad am Herd steht oder Gäste bewirtet, verschwinden wir zwei drüben in meinen Saustall, und dort üben wir den Hochzeitswalzer. Der Papa hat aus seinem Plattenfundus ein paar alte Scheiben mit Tanzmusik rausgefischt, und so schieben die Oma und ich die eine oder andere heiße Sohle über unseren hundertjährigen Steinboden. Das ist lustig. Wenn es mit der Susi auch nur halb so lustig wird wie mit der Oma, dann freu ich mich schon jetzt darauf. In einer Tanzpause aber, da wird sie plötzlich fast sentimental, die Oma. Vom Tanzen ganz rotbackig, hockt sie auf meinem Kanapee und schaut mich sehr nachdenklich an.

»Ist alles in Ordnung mit dir, Oma?«, frag ich besorgt.

»Setz dich kurz her zu mir, Bub«, sagt sie und klopft auf das Polster neben sich. Und freilich tu ich, wie mir geheißen.

»Ich hab mit dem Pfarrer geredet, weißt. Und der hat mir erzählt, dass du dieses Seminar nicht besucht hast.«

Aha, daher weht der Wind. Der Pfarrer, dieses alte Waschweib. Ich schnauf erst einmal tief durch.

»Da brauchst jetzt gar nicht so schnaufen, Franz. Weil so eine Ehe, das ist schon was Ernstes, weißt. Du hast sie doch lieb, deine Susi?«

»Ja, freilich«, sag ich und nicke.

»Eben. Und drum ist diese Ehe auch richtig. Und sie ist gut. Ihr zwei seid jetzt schon so lang beieinander, da muss man langsam Nägel mit Köpf machen, gell. Ich wollt, ich hätte das auch machen können damals, wie ich noch jung war. Den Mann heiraten, den ich aus ganzem Herzen heraus lieb gehabt hab. Aber die Zeiten waren schlecht seinerzeit, Franz. Und das Schicksal hat es anders mit mir gemeint. Weißt, ich … ich hab erst uralt werden müssen, bis mir meine große Liebe vergönnt war. Und dann auch nur für ein paar Wochen«, sagt sie weiter, und ihre Stimme versagt.

»Geh, Oma«, sag ich und leg den Arm um sie. »Du und der Paul, ihr habt doch noch eine so schöne Zeit gehabt. Kurz zwar, das ist richtig. Aber auch wenn er schon so krank war: Er hat doch den Weg zu dir gefunden, und ihr habt's doch noch mal richtig nett gehabt miteinander, oder? Sogar Grießnockerlsuppen hast du ihm noch gekocht, da konnt man schon auch neidisch werden. Okay, so lange Zeit war's halt nicht mehr. Aber halt auch schön. Und dann darfst freilich auch nicht vergessen, wenn's den Paul nicht gegeben hätte, damals in deinen jungen Jahren, ja, dann gäb's den Papa doch auch nicht. Und mich … mich gäb's dann eben auch nicht.« Ich sag das eigentlich mehr zu mir selber. Aber trotzdem lächelt sie mich ganz dankbar an. Wieso hab ich eigentlich immer wieder dieses Gefühl, dass sie durchaus hört, was sie hören möchte?

»Bist ein guter Bub, Franz. Und deine Susi, das ist eine wunderbare Frau. Und ihr werdet ganz bestimmt auch wunderbare Kinder haben, wirst schon sehen. Vielleicht kriegst du ja sogar einen Buben hin, wer weiß«, sagt sie noch so und erhebt sich. Geht rüber zum Plattenspieler, legt die Nadel auf, und dann legen wir zwei auch schon wieder los.

Kapitel 22

Zum Glück ist der Fasching heuer kurz und deswegen bald vorbei und somit genau der richtige Zeitpunkt, nach einem Hochzeitsanzug zu suchen. Weil somit die Partysaison für beendet gilt und dadurch eben alle edlen Zwirne nun drastisch reduziert sind. Also heißt es zuschlagen. Der Rudi hat mir am Telefon erzählt, dass es beim Hirmer in München die allerbesten Teile gibt und dort ebenfalls grad Sonderrabatte bis zum Abwinken.

So machen wir uns dann gleich auf den Weg. Die Susi will mit, was ja auch Sinn macht. Schließlich sollte mein Outfit zu dem ihrigen schon irgendwie passen, gell. Nicht, dass ich dann, sagen wir mal, in Tracht vor ihr stehe, und sie kommt in Samt und Seide und Federboa. Nein, das würde gar nicht gut ausschauen. Die Oma will selbstredend ebenfalls mit, und so sind wir mit dem Rudi am Ende zu viert. Was die Sache aber keineswegs einfacher macht. Unser Verkäufer schaut dem Engelbert ähnlich. Und zwar dermaßen, dass ihn die Oma gleich mal um ein Autogramm bittet. Freilich hat er keins, dafür lächelt er milde. Und schon nach ganz kurzer Zeit ist er ziemlich überfordert mit uns. Weil der Rudi für mich einen Frack haben möchte und die Susi lieber einen Smoking. Die Oma, die will unbedingt Tracht, und ich selber hätte gern Jeans und Lederjacke. Aber diesen Gedanken kann ich auch gleich getrost wieder knicken. Unser Engelbert hält sich momentan noch auffallend zurück, vermutlich weil er nicht recht zuordnen kann, wer hier überhaupt das Sagen hat. Sehr diplomatisch, muss man schon sagen. Auch über die Auswahl der Farbe sind wir uns nicht wirklich einig. Dunkelblau, Braun, Schwarz oder doch lieber Beige? Ein wenig orientierungslos zischt Engelbert zwischen den Angebotsständern hin und her und wischt sich dabei die eine oder andere Schweißperle von der Stirn. Irgendwann gibt es nichts mehr, was wir noch nicht gesehen hätten. Und so verschwinde ich in einer der Umkleidekabinen, und Engelbert reicht mir eine Kombination nach der anderen herein. Jedes Mal, wenn ich heraustrete, gibt's eine Mordsdiskussion, das ist wirklich unglaublich. Weil: Was den einen gefällt, finden die anderen blöd, und umgekehrt genauso. Letztendlich ist es tatsächlich ein Smoking, der alle in Frieden vereint, und ich merk es gleich gar nicht. Ich trete also ein weiteres Mal und zugegebenermaßen schon etwas angepisst durch den Vorhang, wie es schließlich passiert. Schlagartig ist es nämlich ganz unheimlich still, und alle starren mich an. Die zwei Mädels kramen ein Taschentuch hervor und tupfen sich damit die Tränen aus den Augenwinkeln.

»So schlimm?«, frag ich jetzt und bin ziemlich erschrocken. Aber nur ganz kurz. Weil plötzlich höre ich durch das Geschnattere so was wie »Robert Redford« und »großartig!«. Und wie ich mich umschau und keinen Robert Redford sonst so in unserer Nähe seh, schau ich einfach mal in den Spiegel, um die Worte bestätigt zu kriegen. Und ja, das kann sich durchaus sehen lassen. Ein Eberhofer im schwarzblauen Smoking, das macht schon was her. Ich dreh mich einmal komplett um mich rum und löse damit eine Applauswelle aus. Das muss jetzt aber wirklich nicht sein. Ein letzter prüfender Blick aufs Preisetikett lässt keinerlei Zweifel mehr zu: Das ist er. Der schicke Fetzen kostet gerade noch ein

Drittel seines ursprünglichen Preises und lockt der Oma damit ein Lächeln aufs Gesicht und den Geldbeutel aus ihrer Tasche.

»Lass stecken, Bub«, sagt sie und schlenzt mir die Wange. »Den kauf ich dir. Es ist mir eine Ehre und macht mich froh.«

Ja, wenn's die Oma froh macht, was soll ich dann dagegen haben? Nachdem wir noch ein passendes Hemd (minus 25 Prozent) und Unterwäsche samt Socken (minus 40 Prozent) gefunden haben, gehen wir an die Kasse. Nein, sag ich, einen Zylinder setze ich wirklich nicht auf. Selbst dann nicht, wenn es satte siebzig Prozent darauf gibt.

Nach diesem erfolgreichen Beutezug gehen wir noch zum Paulaner rüber, weil so ein Einkaufsstress tatsächlich unglaublich hungrig macht.

Zur gleichen Zeit etwa, also für Mitte Februar, ist die Gerichtsverhandlung anberaumt worden. Das ist auch vernünftig so. Wirklich. Jetzt kann man ja sagen: Wozu brauchen die denn so lange, weil den Fall hat der Eberhofer doch schon lange aufgeklärt. Aber schließlich braucht alles seine Zeit, und daher jetzt eben Mitte Februar.

Der Rudi begleitet mich zum Gericht, und freilich treffen wir auf die gesamte Familie Dettenbeck. Ganz einträchtig stehen sie dort am Kaffeeautomaten, und so gehen wir erst mal zu ihnen hin. Der Damian ist sehr weiß um den jugendlichen Zinken herum und um die Augen ein bisschen rot. Und die kleine Alexa liegt in ihrem Kinderwagen und schläft den Schlaf der Gerechten. Nachdem wir uns alle begrüßt haben, lass ich mir auch noch schnell einen Kaffee runter, und dabei erzählt der Herr Dettenbeck von seiner eigenen Verhandlung, die schon vor ein paar Tagen war. Ja, die liebe Justitia hat es wohl ziemlich gut mit ihm gemeint. Jedenfalls ist er mit einem Bußgeld und einer Bewährungsstrafe, also quasi mit einem blauen Auge davongekommen. Aber dazu später noch mal.

»Ja, dann schauen wir mal, ob es bei der Frau Schneller auch so gut läuft«, sag ich noch, weil es nun eh langsam losgeht.

Bei der Frau Schneller läuft es dann aber nicht ganz so gut. Wobei man natürlich sowieso nicht damit rechnen kann, bei einem Mordfall mit einem blauen Auge davonzukommen. Das wär ja völlig lächerlich. Da nützt es ihr auch relativ wenig, dass sie ebenfalls sehr geständig ist. Gut, die emotionale Seite an dem Ganzen wird ihr dabei wohl schon angerechnet. Weil sie halt mit den Dettenbecks ein so derart inniges Verhältnis hatte und somit einfach jeglichen Schaden von ihnen abwenden wollte und weil sie ja sonst niemanden hat als wie die Dettenbecks. Aber acht Jahre kriegt sie halt dennoch. Bei guter Führung allerdings, und das steht bei ihr sowieso außer Frage, da dürfte sich die Haftzeit schon noch mal drastisch reduzieren. Trotzdem weint sie am Schluss, wie sie sich von der Familie verabschieden darf.

»Du kriegst deine Stelle natürlich zurück, sobald du das alles hinter dir hast. Das weißt du doch, Margot. Du bist doch die gute Seele unseres Hauses. Was sollen wir nur tun ohne dich«, sagt der Herr Dettenbeck und drückt ihr dabei die Hände. Seine Gattin kämpft ganz offensichtlich auch mit den Tränen. Was dabei in dem Damian seinem Kopf vorgeht, möcht ich lieber nicht wissen. Irgendwie echt miese Stimmung hier.

»Was mich noch interessieren würde, Herr Dettenbeck«, frag ich hinterher, wie wir das Gerichtsgebäude verlassen. »Wie sind Sie denn ausgerechnet auf den Admiral gestoßen? Sie wissen ja, das Auto von meinem Vater.« Ich hatte mich da ja, nachdem der Mordfall geklärt war, eher ein bisschen aus der Sache rausgezogen. Schließlich sollen ja meine farbenfrohen Kollegen in der Löwengrube nicht irgendwann einmal dem Eberhofer vorwerfen müssen, er hätte sie um ihre Arbeit gebracht. Und ehrlich gesagt: So eine Hochzeitsvorbereitung, die nimmt einen ja auch so dermaßen in Beschlag, das kannst gar nicht glauben. Rein emotional schon. Aber das mit dem Admiral, das will ich jetzt schon wissen.

»Ach wissen S', das war reiner Zufall. Ich halte ja immer und überall Ausschau nach Oldtimern. Das gehört halt zu meinem Job irgendwie. Und den Admiral, den hab ich ein paar Stunden vor dem Unglück halt dort stehen sehen, hab ihn mir ein bisschen angeschaut und festgestellt, dass er – bis auf die Schlösser – noch ganz gut in Schuss war. Hab dann mein obligatorisches Kärtchen mit dem Kaufinteresse hinter die Windschutzscheibe gemacht, und das war's. Später, wie ich die Leiche beseitigen musste, da ist mir ebendieser Wagen wieder eingefallen, weil der ja nicht abgeschlossen war. Das hat sich irgendwie einfach so gefügt. Und zum Glück stand er auch noch da.« Tja, Sachen gibt's. Und so verabschieden wir uns. Ich hab dem Ganzen jetzt wirklich nichts mehr hinzuzufügen.

Kapitel 23

Ob man's glaubt oder nicht, irgendwann ist es dann auch tatsächlich so weit – ausgependelt ist ausgependelt. Morgen ist also meine Hochzeit. Also die von der Susi und mir. Der wichtigste Tag im ganzen Leben, heißt es doch so schön. Ja, eigentlich auch wieder schade, gell, wenn man den dann bald hinter sich hat.

Heute ist also Freitag, und ich fahre gegen Mittag vom Büro aus direkt nach Hause. Den Rudi hab ich gleich mitgenommen, dann braucht der nicht morgen in aller Herrgottsfrüh nach Niederkaltenkirchen zu donnern. Übernachten kann er prima drüben im Wohnhaus, weil Platz haben wir ja wirklich genug. Nur ein paar Meter vor unserer Einfahrt überholen wir hupend die Panida samt Sushi, die mit dem Radl unterwegs sind. Die zwei winken und lachen, dass es eine wahre Freude ist. Wie wir jedoch schließlich in den Hof reinfahren, steht nicht nur dem Leopold seine Kiste im Kies, sondern auch noch der Lamborghini vom Fleischmann. Ich glaub einfach nicht, was ich da sehe. Mit dem Rudi im Schlepptau begeb ich mich gleich zielstrebig in die Küche, und da lauern sie auch schon, die werten Herrschaften.

»Ja, da seid's ihr ja endlich!«, ruft uns die Oma vom Herd aus entgegen. »Na, habt's einen rechten Hunger?«

»Nein«, sag ich mit Blick auf unsere Besucher. »Mir ist der Appetit grad vergangen.«

Die Oma kommt zu uns rüber, wischt sich die Hände an der Schürze ab und schlenzt dem Rudi die Wange. Drüben am Esstisch sitzt der Papa mitsamt den Besuchern, und es ist bereits eingedeckt für acht Personen. Wenn ich richtig rechne, dann reicht die Anwesenheit dieser unliebsamen Besucher wohl bis übers Essen hinaus. Ich blick so in die Runde, und irgendwie ist die Situation jetzt wirklich mordspeinlich. Im Grunde weiß nämlich keiner so recht, wo er eigentlich hinschauen soll. Auf einmal aber steht der Leopold auf und packt mich am Ärmel.

»Komm mit«, sagt er, und ich folge ihm artig, einfach nur, weil ich schon froh bin, dieser Gesellschaft hier kurz zu entkommen. Auf dem Weg ins Wohnzimmer rüber treffen wir die zwei Radlerinnen von eben. Die Sushi muss jetzt erst mal dringend aufs Klo, und so verschwindet sie mit der Mama auch gleich im Badezimmer.

»Also?«, frag ich, wie der Leopold schließlich die Tür hinter uns ins Schloss drückt.

»Franz, jetzt reiß dich bitte mal zusammen, Mensch. Der Karl-Heinz, der tut dir doch gar nichts.«

»Wie lang will er bleiben?«

»Herrje! Er, ja, er will …«, druckst er umeinander. »Ach, Scheiße. Er will bei der Hochzeit dabei sein. Das ist alles. So, jetzt ist es raus!«

»Und weswegen, wenn ich fragen darf?«

»Ja, mein Gott, einfach so halt! Keine Ahnung! Vielleicht will er einfach Augenzeuge sein, wie seine Angebetete einen anderen heiratet. Was weiß ich.«

»Ist der wirklich so pervers, wie ich dachte, oder was?«

»Jetzt sieh es einfach mal anders, Franz«, sagt der Leopold weiter und legt brüderlich seinen Arm um mich. »Schau mal, du gehst aus diesem Fight doch eindeutig als Sieger hervor. Du bist es doch, der die Susi morgen zum Altar führen wird.

Was interessiert es dich da, ob der Karl-Heinz dabei zusieht oder nicht. Im Grunde genommen müsste dir dabei sogar einer abgehen, wenn du ehrlich bist.«
»Weiß die Susi davon?«
»Freilich weiß die Susi davon. Die hat er ja zuallererst angerufen. Noch bevor er überhaupt hierhergekommen ist.«
»Und sie hat tatsächlich Ja gesagt?«
»Nein, hat sie nicht. Sie hat nur gesagt, es ist ihr recht, wenn es dir recht ist.«
Dann geht die Tür auf, und die kleine Sushi kommt rein. Sie rennt gleich auf mich zu, und ich nehm sie auf den Arm.
»Essen ist fertig!«, sagt sie und lacht. Der Leopold sendet flehende Blicke in meine Richtung.
»Also, dann von mir aus«, sag ich, und so gehen wir zurück in die Küche.
Am Abend leg ich mich ziemlich früh nieder, schließlich will man ja bei seiner eigenen Hochzeit fit sein wie ein Turnschuh, gell. Schlafen kann ich allerdings nicht. Jedenfalls nicht so richtig. Ich wälz mich ständig nur hin und her, und wenn ich tatsächlich mal kurz wegnicke, dann wach ich auch gleich wieder auf, weil ich irgendwas träume, was Saublödes. Wie sich hinterher rausstellt, ist es gar nicht so schlimm, dass ich nicht einschlafen konnte, weil pünktlich um Mitternacht hier der Punk abgeht, das kann man kaum glauben. Zum »Aufwecken« kommen sie nämlich, die ganzen Burschen. Gut, das brauchen sie jetzt bei mir nicht, weil ich ja eh schon wach bin. Aber so heißt er halt, dieser Brauch. Und wie es sich dabei gehört, schießen sie mir zuallererst mal eine astreine Salve ab mit den Luftgewehren. Ich muss grinsen und geh dann mal in den Hof hinaus. Am ganzen Gartenzaun entlang schweben unzählige Luftballons in knallbunten Farben und allen erdenklichen Variationen. Und davor stehen sie dann, die werten Herrschaften. Der halbe FC Rot-Weiß ist anwesend

und freilich auch die Herren Simmerl und Flötzinger. Der Wolfi ist da und der Rudi ja sowieso. Dann kommt der Papa aus dem Wohnhaus rübergesaust, den Leopold samt Busenfreund im Kielwasser, und jeder von ihnen hält einen Korb in der Hand. Einen Korb randvoll mit ganz frischen Kücherln. Aus'zogene heißen die hier bei uns. Und die Aus'zogenen von der Oma, die sind einfach der Hammer. Aus seinem Lieferwagen heraus zerrt der Simmerl jetzt Wurstsemmeln für ein ganzes Geschwader, und augenblicklich füllt sich mein Saustall mit Männern, Essen, Bier und einer unfassbaren Menge Schnaps. Wir schieben ein paar Möbel zur Seite und stellen dann mittig zwei Biergarnituren auf. So machen wir das immer, wenn's mal was Größeres zu feiern gibt. Und sind wir doch einmal ehrlich: Gibt es im Leben eines Mannes überhaupt irgendwas Größeres als seine eigene Hochzeit? Nein! Eben. Die Stimmung ist auch gleich ziemlich gut, und wenn ich mir den einen oder anderen so anschau, dann liegt der Verdacht nahe, dass wohl schon ein bisschen vorgeglüht wurde. Wenigstens bei den Fußballern. Und ja, wie schon vermutet, sind sie direkt vom Vereinsheim aus zu mir her gekommen. Deswegen dauert es auch gar nicht sehr lange, und sie brechen wieder auf … Im Grunde waren die sowieso nicht wirklich wegen mir da. Ich hab auch weiter mit denen gar nichts zu tun. Weil die Fußballspiele von unserem Heimatverein – ja, wie soll ich sagen? – jetzt nicht so wirklich der Brüller sind. Aber die Spieler, die kommen halt praktisch sowieso, wenn's was umsonst gibt, gell.

Nachdem die Wurstsemmeln und auch die Kücherl alle verputzt sind, geht auch langsam das Bier zur Neige. Und so müssen wir notgedrungen zum Schnaps übergehen. In weiser Voraussicht und trotz des gesalzenen Preises hat der Leopold eine Kiste Zigarren besorgt. Und so hocken wir dann rauchend und saufend um den Biertisch herum und sind einfach nur irgendwie richtig gut drauf. Ein bisschen später singen wir dann. Der Keller Steff dröhnt uns aus den Boxen entgegen, und wir grölen mit: Bulldogfahrn! Noch etwas später kommt, was unausweichlich immer kommt: die früheren Zeiten. Die meisten von uns kennen sich ja schon aus dem Sandkasten raus. Und so reden wir quasi über wirklich alles, was damals halt so passiert ist. Wir reden über unsere Lagerfeuer und übers Zelten. Übers Fischen, draußen am alten Baggersee, das Wettschwimmen mit der Susi oder übers Eishockeyspielen im Winter. Darüber, dass uns dabei jedes Mal die Zehen abgefroren sind und trotzdem nie einer heim wollte. Wir reden über die erste Zigarette, dort hinterm Pfarrhaus, und den Durchfall, den wir daraufhin hatten. Und über unsere heiß geliebten Mopeds, darüber reden wir freilich auch. Und über jede verdammte Schraube daran. Und irgendwann kommen wir schließlich auf Freunde, die nicht mehr da sind. Und auf Ehen, die nicht mehr bestehen. Auf tote Mütter und nervtötende Kinder. Im Hintergrund läuft jetzt der Ambros, und der Rudi summt ganz leise mit.

»Schön war das alles früher«, sagt der Flötzinger plötzlich und kämpft mit den Tränen. »Viel schöner als heute. Und auch so lustig. Heute ist eigentlich gar nichts mehr lustig.«

»Jetzt mach dich mal locker, Mensch«, sagt der Rudi ganz leicht gereizt.

»Ich soll mich locker machen, du Arschloch?«, schreit ihn der Flötzinger daraufhin an. »Das sagt einer, der weder Frau noch Kinder daheim hat! Und der noch nicht mal eine richtige Arbeit hat, wo dir am Abend alle Knochen wehtun! Ja, da kann ich mich auch hinhocken und klugscheißern, wenn ich so ein entspanntes Leben hätte.«

»Flötzinger!«, sagt der Simmerl ganz ruhig und legt den Arm um den Freund. »Jetzt entspann dich ein bisschen.«

»Ich bin total entspannt, Mann! Ich bin TOTAL entspannt,

verstanden! Entspannter geht's gar nicht mehr«, kreischt er jetzt fast wie ein Mädchen. Dann steht er auf, dass gleich der ganze Biertisch wackelt, und kommt zu mir rüber. Er bleibt direkt vor mir stehen und schaut mich ganz eindringlich an. Nimmt seine Brille von der Nase und wischt sich über die Augen.

»Sorry, Franz, ich wollte dir hier nicht deinen Abend versauen!«

»Kein Problem, alles easy, Flötzinger.«

»Was ich dir jetzt sage, hat nichts mit meinem Alkoholpegel zu tun, verstanden? Nicht das Geringste. Hast du gehört, Franz?«

»Ja, gut. Dann lass es mal raus!«

»Franz. Mach das nicht. Das mit dem Heiraten, mein ich! Bitte! Lass alles einfach so, wie es ist. Es ist doch wunderbar mit dir und der Susi. Ihr seid ein Paar und liebt euch, und trotzdem ist jeder sein eigener Herr. Was kann es denn bitte sehr noch Schöneres geben? Und das ... das ist doch verdammt noch mal mit einem einzigen Schlag alles vorbei, wenn du da morgen vor diesen Scheißaltar trittst, verstehst du?«

Jetzt steht der Papa auf, hakt den Flötzinger unter und bringt ihn hinaus.

»Denk an meine Worte, Franz!«, tönt es noch durch die Tür.

Dann ist es erst einmal ziemlich ruhig hier. Die Schallplatte hängt und dreht ihre Schleifen. Ich geh mal rüber und stell sie ab.

»Ja, gut«, sagt der Simmerl und klopft auf den Tisch. »Vielleicht sollten wir hier auch abbrechen. Es ist schon halb drei, und morgen müssen wir ja auch alle fit sein.«

Und so macht sich die Truppe langsam, aber sicher vom Acker.

Wie sie endlich weg sind, reiß ich erst mal Türen und Fenster auf, um frische Luft reinzulassen. Der Zigarrenqualm hängt fest in den Mauern. Dann verräume ich die Biergarnituren und schiebe alles wieder an seinen Platz. Wie ich hernach draußen meinen Anzug zum Lüften an den Haken hänge, hör ich ein Feuerzeug klicken. Es kommt vom Wohnhaus rüber. Ich geh da mal hin und treffe erwartungsgemäß auf den Papa, der vor der Tür steht und sich noch eine Tüte reinzieht.

»Kannst nicht schlafen?«, frag ich, wie ich hinkomm.

»Nein«, sagt er ganz leise. Ich glaube, ich weiß schon, was er hat.

»Musst an die Mama denken?«, frag ich dann relativ vorsichtig.

»Ja«, sagt er und schaut in die Sterne. »Gehst ein paar Schritte mit mir, Franz? Oder magst lieber schlafen?«

»Schlafen? Nein, überhaupt nicht. Ich bin gar nicht müde. Wart, ich hol bloß noch schnell den Ludwig«, sag ich, und so brechen wir auf zu einem schweigsamen Marsch. Wir gehen die Runde, die ich sonst immer mit dem Ludwig drehe, und es ist schön. Es ist eine sternenklare Nacht, und so können wir auch prima alle Pfade erkennen. Wie wir bei der Wohnung von der Susi vorbeikommen, bleiben wir kurz stehen und schauen zu ihren Fenstern hoch. Aber da brennt freilich kein Licht mehr um diese Uhrzeit. Drum wandern wir weiter. Mitten im Wald bleibt der Papa plötzlich stehen und zeigt hinter dem Dickicht auf eine Lichtung. Da steht so ein Hochsitz, den ich schon seit Lichtjahren kenne. Und der erst im letzten Sommer wieder gründlich saniert worden ist.

»Dort oben, Franz«, sagt der Papa und deutet auf dieses hölzerne Teil. »Dort oben, da bist du entstanden.«

Ich weiß jetzt gleich gar nicht, was ich sagen soll, und außerdem hab ich auf einmal einen dicken Knödel im Hals.

So stehen wir zwei einfach ein bisschen dämlich herum und starren diesen Hochsitz an.

»Auf geht's! Nehmen wir besser die Abkürzung, es ist schon spät«, sagt der Papa irgendwann und schlägt dabei den Heimweg ein. Schwanzwedelnd rennt der Ludwig neben ihm her. Wir sind schon ein ganzes Stückchen gegangen, da überfällt mich ein Gefühl.

»Ja, geh schon mal vor. Ich komm auch gleich nach«, sag ich.

»Franz, es ist spät«, sagt der Papa ganz fürsorglich.

»Ich weiß, nur ein paar Minuten.«

Der Papa nickt geistesabwesend. Und so geh ich zurück und mach mich dabei auf den Weg zu meinen genetischen Anfängen.

Schön ist es da oben auf dem Hochsitz, das kann man wohl sagen. Und zu zweit ist es sicherlich noch tausendmal schöner. Das muss ich unbedingt der Susi mal zeigen. Vielleicht schon in unseren Flitterwochen. Weil da haben wir ja endlich viel Zeit. Und freilich muss ich ihr dann auch die Geschichte dazu erzählen. Und wer weiß, vielleicht wird ja auch die nächste Eberhofer-Generation hier oben entstehen. Schließlich sind wir ja von Haus aus eher traditionell. Ja, das sind so meine letzten Gedanken dort oben auf dem Hochsitz. Und irgendwann muss ich wohl eingeschlafen sein. Bei meinen nächsten Gedanken ist es jedenfalls schon wieder hell, und die Vögel zwitschern um mich herum. Es muss eine ganze Vogelschar sein, jedenfalls ist es irrsinnig laut.

Kapitel 24

Es ist keine Vogelschar, es sind die Kirchenglocken. Und schlagartig wird mir klar, was eigentlich los ist. Ein Blick auf die Uhr bestätigt meinen ersten Verdacht. Es ist zehn vor zehn. Und somit beinahe die Uhrzeit, wo mir der Papa in der Kirche meine Susi übergeben sollte. Ich habe noch zehn Minuten. Ich fliege vom Hochsitz, und anschließend rase ich nach Hause. Verzichte auf die wirklich dringend benötigte Dusche, putze mir nur schnell die Zähne und schlüpf in meinen Hochzeitsanzug. Der Ludwig schaut mich ganz mitleidig an. Ein letzter prüfender Blick in den Spiegel verrät mir, dass der Robert Redford und ich – na ja, dass es da praktisch gerade keinerlei Übereinstimmung gibt. Aber es hilft alles nix. Mit Blaulicht und Sirene fahr ich schließlich zur Kirche, und jetzt ist es dreiviertel elf. Wie ich hinkomme, stehen alle Gäste und somit halb Niederkaltenkirchen vor dem Kirchenportal, mittendrinnen die Susi in einem Wahnsinnshammerkleid. Heilige Hure Dreck dagegen. Einen Moment lang bleib ich noch sitzen, weil ich erstens unbedingt dieses Kleid bestaunen und zweitens kurz die Lage peilen muss. Ist sie sehr bös auf mich? Oder nur ein kleines bisschen? Werde ich gleich von halb Niederkaltenkirchen gesteinigt? Haben sie's noch gar nicht bemerkt? Ich kann's beim besten Willen nicht einschätzen. Ganz langsam steige ich aus dem Wagen und geh auf sie zu. Danach geht alles relativ schnell. Der Lamborghini schießt um die Ecke, hupt kurz und stoppt exakt vor der Hochzeitsgesellschaft. Endlich schaut mich die Susi an. Sie kommt auch gleich auf mich zu, und sie hat Tränen in den Augen. Sie reißt sich den Verlobungsring vom Finger und drückt ihn mir in die Hand mitsamt ihrem Brautstrauß.

»Ich werde heiraten, Franz. Darauf kannst du deinen verdammten Arsch verwetten! Weil ich mir dieses Scheißbrautkleid schließlich nicht umsonst gekauft habe. Aber du … du bist so was von aus dem Rennen! Ein für alle Mal«, sagt sie, dreht sich um und steigt tatsächlich in diesen depperten Lamborghini.

»Aber du liebst den doch gar nicht, Susi!«, ruf ich ihr nach. »Du liebst doch mich, verflucht noch mal!«

»Ich habe vor genau fünfzehn Minuten aufgehört, dich zu lieben!«, ruft sie zurück und steigt in den Wagen. Mit quietschenden Reifen brausen sie ab. Gleich darauf geht der Papa an mir vorbei, an seiner Seite der Leopold. Die Blicke vom Papa sind vorwurfsvoll, die vom Leopold eher triumphierend. Dort drüben unter der Buche, da steht die Oma, und sie schreit die Mooshammer Liesl an, was für ein Riesenrindvieh der Bub überhaupt ist. Und ein paar Schritte weiter scharrt der Rudi leicht verklemmt mit den Füßen im Kies. Ich schaue etwas hilflos in die Runde und kann beim besten Willen kein freundliches Gesicht entdecken. Nein, kein einziges freundliches Gesicht. Und irgendwann kommt der Flötzinger dann auf mich zu.

»Wage es bloß nicht!«, schreit ihm sein Weib hinterher. Aber das interessiert ihn erst gar nicht.

»Franz«, sagt er, legt den Arm um mich und zieht mich ein wenig fort vom Ort des Geschehens. »Wenn du es dir vielleicht momentan auch gar nicht richtig vorstellen kannst, aber das eben, was grad hier passiert ist, das war das Beste, was dir in deinem ganzen verdammten Leben überhaupt jemals passiert ist und passieren wird. Glaube es oder glaube es nicht. Aber es ist die verfluchte Wahrheit!«

»Flötzinger«, sag ich und schau ihn an. »Sei so gut und halt einfach dein Maul!«

Er klopft mir auf die Schulter und geht.

Die Susi ist weg. Das muss man sich erst einmal richtig vorstellen. Gut, das war sie schon einmal, Wiederholungstäterin, könnte man sagen. Aber dieses Mal schaut es wirklich gar nicht gut aus. Nicht im Geringsten. Ich muss nachdenken. Und ich muss weg hier. Also schnapp ich mir erst mal den Ludwig. Und diesmal brauchen wir drei-dreißig.

Glossar

aufgebrezelt, sich aufbrezeln Aufgedonnert, sich in Schale schmeißen, chic machen, so was in der Art halt. Das tut meist das weibliche Geschlecht. Und da ist auch gar nix dagegen zu sagen. Wirkt doch gleich ganz anders, wenn ein Weibsbild fesch ist und nicht ausschaut wie ein Krapfen, oder? Aber freilich kommt's auch darauf an, für wen sie das tut. Macht sie es für sich selber, ist das völlig in Ordnung. Macht sie es für ihren Kerl, dann ist es ganz besonders schön. Macht sie es aber für irgend so einen dahergelaufenen Arsch, dann hört bei mir der Spaß auf. Da hab ich dann kein Verständnis dafür. Nicht das geringste.

Aus'zogene Bei uns heißen die ja auch Kiache, also Küchle. Das ist ein Hefegebäck, gerne, aber nicht zwingend, mit Rosinen drin – und das ist einfach der Hammer. Rausgebacken im triefenden Fett und mit Puderzucker bestäubt. Einen feinen Kaffee dazu, und das Himmelreich ist nahe. Gott sei Dank macht das gar nicht viel Arbeit. Und die Herstellungskosten sind gut überschaubar. Und dementsprechend häufig gibt's die bei uns daheim dann eben auch.

Blaustichfahrt Kann sich vermutlich eh jeder denken, ist eine Fahrt im Streifenwagen mit Blaulicht und Horn. Also bei Einsätzen eben und dadurch völlig legal. Anders ist es freilich, wenn ich mal im Stau steh. Dann gibt's halt auch die eine oder andere Blaustichfahrt. Weil ich halt so null Komma null Lust habe, wie die anderen Hanswursten stundenlang auf der Autobahn abzuhängen. Und Zeit hab ich dafür bei meinem aufreibenden Beruf natürlich auch keine, ganz klar. Drum gibt's auch ab und zu eine Blaustichfahrt jenseits eines Einsatzes. Wobei man ja schon sagen muss, pünktlich im Büro zu erscheinen, das ist ja auch schon fast so was wie Einsatz, oder?

drecksfad Mörderlangweilig. Also mir persönlich ist es ja eher selten drecksfad. Ich hab ja ein ausgefülltes Berufsleben, einen Freundeskreis und führe eine interessante Beziehung. Meistens jedenfalls. Dann ist da noch die Oma, die wo auch ständig irgendwas von mir will. Genauso wie der Papa, der ebenfalls keine Langeweile aufkommen lässt. Stößt dann noch der Leopold dazu mit einem dubiosen Busenfreund, so wird's sogar langsam stressig. Also wie gesagt, mörderlangweilig ist mir eher ein Fremdwort. Und drecksfad halt ebenfalls.

Guatl, Gutti Bonbons

Guttiglas Ja, man kann es ahnen, es ist das Aufbewahrungsglas für Bonbons und für mich ein Magnet an jedem Empfangstresen. Wobei es da natürlich auf die Bonbonsorte ankommt. Da gibt's ja immense Unterschiede. Da kann die Oma sagen, was sie will, bei Guttis, da nimmt man nix Billiges. Weil da schmeckst du jeden einzelnen Cent. Ich kenn natürlich alle Sorten und weiß genau, wovon ich lieber die Finger lasse. Aber wenn die Qualität stimmt, dann mach ich mir schon mal beide Hosentaschen voll. Besonders bei Karamellgeschmack. Da kann ich ums Verrecken nicht widerstehen.

Nachtgewand Nachthemd. Im Falle von der Oma meistens geblümt und bodenlang. Also zumindest für die Oma. Für normalgroße Menschen eher wadenlang. Die Oma hat wahnsinnig viele davon. Alle reduziert gekauft, versteht sich. Schön sind sie eigentlich alle nicht. Aber praktisch. Weil einfach alles verhüllt wird, was eh keiner sehen will. Anders sind da schon die Nachthemden von der Susi. Aber die heißen ja auch ganz anders. Negligé, heißen die nämlich. Und die schauen natürlich auch ganz anders aus.

Obatzter Ein bayerisches Käsegericht mit viel Fett, Paprika und Zwiebeln. Mit einem reschen Bauernbrot dazu und einer kalten Halben schlicht und ergreifend zum Wahnsinnigwerden.

rumfretten — Wenn jemand rumfrettet, dann hat er's nicht leicht. Entweder ist er krank oder pleite. Oder er kommt im Job nicht recht weiter oder bei den Weibern nicht an. Jedenfalls ist er – sagen wir mal – kein Held. Eher wurstelt er sich so ein bisschen planlos durchs Leben. So was in der Art halt. Anders ist es bei einem Kater. Wenn ich nämlich am Vortag ein oder zwei Bier zu viel intus hatte, dann frette ich auch so den ganzen Vormittag lang irgendwie rum. Aber nach dem Mittagessen ist es meistens wieder gut. Das ist also mehr so ein Teilzeitfretten und zählt deshalb nicht wirklich.

Wadlbeißer — Beim Wadlbeißer gibt's ja zwei völlig verschiedene Interpretationen, nämlich eine positive und dann freilich auch eine negative. Im ersteren Fall ist es ein Mensch, der an einer Sache dranbleibt, auch wenn sie noch so ausweglos erscheint. Ein Kämpfer quasi. Ich kenn das zum Beispiel von mir selber bei schwierigen Mordfällen. Genau. Und die negative Version ist eher jemand, der in ausweglosen Situationen nicht aufgibt. Nein, da ist schon ein Unterschied. Sagen wir, es ist mehr jemand, dem du schon fünfzigmal gesagt hast, dass er dir auf die Eier geht, und dann ruft er tatsächlich das einundfünfzigste Mal auch wieder an. Also mehr in Richtung Nervensäge als Kämpfer vielleicht.

Zwickel   Ein Zweieurostück. Geht in Niederkaltenkirchen gut als Trinkgeld durch. In München wird man dafür vom Kellner nur milde belächelt. Oder er lässt es einfach achtlos auf dem Wirtshaustisch liegen. Im schlimmsten aller mir bekannten Fälle gab's sogar schon mal Hausverbot aus einem echt fadenscheinigen Grund heraus.

Ein umfangreiches Glossar gibt's für den findigen Leser auf Rita Falks Homepage unter www.Falk-Rita.de

Aus dem Kochbuch von der Oma, anno 1937

Gedampftes Sauerkraut

Fein geschnittene Zwiebeln lässt man in Butter oder fein gewürfeltem Speck gelb anlaufen, gibt das Sauerkraut dazu und lässt es mindestens 2 ½ Stunden dämpfen, indem man nach Bedarf nur so viel Bleichbrühe oder auch Wein zugießt, dass es kurz dünsten kann. Es ist besser, das Kraut am zweiten Tag noch einmal zu dünsten und dann erst zu Tisch zu geben. Nach Belieben kann es mit 1 Kochlöffel Mehl eine Viertelstunde vor dem Anrichten bestäubt und mit etwas Fleischbrühe angegossen und aufgekocht werden. Rohes, frisches oder geräuchertes Schweinefleisch kann im Kraut selbst mitgedünstet werden. Mengen nach Geschmack.

Das Sauerkraut gibt's ja bei uns zu allem Möglichen dazu. Mit Bratwürsten zum Beispiel schmeckt es ganz hervorragend. Am besten aber ist es zum Schweinebraten. Weil da ... da schlägt man nämlich gleich zwei Fliegen mit einer Klappe. Zum einen schmeckt's halt einfach zum Verrecken gut. Zum anderen nimmt es dem Braten die Schwere. Rein verdauungstechnisch. Du weißt schon ...

Hackbraten (Falscher Hase)

250 Gramm Rindfleisch- oder Kalbfleischhack und 250 Gramm Schweinefleischhack werden mit 60 Gramm mit Milch befeuchteten Semmelbröseln, fein geschnittener Petersilie, Zwiebeln, etwas Zitronenschale sowie Salz, Pfeffer, Muskatnuss und 1–2 Eiern durcheinander gemischt ... Nun formt man damit einen Weden mit der nassen Hand, lässt in der Bratpfanne ein großes Stück Butter heiß werden, stürzt die Masse hinein und lässt sie 1 Stunde unter häufigerem Überstreichen mit Butter backen. Es kann der Braten nach Belieben mit saurem Rahm und zuletzt mit geriebenem Käse überstrichen werden. (In teurer Zeit nimmt man mehr Brösel.)

Ja gut, das mit den Bröseln ist ja jetzt mehr aus dem Krieg, gell. Das braucht's heute nimmer. Die Oma nimmt grad so viel Brösel, dass er halt nicht auseinanderfällt, der Hackbraten. Dafür ist das mit dem sauren Rahm umso wichtiger. Da darf's auch gern mal ein bisserl mehr sein, wennst mich fragst. Ach ja, und rein mengentechnisch reicht dieses Rezept, so wie's da steht, höchstens für den Papa, die Oma und mich. Das nur zum besseren Berechnen.

Rindsroulade

Die Zwiebeln werden geschält, halbiert und in Spalten geschnitten. Die Gurken werden abgetropft und in Scheiben geschnitten. Die Fleischscheiben werden geklopft, mit Salz und Pfeffer gewürzt und nach Geschmack mit Senf überstrichen. Jede Roulade wird mit Wammerl, Zwiebel und Gurken belegt, Reste davon werden zur Seite gelegt. Dann wird das Fleisch seitlich eingeschlagen und aufgerollt, mit Küchengarn oder Zahnstochern festgesteckt.

Das Öl wird in einem Topf erhitzt, und die Roulade wird darin von allen Seiten angebraten. Die restlichen Zwiebeln und Gurken und der übrige Speck werden dazugegeben und kurz angebräunt. Es wird so viel kochendes Wasser dazugegeben, dass die Rouladen halb bedeckt sind.

Die Rouladen werden zugedeckt bei mittlerer Hitze 1 ¼ - 1 ½ Stunden gegart, bei Bedarf wird Wasser nachgegossen.

Nach dem Garen werden die Rouladen aus der Soße genommen. Die Soße wird durch ein Sieb gedrückt und mit dem in etwas kaltem Wasser angerührten Mehl gebunden. Kurz kochen lassen und mit Sahne und Tomatenmark verfeinern. Mengen nach Geschmack und Zahl der Esser.

Ich persönlich mag ja weder Essiggurken noch Speck in meinen Rouladen. Das weiß die Oma freilich, drum nimmt sie

Lauch. Sie macht Lauch und Zwiebeln in meine Rouladen und streicht ordentlich Händlmaier's rein, den scharfen freilich. Mittlerweile mag sie die ganze Familie lieber mit Lauch als mit Speck. Also einfach mal nachkochen. Und vielleicht statt Wasser doch lieber Brühe nehmen. Das macht die Oma nämlich auch.

Fleischsalat mit selbst gemachter Mayo

Für die Mayonnaise sollten alle Zutaten Zimmertemperatur haben. Zuerst werden 2 Eigelbe und ein TL Senf mit einem Handrührgerät in einem hohen schlanken Behälter verschlagen. 1 Messerspitze Zucker sowie Salz und Pfeffer werden dazugegeben.

150 ml Pflanzenöl werden während des Rührens in einem dünnen Strahl dazugegossen – es wird so viel Öl dazugegeben und so lange geschlagen, bis die Masse ganz dick und weißlich ist. Zum Schluss wird Zitronensaft dazugegossen und die Mayonnaise noch einmal kurz durchgerührt.

Für den Fleischsalat werden 250 Gramm Lyoner oder Leberkäs in feine Streifen geschnitten. 5–7 Gewürzgurken werden in kleine Scheiben geschnitten. 2 hart gekochte Eier werden gepellt und in grobe Stücke gehackt. Alles wird in eine Schüssel gegeben und mit der Mayonnaise verrührt, bis alle Zutaten gut mit Mayonnaise umhüllt sind. Mit frischem Schnittlauch anrichten.

Nach dem Kartoffelsalat von der Oma ist das mein zweitliebster Salat. Natürlich nur mit der selbst gemachten Mayo. Gut, was anderes gäb's bei uns daheim eh nicht. Weil, da will man oft gar nicht wissen, was da alles so drin ist in dem gekauften Zeug, gell. Von Lebensmittelfarben bis Konservierungsmittel und lauter so Schmarrn. Konservierungsmittel! Wozu denn?

Es wird doch sowieso nichts konserviert. Wenn der Fleischsalat erst mal am Tisch steht, ist er auch augenblicklich verzehrt. Was also sollte man daran konservieren?

Bayrisch Creme

4 Blatt Gelatine werden im kalten Wasser aufgeweicht. 1/4 l Milch wird mit dem Mark von 2 Vanilleschoten aufgekocht. 2 Eigelb werden in einer Schüssel mit 60 Gramm Puderzucker schaumig geschlagen.

Die heiße Vanillemilch wird unter ständigem Rühren vorsichtig zur Eigelbmischung gegeben. Die Eiermilch wird zurück in den Topf gegossen und noch mal auf den Herd gestellt. Jetzt wird die Masse »zur Rose abgezogen«, das heißt unter ständigem Rühren so lange erhitzt, bis sie leicht aufgedeckt auf einem Kochlöffel liegen bleibt und sich eine Art Rose bildet, wenn man draufpustet.

Die Gelatine wird ausgedrückt und in der heißen Vanillecreme aufgelöst, sodann wird die Creme durch ein Sieb in eine Schüssel gegossen, und man lässt sie in einem kalten Wasserbad abkühlen. Derweil wird Sahne steif geschlagen und nach und nach unter die abgekühlte Vanillecreme gegeben.

Die Creme wird in vier mit kaltem Wasser ausgespülte Gläschen verteilt und für 2 Stunden in den Kühlschrank gestellt. Nach Belieben mit Beeren servieren.

Wer hat sich eigentlich diesen Namen ausgedacht? Bayrisch Creme – ein Traum! Sowohl das Dessert als auch der Name.

Wahrscheinlich war es ein Bayer. Einer, der wohl wusste, dass so ein Gedicht, also Gericht, freilich einen passenden Namen brauchte. Nordrheinwestfälische Creme wär auch wirklich deppert gewesen. Oder Creme Sachsen-Anhalt. Nein, klar, da war ein Profi am Werk. Aber was anderes: Weil ja die Oma gerne am Sammeln ist, gibt's je nach Jahreszeit natürlich immer haufenweise pflückfrische oder eingemachte Beeren dazu. Der pure Wahnsinn. Wirklich.

Danke

Die Eberhofer-Fans sind einfach die besten Fans auf der ganzen Welt, jede Wette. Gut, ein bisserl wahnsinnig sind sie wohl auch, weil sie laut lachen, viel in mein Gästebuch schreiben, lange beim Signieren anstehen, immer wieder zu den Lesungen kommen und unglaublich, unglaublich, ja wirklich unglaublich herzlich und irre gut drauf sind. Ich freu mich auf jeden Einzelnen von Euch. Drum gibt's an dieser Stelle ein ganz dickes, fettes DANKESCHÖN!!!

Meinen lieben Freund und Agenten Georg Simader muss ich dieses Mal ganz besonders erwähnen, weil er mich bei der Arbeit am ›Sauerkrautkoma‹ immer wieder aufgepäppelt hat, wenn ich ziemlich k. o. war. Ich habe gemerkt, dass unzählige Lesungen und Interviews mit dem Schreiballtag schwer zu vereinbaren sind, und drum schweren Herzens entschieden, mich im nächsten Jahr einfach mal nur aufs Schreiben zu konzentrieren. Danke, Schorsch!

Vanessa Gutenkunst, Catarina Kirsten und Christina Hucke danke ich ebenfalls für die großartige Unterstützung!

Meine Mädels im dtv sind einfach unschlagbar. Sie reißen sich wirklich beide Haxen für mich aus. Wer so ein Team um sich weiß, hat schon gewonnen. Danke, Bianca Dombrowa, Béa Habersaat, Christine Püffel, Petra Büscher, Gaby Fischer und Konstanze Renner!

Ja, und ihr kennt es wohl schon, jetzt kommt meine Familie dran. Ich werde nicht müde, ihnen zu danken, weil sie nicht müde werden, mir den Rücken freizuhalten, und vieles selber machen müssen, wozu mir einfach die Zeit fehlt. Danke, Robert, Patrick und Dani!

Rita Falk im dtv

»Die Hommage an eine unzerstörbare Freundschaft.«
Björn Hayer, Süddeutsche Zeitung, SZ-Extra

Rita Falk
Hannes
Roman

ISBN 978-3-423-**21463**-6
ISBN 978-3-423-**28001**-3

Einfach nur gute Freunde … Es ist einer dieser ersten warmen Frühlingstage, als Hannes und Uli sich voll Lebenshunger auf ihre Motorräder setzen. Natürlich machen sie auch die erste Tour des Jahres zusammen, so wie sonst alles im Leben. Von Kindesbeinen an. Noch nie konnte irgendetwas sie trennen. Doch was dann passiert, stellt ihr Leben komplett auf den Kopf: ihre Vergangenheit, ihre Pläne, ihre Hoffnungen – und ihre Zukunft. Und alles droht auseinanderzubrechen …

Eine ganz besondere Geschichte über das Leben. Über die Kraft der Hoffnung, über Treue und Verrat. Vor allem aber über eine Freundschaft, die durch nichts auf der Welt zerstört werden kann. Tiefgründig und berührend.

»Rita Falk kann nicht nur tolle Provinzkrimis schreiben. Diesmal brilliert sie mit einer Geschichte über Menschlichkeit und Mitgefühl. Berührend.« Für Sie

Rita Falk, Jahrgang 1964, hat sich mit ihren Bestsellern um den Dorfpolizisten Franz Eberhofer in die Herzen ihrer Leser geschrieben. Sie ist verheiratet und Mutter von drei erwachsenen Kindern. ›Hannes‹ ist ihr erster Roman.

Bitte besuchen Sie uns im Internet: www.dtv.de

Rita Falk im dtv

»Seien Sie vorsichtig, wenn Sie die Eberhofer-Krimis in der Öffentlichkeit lesen! Sie werden sich vor Lachen nicht mehr ruhig halten können. Saulustig!«
Alex Dengler, denglers-buchkritik.de

Winterkartoffelknödel
Ein Provinzkrimi
ISBN 978-3-423-21330-1
ISBN 978-3-423-21902-0

Der erste Fall für den Eberhofer Franz!

»Rita Falk lässt Franz selbst erzählen, so wie ihm eben der Schnabel gewachsen ist: respektlos und saukomisch. Schon deshalb ist der Krimi eine Mordsgaudi.«
Nürnberger Nachrichten

Dampfnudelblues
Ein Provinzkrimi
ISBN 978-3-423-21373-8

Der zweite Fall für den Eberhofer Franz!

»Ein Fest für alle Fans, die bei ›Winterkartoffelknödel‹ auf den Geschmack gekommen sind und auf mächtig gute Krimi-Hausmannskost stehen.«
Brigitte EXTRA

Bitte besuchen Sie uns im Internet: www.dtv.de

Rita Falk im dtv

»Wer sich nach den ersten drei Romanen nicht in Bayern verliebt, hat kein Herz.«
Freizeit exklusiv

Schweinskopf al dente
Ein Provinzkrimi · dtv premium

ISBN 978-3-423-24892-1
ISBN 978-3-423-21425-4

Der dritte Fall für den Eberhofer Franz!
Mysteriöse Dinge geschehen in Niederkaltenkirchen … Ein Psychopath geht um. »Nach 240 Seiten Lesevergnügen schreit die Eberhofer-Fangemeinde laut nach Nachschub!« *FRIZZ Aschaffenburg*

Grießnockerlaffäre
Ein Provinzkrimi · dtv premium

ISBN 978-3-423-24942-3

Der vierte Fall für den Eberhofer Franz!
»›Grießnockerlaffäre‹ ist Perfektion auf 240 Buchseiten. Und der Eberhofer der beste (Provinzkrimi-)Ermittler aller Zeiten.« *literaturmarkt.info*

Sauerkrautkoma
Ein Provinzkrimi · dtv premium

ISBN 978-3-423-24987-4

Der fünfte Fall für den Eberhofer Franz!
Eine Leiche im Kofferraum von Papas Admiral … Der Eberhofer ermittelt in München.

Bitte besuchen Sie uns im Internet: www.dtv.de